朗读者 II

主编 **董卿**

[学 生 版]

人民文学出版社

图书在版编目（CIP）数据

朗读者Ⅱ：学生版 / 董卿主编. —北京：人民文学出版社，2019
ISBN 978-7-02-015041-0

Ⅰ. ①朗… Ⅱ. ①董… Ⅲ. ①中国文学—当代文学—作品综合集
Ⅳ. ①I217.1

中国版本图书馆CIP数据核字（2019）第028958号

责任编辑 廉 萍 曾少美 张欣宜 孔令燕
装帧设计 陶 雷
责任印制 王重艺

出版发行 人民文学出版社
社　　址 北京市朝内大街166号
邮政编码 100705
网　　址 http://www.rw-cn.com

印　　刷 北京盛通印刷股份有限公司
经　　销 全国新华书店等

字　　数 298千字
开　　本 787毫米×1092毫米 1/32
印　　张 13.875 插页3
印　　数 1—100000
版　　次 2019年3月北京第1版
印　　次 2019年3月第1次印刷

书　　号 978-7-02-015041-0
定　　价 38.00元

序言一

铁凝

这段时间，身边许多朋友都在谈论《朗读者》。他们中有些是文学界的同行，但大多数从事的工作与文学并无直接关联。他们有着各自不同，甚至罕有交集的身份，然而当谈论《朗读者》、谈论节目里那些经典篇章的时候，他们的眼睛里流露着相同的情感，那就是温柔与感动。我愿意相信，在这一刻，我与他们共享着同一个幸福的身份，那就是文学的阅读者、人类心灵的倾听者。

我同时注意到，由《朗读者》而起的诵读文学经典的热潮，并没有仅仅停留在媒体传播和好友热议的层面，它已经渗入了广大的人群，成为生活场景：许多城市都设置了“朗读亭”，每一个经过的人都可以走入其中，朗读自己喜爱的篇章并进行录制，他们的声音和形象将有可能出现在《朗读者》节目的正片之中。许多城市的“朗读亭”外都排起了长队，听说有读者为了录制三分钟的视频，在亭外耐心等待了足足九个小时。

《朗读者》已经成了一道醒目的文化风景、一种引人深思的文化现象。它向我们证明，诚挚、深沉、优美、健康的内容，在今天依然能够获得普遍的关注，好的文学永远拥有直指人心的伟大力量。常有人说，我们生活在一个匆忙浮躁的时代，当代人的精神世界平庸而匮乏。对于这样的观点，我只能部分地认同。当下的生活固然匆忙，很多时候，我们也的确面临着浮躁的问题；但即使出于种种原因，我们同自己内心相处的时间相对有限，人们依然会本能地渴望着纯粹、辽阔、有质量的精神生活。近年来，以《朗读者》为代表的一批文学文化类节目广受欢迎，正是因为它们引导人们放慢生命节奏，倾听内心的声音，顺应和满足了人们对精神生活的渴望。

《朗读者》中出现的文本，很多是经过漫长时间检验的名篇佳作；即使是出于今人之手的篇章，此前也多已在读者间广为流传。它们中有相当一部分，都当得起“经典”二字。何为经典？答案可能有很多，但我想最直接的一条，就是它们拥有温暖而强劲的力量，能够长久不衰地体贴灵魂、拨动心弦，触碰到我们情感深处最柔软最深刻的部位。这种力量，并不会因时间流逝和年代更迭而减弱。《朗读者》里的许多篇章，都是我早年间的挚爱；那些熟悉的文字，关乎爱与恨、喜与悲、生与死、豪情与希望，曾经深刻地启示了、影响了我们这一代人。很多年过去了，我发现，今天的年轻读者依然会为之鼓舞、感动；其中有许多句子，我至今能够脱口背诵，它们在新一代读者心中同样激起了深沉的回响。好的文学就是这样，它能够跨越年龄和代际的鸿沟，陪伴一代又一代人成长，在情感体验和文化记忆的代代传承之中，把种种高贵和美好的品质传递给无尽的后来人。

朗读，就是朗声诵读，是倾听自己的声音，也是倾听他人的声音。通过口的诵读与耳的倾听，汉语和它内在的气质、精神，以焕然一新的方式进入了我们的心灵。古老而常新的汉语，具有抑扬顿挫的独特韵律，这韵律不仅是美的，而且包含着我们共同的文化记忆和我们共同的情感。正是在这个意义上，《朗读者》使阅读成了认同的过程，一个人在朗读中寻求更为广大的联系——通过这美好的母语，我们不仅彼此看见，我们还得以彼此听见，我们得以完成彼此身份的响亮确证，由此结成血脉相连、情感相通的共同体。

现在，《朗读者》里的故事和诵读篇目已被整理成书，由人民文学出版社出版，将有更多的读者阅读和朗读这些作品，从中感受真善美的力量，感受文学的力量。同时，这一切也是对包括我在内的写作者的提醒：一个人内心的声音在广大的人群中持久回响，这是世上最美好的事，这更是一份严肃庄重的责任。我们会更深刻地记住这份提醒，认真地写下去，把心交给读者，把更多的好作品献给我们的人民。

序言二

叶嘉莹

二〇一七年的时候，董卿女士邀请我参与《朗读者》节目的录制。我是一九二四年生人，年纪很大了，本来不接受媒体的采访和活动，但听到约我去吟诵，我就去了。在我的心目之中，吟诵是诗歌生命里边最重要的一部分，古人作诗大都是伴随着吟诵写出来的。我这么大年纪的人，从小都有这种吟诵的习惯。中国古典诗歌之美最需要以吟诵来传达，吟诵的时候，声调、音节的美感都会跑到你的头脑里、心灵里。吟诵久了，你不用专门学平仄、押韵，自然就学会合辙押韵了。我亲自体会到了古诗之美、吟诵之美，而现在的青年人，他们找不到一扇进去的门。我一辈子不辞劳苦所要做的事情，就是把这扇门打开，让大家都能走进去。

在我看来，《朗读者》也在扮演一个开门人的角色，它借由朗读的魅力来推广阅读，将最有生命力的文字普及于社会，将普通的读者都接引到最美好、动人的文学里面来。我认为这是《朗读者》最大的意义和价值所在。朗声读诵，往往是接近一篇文学作品最快、最直接、最深入的方式。

文学的力量是惊人的。《朗读者》之所以令我们感动，就是因为它将我们的人生与文学紧密牵连在了一起，它为所有世间的苦痛与无奈、热望与激情，都找到了最贴近的文字。在朗读的时候，我们的灵魂与文学家的灵魂遥相呼应，碰撞出兴发感动之力。我的一生有诸多不幸，遭遇了许多打击，文学始终是支持我走过忧患的力量，是给我带来慰藉的源泉。我有了诗词，有了文学，便有了一切。其实，对每一个有感觉、有感情的人来说，都会是如此。

《朗读者》第一季图书由人民文学出版社出版，听闻受到大量读者的喜爱，我感到很高兴。这说明现在人们还是愿意阅读，愿意与文学亲近。人民文学出版社出版文学作品的历史颇为悠久，他们出版的图书囊括古今中外，给中国几代读者带来莫大影响。《朗读者》的出版，意味着他们又多了一种可以长久流传、影响深远的好书。今年，他们推出新一季的《朗读者》图书，我希望明年、后年，都能有新一季的图书继续出版，希望他们将推广阅读这件重要的事情长远地做下去。

目　录

初　心

想　念

谢　谢

痛

故　乡

初　心

Aspiration

什么是初心？初心可能是一种远大的志向：世界能不能变得更好？我要去试试。初心也许是一个简单的愿望：凭知识改变命运，靠本事赢得荣誉。有的初心，走着走着，丢失了；有的初心，走得再远，我们依然会坚定地去靠近它。孔子说："居之无倦，行之以忠。"有一天，我们会发现，抛开一切世俗的附加，我们的信念和本心才是最为宝贵的，它存在于向善、向美、向真的追求当中。

初心在最开始的时候往往简单、朴素，但是它会慢慢长大，就像一颗种子能够长成参天大树，又仿佛站在零的起点，慢慢绵延成很长很长的道路。到最后我们会发现，所谓初心就是在自己所有的愿望、誓言和梦想当中，离自己的本心最近的那颗心。

《朗读者》的初心也很朴素：用最真挚的情感、最美好的文字抚慰人心。2018，朗读依旧，初心不改。

走进
朗读亭

Reading

Pavilion

初心是最初的梦想。

我从 1951 年就开始翻译马列著作了，直到 2005 年底，算起来是五十五年。马克思在高中时就立志要为解放全人类而奋斗，所以我要对当代的青年说：你们青春的光辉、生命的意义，就在于为理想而奋斗。只有奋斗，才是我们民族的希望。我将卡尔·马克思《青年在选择职业时的考虑》献给你们。

每个人眼前都有一个目标，这个目标至少他本人看来是伟大的……如果我们选择了最能为人类福利而劳动的职业，那么，重担就不能把我们压倒，因为这是为大家而献身；那时我们所感到的就不是可怜的、有限的、自私的乐趣，我们的幸福将属于千百万人，我们的事业将默默地、但是永恒发挥作用地存在下去，而面对我们的骨灰，高尚的人们将洒下热泪。

朗读者　宋书声（九十岁，译审、马列著作翻译家）

（本期节目于 2018 年 5 月 5 日播出）

薛其坤

物理学家、中国科学院院士，现任清华大学副校长，2013 年带领团队发现量子反常霍尔效应。

礼记·大学（节选）

大学之道，在明明德，在亲民，在止于至善。知止而后有定，定而后能静，静而后能安，安而后能虑，虑而后能得。物有本末，事有终始。知所先后，则近道矣。

大学的宗旨，在于彰显光明的德行，在于使人革旧更新，在于使人的道德达到最完善的境界。知道人应达到的境界才能够志向坚定，志向坚定才能够沉静，沉静才能够随遇而安，随遇而安才能够思虑详审，思虑详审才能够有所收获。万物都有根本有枝末，万事都有开始有终结，知道了这本末始终的程序，就接近事物发展的规律了。

古之欲明明德于天下者，先治其国；欲治其国者，先齐其家；欲齐其家者，先修其身；欲修其身者，先正其心；欲正其心者，先诚其意；欲诚其意者，先致其知；致知在格物。

古代那些想要在天下彰显光明正大品德的人，先要治理好自己的国家；想要治理好自己的国家，先要管理好自己的家庭；想要管理好自己的家庭，先要修养自己的品性；想要修养自己的品性，先要端正自己的本心；想要端正自己的本心，先要使自己的意念真诚；想要使自己的意念真诚，先要使自己获得知识；获得知识的途径在于探究事物的原理。

物格而后知至，知至而后意诚，意诚而后心正，心正而后身修，身修而后家齐，家齐而后国治，国治而后天下平。

通过对万事万物原理的探究，才能获得知识；获得知识后，意念才能真诚；意念真诚后，本心才能端正；本心端正后，才能修养品性；品性修养后，才能管理好家庭；管理好家庭后，才能治理好国家；治理好国家后，天下才能太平。

所谓诚其意者，毋自欺也。如恶恶臭，如好好色，此之谓自谦。

故君子必慎其独也！小人闲居为不善，无所不至，见君子而后厌然，掩其不善，而著其善。人之视己，如见其肺肝然，则何益矣。此谓诚于中，形于外，故君子必慎其独也。曾子曰：“十目所视，十手所指，其严乎！”富润屋，德润身，心广体胖。故君子必诚其意。

所谓使意念真诚，是说不要自己欺骗自己。就像厌恶恶臭的气味一样，也像喜爱美色一样，一切都发自内心，这样才能使自己心安理得。所以，君子哪怕是在一个人独处的时候，也一定要谨慎不苟。小人在平时为非作歹，做尽坏事，及至见到君子便躲躲闪闪，掩盖自己的邪恶行径，而显示其如何善良。殊不知，别人看自己，就像看见自己的心肺肝脏一样清楚，掩盖有什么益处呢？这就是说内心的真实总要表现到外面的，所以，君子哪怕是在一个人独处的时候，也一定要谨慎不苟。曾子说：“许多眼睛看着你，许多只手指着你，这是多么可怕啊！”财富能装饰房屋，道德却可以润饰身心，心胸宽广，而身体自然舒泰安康。所以，君子一定要使自己的意念真诚。

所谓修身在正其心者，身有所忿懥，则不得其正；有所恐惧，则不得其正；有所好乐，则不得其正；有所忧患，则不得其正。心不在焉，视而不见，听而不闻，食而不知其味。此谓修身在正其心。

所谓修身要先端正本心，是因为心有愤怒，就不能够端正；心有恐惧，就不能够端正；心有偏好，就不能够端正；心有忧虑，就不能够端正。心思被不端正念头所困扰，就会心不在焉；虽然在看，却像没有看见一样；虽然在听，但却像没有听见一样；虽然在吃东西，但却不知道食物滋味。这就是说，修身必须要先端正本心。

所谓齐其家在修其身者，人之其所亲爱而辟焉，之其所贱恶而辟焉，之其所畏敬而辟焉，之其所哀矜而辟焉，之其所敖惰而辟焉。故好而知其恶，恶而知其美者，天下鲜矣！故谚有之曰："人莫知其子之恶，莫知其苗之硕。"此谓身不修不可以齐其家。

所谓治好自家在于先修养自己，是因为人们对于自己所亲爱的人，往往会过分偏爱；对于自己轻贱和厌恶的人，往往会过分轻贱厌恶；对于自己敬畏的人，往往会过分敬畏；对于自己同情的人，往往会过分同情；对于自己轻视和怠慢的人，往往会过分轻视和怠慢。因此，很少有人能做到喜爱某人同时又知道那人的缺点，厌恶某人同时又知道那人的优点。所以有俗话这样说："人不知道自己孩子的过失，人看不到自己庄稼的苗壮。"这就是不修养自身就不能治好自家的道理。

所谓治国必先齐其家者，其家不可教而能教人者，无之。故君子不出家而成教于国。孝者，所以事君也；弟者，所以事长也；慈者，所以使众也。《康诰》曰："如保赤子。"心诚求之，虽不中不远矣。未有学养子而后嫁者也。一家仁，一国兴仁；一家让，一国兴让；一人贪戾，一国作乱。其机如此。此谓一言偾事，一人定国。尧、舜帅天下以仁，而民从之；桀、纣帅天下以暴，而民从之。其所令反其所好，而民不从。是故君子有诸己而后求诸人，无诸己而后非诸人。所藏乎身不恕，而能喻诸人者，未之有也。故治国在齐其家。

所谓治理国家必须先治好自己的家庭，是说连自己家人都不能管教好而能管教好别人，这是没有的事。所以，有修养的人不出家门就能完成对整个国家的教育。对于父母的孝顺，可以用于侍奉君主；对于兄长的孝敬，可以用于侍奉尊长；对于子女的慈爱，可以用于对待民众。《康诰》说："爱人民如同爱护婴儿一样。"内心真有这种仁爱的追求，即使达不到目标，也不会相差太远。要知道，没有谁先学会了养护孩子再去出嫁的啊！一家仁爱，一国人受到感化，也会兴起仁爱；一家礼让，一国人也会受到感化，兴起礼让；一人贪婪暴戾，一国人就会受到影响，纷纷作乱。其关联就是这样紧密。这就叫作：一句话就会坏事，一个人就能安定国家。尧、舜用仁政统率天下，老百姓就跟着学仁爱；桀、纣用暴政统率天下，老百姓就跟随着学凶暴。国君的命令与自己的实际做法相反，老百姓是不会依从的。所以，品德高尚的君子，总是自己先做到，然后才要求别人做到；自己先不这样做，然后才要求别人不这样做。如果自己不采取这种推己及人的恕道，而想让他人按照自己的意思去做，那是不可能的。所以说，君主要治理好国家必须先治理好自己的家庭。

所谓平天下在治其国者，上老老而民兴孝；上长长而民兴弟；上恤孤而民不倍，是以君子有絜矩之道也。所恶于上，毋以使下；所恶于下，毋以事上；所恶于前，毋以先后；所恶于后，毋以从前；所恶于右，毋以交于左；所恶于左，毋以交于右。此之谓絜矩之道。

所谓平定天下在于先治理好自己的国家，是因为在上位的人尊敬老人，老百姓就会兴起孝顺自己父母的风气；在上位的人尊重长者，老百姓就会形成敬长的风气；在上位的人怜恤孤幼，老百姓也同样不会背弃这一美德。所以，君子总是实行以身作则、推己及人的“絜矩之道”。凡是处于上位的人的某种作为为我所厌恶，就不用这种做法去对待处于下位的人；凡是处于下位的人的某种作为为我所厌恶，就不用这种做法去对待处于上位的人；我若厌恶前面的人的作为，就不用这种做法去对待后面的人；我若厌恶后面的人的某种做法，就不用这种做法去对待前面的人；我若厌恶右边的人的某种做法，就不用这种做法去对待左边的人；我若厌恶左边的人的某种做法，就不用这种做法去对待右边的人。这就叫作“絜矩之道”。

〔本文由薛其坤与张礼（九十三岁，清华大学物理系教授）、向涛（五十五岁，中国科学院院士、凝聚态物理学家）、朱邦芬（七十岁，中国科学院院士、凝聚态物理学家）、周树云（三十八岁，清华大学物理系教授，2017年获第十三届“中国青年女科学家奖”）等一起朗读〕

《大学》描述的是战国秦汉时代理想的君子教育，或者说是大学教育。《大学》中所谈的是君子精神的建设，就我们今日来说，它对于我们国民精神的建设仍具有特别的意义。

——中国人民大学文学院副院长　徐建委

徐　卓

中国第一代养鹤人徐铁林的女儿，“中国第一位驯鹤姑娘”徐秀娟的侄女，徐家第三代养鹤人。

白色大鸟的故乡

张抗抗

很多年一直想去叫作扎龙的那个地方。

扎龙那个地名已在耳边盘旋了许多年，带着沼泽地深处水的腥味与草叶的湿润气息，海绵般柔软地吸取了我内心的向往。

只是因为那些白色的大鸟——丹顶鹤。

许多年前我曾见过它们奇妙的舞蹈，许多年里我在天空中寻找它们的踪影。每年早春，它们以家族为单位，两三家结伴而行，从江苏盐城返回齐齐哈尔市郊的扎龙湿地繁衍育雏；秋风霜寒，它们带着已经学会飞行的幼鹤，返回盐城的海边滩涂过冬。那是一条多么漫长而遥远的飞行路线，一年一度乐此不疲的远征与悲壮巡回。每次飞机穿行于高空，我都期盼在天上的云层间与仙鹤们相遇——它们飞得如此之高，以至于站在地上的人们，从未能仰望到它们飞行的姿态。

所以我是一定要去扎龙的。“扎龙”为蒙古语，是“扎兰”之音转，意为饲养牛羊的圈。扎龙位于黑龙江松嫩平原，乌裕尔河下游湖沼苇草地带，原为渔区，是中国目前面积最大的芦苇沼泽湿地。一九八三年建立扎龙自然保护区管理局，一九八七年被批准为国家级自然保护区。

发源于小兴安岭西麓林区的乌裕尔河，被冬季丰厚的大雪滋养；开春后水量充沛，浩浩荡荡穿过广阔的山地平原，流经齐齐哈尔一带下游地区，已无明显河道，逐渐与苇塘湖泊连成一体，然后流入龙虎泡、连环湖、南山湖，最后消失于杜蒙草原。

失去了河道的乌裕尔河，下游的河水漫溢而成旷然无际的淡水沼泽——漂筏甸子、苇荡、苔草、藻类……年复一年蓬勃生长，终于成为一片专为丹顶鹤以及其他大型鸟类、鱼类构设的天堂。谁能说迷失的乌裕尔河，不是由于领受了上天的旨意，才有意在扎龙一带滞留徘徊不去的呢？也许需要很多年才能参悟，那些貌似迷途与涣散的大水，其中蕴藏着自然之神所授的怎样的玄机与奥秘？我们无法得知那些白色的大鸟，究竟是在哪一年的一个温暖的春日，如天上的白云一般飘来，轻轻降落在碧绿的苔地上，然后轻歌曼舞、筑巢产卵……当我来到这里的时候，我眼前的这片绿色沼泽，已成为白色大鸟年年不离不弃的圣地和家乡。

如今在扎龙自然保护区内，栖息着本地鸟类二百六十余种，以大型游禽涉禽例如丹顶鹤、白枕鹤、白鹭、草鹭，还有候鸟旅鸟例如野鸭、大雁、雀类为主；鱼类四十六种，昆虫二百七十七种，还有麝鼠、雨蛙、蚌、鳖，等等——在眼前静谧安然的湖沼芦荡中，潜藏着一个何等自由喧闹而巨大的动物乐园。丰茂密实的苇草犹如层层叠叠的墙，在我的视线中看不见一只大鸟。无人的湿地为野生动物设立了一道道天然屏障，将人类无处不至的侵入脚步，阻挡在陷阱一般克敌制胜的沼泽地之外了。

在扎龙湿地，参观的节目其实颇为丰富：录像室可观看扎龙保护区的专题资料片；在野生动物标本厅，可见到生活在扎龙的几十种大鸟形态优美栩栩如生的标本；还有人工饲养在笼中专供观赏的世界各地的仙鹤种类；最后将见到冬夏常年驻寨扎龙的成群丹顶鹤留鸟。

登上保护区管理局专为观鸟所建的五层楼高的望鹤楼，只见碧水连天，芳草连天；水外有水，水天一色；湖面上浮漾着一圈一圈若隐若现的“涟漪”，波斯地毯图案似的静止不动。管理局的李长友局长说：那是野生菱角，开花时节，湖面就会变成一片金黄。

从望鹤楼五层平台的望远镜镜头里，我终于远远地见到了两只东方白鹳。它们蜷在一根木桩顶上搭起的草窝里，正在喂养刚刚孵化不久的雏鸟。据说这种鸟专栖于树顶，但沼泽无树，扎龙人为“引凤”而特地架起高高的树桩，搭起密密的窝巢——尔后苦等长达八年之久，终有一对儿白鹳自远方飞来，从此留守不去，将扎龙视为故园。在保护区内碧绿的堤埂上，我看见一只雪白的雌天鹅，正在一块高地上的阳光下耐心孵卵，雄天鹅却在堤下的水草边，泰然梳理羽毛……

今年春夏齐齐哈尔遭遇大旱，为保护湿地的自然生态，市政府紧急决定，调放上游水库及嫩江水源，为扎龙湿地大量补水，那是东北平原之肺，黑土地重又顺畅呼吸。在沼泽的边缘静静谛听，苇草深处传来声声鹤唳，如长笛婉转、小号脆昂，远播天外。

通灵仙鹤

这是扎龙保护区的一项“绝活”——丹顶鹤留鸟的飞行表演。

那群白色的大鸟，从湿地边缘一处高地上的“放飞场”中结队走出来亮相的时候，一个个长腿长颈，昂首挺胸，洁净而矜持；一身素衣白衫配一顶精巧的小红帽，活像英勇潇洒的斗牛士。它们眺望远方，遥望长空，静默地各就各位等待出发。忽听旁侧的养鹤师傅发出一声类似鹤唳的长鸣，那几十只大鸟先后拉开距离，踮起脚尖，张开阔大的白色翅膀，呼扇着悠悠起飞；一阵强大的气流，如风如雨，从我头顶掠过，我的头发被吹起来，裙子被掀起来；那个瞬间我看清了它们巨大的白翅上，镶满了黑色的羽花；眼前飞旋的白羽如雾气升腾，一时遮天蔽日；须臾间，洁白的鹤群已迅速升空，前后错落有致，一顶顶小红帽破云领先，长脖似剑，长腿如桨，舒展的翅膀柔软轻盈如朵朵祥云，飘飘欲仙；惊鸿一瞥，蓝天下只见一道道银光闪烁，那不是鹤在飞翔而是云在飞扬……

那个时刻，北国的天空中，云朵忽而隐没不见，被盘旋的白鹤覆盖了。

那个时刻，北国的夏季，清凉的大雪纷纷，如旗如席，迎风漫卷。

我从未见过近在咫尺的美丽大鸟，如此生机灵动，翩然乘风翱翔。

它们像一群崭新的超音速机群，在蓝天下进行着庄严而优美的飞行表演，间或变换姿势和队形，彼此配合默契；它们像一群天外来客，白色的精灵与天使，因对地球情有独钟而不思归去；它们硕大的翅膀从空中掠过，转了一个大圈儿，在地面投下移动的暗影，然后缓缓地缓缓地下降，一只接着一只，落在远处翠绿的沼泽地里。

丹顶鹤降落的姿态也是极为优雅的——在下降的过程中，逐渐减小翅膀舒展的幅度，慢慢收拢身后那两支硕长的“起落架”，就在即将接触地面的一刹那，身子前倾，弯曲的双腿迅即伸直，然后稳稳站立。此时巨大的翅膀已全部合拢，几近天衣无缝地覆于背部，翅膀张开时那边缘上黑色的羽花，犹如一把收起的伞，变成了一撮黑色的尾翼自然垂落——这一系列动作完成得如此漂亮而利索，令人叹为观止。

却有一只“逃飞”的懒鹤，一直留在草地上东张西望地溜达。它用长喙调皮地啄人，然而你进它退，依然保留着对人的高度警惕。丹顶鹤是一种温和却极为机警的大鸟，我无法抚摸和亲近它。

在鹤类驯化场，专为白鹤“接见”并与远方来客留影而设立的园中，扎龙鹤群中那一位最聪明漂亮的超级明星，从笼中款款走出，一派训练有素的国际模特风度，然后轻轻迈上树桩，长长的黑颈随之昂然翘立，迅速摆好了与人照相的架势，仪态万方。听得相机咔嚓一响，便不耐烦地走下树桩，掉头而去。只有在池塘边洗澡的一群雏鹤，乳黄色的羽毛未丰，浑身湿漉漉地滴着水珠，摇摇晃晃地追来逐去地玩耍，一副未历世事、天真无邪的模样……

在扎龙保护区内的世界珍贵鹤类展览园中，见到形态各异的多种美鹤。其中有一只蓝灰色的赤颈鹤，来自印度和斯里兰卡，身材奇高几乎像一只幼年长颈鹿，羽毛油亮线条流畅，红颈银衣，头顶一朵菊花状的帽冠，每一根挺拔的冠须都金光闪烁，犹如一顶金质皇冠。故而步态傲慢，颇有王者风范。赤颈鹤生性凶猛，忽抬头昂然长啸，声如洪钟……

都说鹤通人性，一夫一妻制终身相守。雌鹤每年春季产卵两枚，若遇意外事故，雌鹤还会再次产卵两枚，直至成功孵化，可见仙鹤的天性中具有计划生育意识。鹤蛋呈灰白色，上有浅褐色斑点，由雌鹤与雄鹤轮流孵化，共同养育幼雏，夫妻恩爱平等，令人钦羡。只是听说曾有一只雄鹤因常常外出拍电视上镜头，受到外界诱惑，竟然移情别恋，跟另一只雌鹤远走高飞。它的“原配”痛心至极，在扎龙老窝上空久久盘旋，风声鹤唳，凄厉悲怆，哭声催人泪下，最后这只雌鹤不得不离开扎龙这个伤心之地，不知去向……

扎龙湿地的丹顶鹤群中，有过多少感人至深的亲情友爱呢？

然而，仙鹤有爱，却不会有恨。面对至情而圣洁的仙鹤，人类是否多少会有些愧疚呢？

鹤的舞蹈

我相信自己与鹤是有缘的。六十年代末从杭州到北大荒下乡时，我报名的那个农场，就叫作鹤立河农场，隶属鹤岗市。想来在很久以前，三江平原湿地上，一定曾经自由地生活着许多许多白鹤灰鹤，那地方因鹤得名。

但我到达鹤立河农场的连队时，几乎已经见不到鹤的踪影了。水库边草甸深处，偶有一只白色的长脖老等，细脚独立、低头于浅水觅鱼。有人走近，它便伸开翅膀迅速仰天起飞，单腿忽而变成两根，垂直悬挂于身后，瘦腿伶仃，白羽飘飘，大有仙风道骨之态。那一刻我几乎惊呆，尔后激动不已，从此固执地将此鸟认作白鹤，以给自己一点心里安慰。

但事实上，那时候三江湿地正被大规模开发成农田，鹤立河早已徒有虚名了。一九七七年，我带着关于白鹤之梦的破灭与一线尚存的人生理想，来到哈尔滨读书后又留在那儿。有一天，在事先完全没有任何预兆的情境下，白鹤突然出现了——它们以舞蹈的姿势，猝不及防地闯入我的视线。那是我生命中值得庆贺的幸运日，后来的岁月中，它仍不断地令我陶醉与回味。时隔二十余年，当时的情形仍清晰如初、历历在目。

那是上世纪八十年代初一个春天的清晨，我与一位邻居大姐约定去哈尔滨市动物园晨练。我们似乎是被一阵阵嘹亮的号角，或是高亢的呼唤所吸引，闻声走到了一座高大的丝网笼前。那一刻我的呼吸都几乎停止了，我看见了一群白色的和灰色的大鸟，不，是一群真正的仙鹤，正在笼中翩跹起舞——

银衣白裙飘飘，身材修长流畅，长颈长腿灵巧敏捷，灰褐色的眼睛彼此深情地凝视对方——它们几乎具备了天才的舞蹈家应有的一切优势，还有内心热烈而疯狂的激情。它们在清晨的第一线阳光中从容地展开了巨大的羽翼，然后轻盈地弹跳，凌空扑转，就像踩着音乐的节拍，一步都不会乱了方寸。伴奏的音乐流淌在它们的血液里，我们人类是听不见的。一只白鹤高雅地踮起足尖，将长喙伸向太阳的方向，一次又一次，总是与其他的鹤擦肩而过，然后一个华丽转身，在笼中奔跑翻腾，掀起一阵忧郁的尘雾——这是白鹤的单人舞，高傲而又孤独；而双人舞的风格则完全不同，那是热情奔放而又光焰四射的：双鹤颈项相绕，四足灵巧地此起彼落，每一个动作都是互相呼应的，就像人类的拉丁舞那样配合默契；它们不停地追逐嬉戏、扇动着翅膀换位拍打，像是在拥抱与抚慰对方；鹤似以腾跃示欢喜、以展翅示仰慕、以交颈示情爱、以啄羽示亲近；那般缠绵悱恻、难舍难分；那样扑朔迷离、如影随形；鹤在舞蹈时，在天地间释放了它求偶的全部渴望与爱意，忘我忘情如痴如醉，令观者惊羡而自愧不如。当笼中所有的鹤们都一同起舞时，犹如风起云涌电闪雷鸣，一场气势磅礴而壮美的集体舞开始了，整个笼子似乎都在震撼。我听见了雄浑的交响乐，还有旷野春风的呼啸；然而，眼前白鹤的狂舞却旁若无人，依旧悄然无声地进行着。

那一刻我相信天下所有见过鹤舞的人，都会被它们的真诚率性而深深感动。也许再没有哪一种动物，能比鹤的舞蹈更奇妙更精美更富于感情色彩了。二十多年前我曾见过笼中之鹤的舞蹈，从此终生不忘。但也因而有一丝悲哀挥之不去，我只能想象着那些栖居在蓝天野地的鹤群，大自然辽阔的舞台，会使它们的舞蹈更加舒畅与自由。

在扎龙见到一位春夏常出没于沼泽，业余拍摄野生鹤群的企业家王克举，并参观了他自费建立的扎龙梦鹤苑主题公园。前后十余年，他拍下野生鹤冬夏生活形态图片近万幅，在梦鹤苑几排红砖平房的白墙上，悬挂着几百帧扎龙丹顶鹤与大天鹅的艺术摄影图片。色彩光影、雪雾水波、鹤立鹤飞鹤鸣鹤舞，千姿百态，让人流连忘返。

有人以这种方式，将仙鹤自创自演的舞蹈，在镜头中永久珍藏。

当然还有更为重要的另一种形式的挽留，留住湿地沼泽——适宜野生丹顶鹤居住的自然生态环境。齐齐哈尔市政府及扎龙保护区，在这二十多年间已是竭尽所能，不遗余力。李局长告诉我，扎龙的当务之急，需要设法将苇荡中遗存的几十家农户，全部迁出保护区。

北大荒是仙鹤的故乡。据悉，当年知青大量开垦的湿地，近年已陆续退耕还草。

我相信自己是与鹤有缘的：我的两个侄女（我事先并不知情），

公爹为她们各自起名为鹤立与鹤飞——愿以此怀念那些美丽的白色大鸟，再不会被我们忘却或忽视。

选自人民文学出版社《张抗抗散文》

张抗抗具有坦诚、旷达、优雅的性格和气质，散文似乎更合于她的这种性格和气质的外化。她曾说过："小说是我，散文更是我，虚构的小说，真实在生活本质，而散文，本应是一个里里外外透明的真实。"她出生于庚寅年，属虎，"人有虎性，虎虎而有生气""写作时留着虎性"。

——人民文学出版社编审、《当代》前副主编　汪兆骞

姚　明

篮球明星，中国球迷公认的传奇人物。现任中国篮球协会主席。

真实的高贵

佚　名

风平浪静的大海上，每个人都是领航员。

但若仅有阳光而无阴影，仅有欢乐而无痛苦，那就不是人生。以最幸福的人生为例——它是一团相互缠绕的纱线。丧亲之悲与幸事之喜接踵而至，使我们悲喜交加，连死亡本身也会令生命更加可亲。在人生的清醒时刻，在悲痛与失落的阴影下，人们与真实的自我最为接近。

就人生或职业而言，性格的作用比智力大得多，头脑的作用不如心灵，天资则不如由判断力所掌控的自制、耐心和规矩。

我始终相信，当一个人开始追求更严肃的内心生活，他的外在会开始变得更朴素。在一个奢侈浪费的年代，我期望能向世人说明，人类真正需要的东西少之又少。

悔恨自己犯下的错误，直至不再重蹈覆辙，这才是真正的悔悟。优于别人，并非高贵。真正的高贵是优于过去的自己。

（林克　译）

这篇《真实的高贵》流传甚广，尤其是文章最后一句，激励和鼓舞了许多人。人们通常认为其作者为海明威，但经考证，并非如此。文中大量段落都摘引自十九世纪英国作家塞缪尔·斯迈尔斯的作品，还有一些句子则可能是年代比较久远的谚语。不过，人们误认为这篇文章为海明威所作，也并不让人意外。因为海明威在自己的作品中塑造了许多硬汉形象，他们在重压之下保持风度，从不叹气，更不会祈求怜悯；他们对抗命运，战胜自我，是一个个真正的高贵的人。

——编者

宗庆后

著名企业家，白手起家创办娃哈哈食品集团，改变了中国饮料市场的格局。

八十述怀

季羡林

我从来没有想到，我能活到八十岁；如今竟然活到了八十岁，然而又一点也没有八十岁的感觉。岂非咄咄怪事！

我向无大志，包括自己活的年龄在内。我的父母都没有活过五十；因此，我自己的原定计划是活到五十。这样已经超过了父母，很不错了。不知怎么一来，宛如一场春梦，我活到了五十岁。那时正值所谓三年自然灾害，我流年不利，颇挨了一阵子饿。但是，我是“曾经沧海难为水”，在二次世界大战时，我正在德国，我经受了而今难以想象的饥饿的考验，以致失去了饱的感觉。我们那一点灾害，同德国比起来，真如小巫见大巫；我从而顺利地渡过了那一场灾难，而且我当时的精神面貌是我一生最好的时期，一点苦也没有感觉到，于不知不觉中冲破了我原定的年龄计划，度过了五十岁大关。

五十一过，又仿佛一场春梦似的，一下子就到了古稀之年，不容我反思，不容我踟蹰。其间跨越了一个十年浩劫。我当然是在劫难逃，被送进牛棚。我现在不知道应当感谢哪一路神灵：佛祖、上帝、安拉。由于一个万分偶然的机缘，我没有走上绝路，活下来了。活下来了，我不但没有感到特别高兴，反而时有悔愧之感在咬我的心。活下来了，也许还是有点好处的。我一生写作翻译的高潮，恰恰出现在这个期间。原因并不神秘：我获得了余裕和时间。在浩劫期间，我被打得一佛出世，二佛升天。后来不打不骂了，我却变成了“不可接触者”。在很长时间内，我被分配挖大粪，看门房，守电话，发信件。没有以前的会议，没有以前的发言。没有人敢来找我，很少人有勇气同我谈上几句话。一两年内，没收到一封信。我服从任何人的调遣与指挥，只敢规规矩矩，不敢乱说乱动。然而我的脑筋还在，我的思想还在，我的感情还在，我的理智还在。我不甘心成为行尸走肉，我必须干点事情。二百多万字的印度大史诗《罗摩衍那》，就是在这时候译完的。“雪夜闭门写禁文”，自谓此乐不减羲皇上人。

又仿佛是一场缥缈的春梦，一下子就活到了今天，行年八十矣，是古人称之为耄耋之年了。倒退二三十年，我这个在寿命上胸无大志的人，偶尔也想到耄耋之年的情况：手拄拐杖，白须飘胸，步履维艰，老态龙钟。自谓这种事情与自己无关，所以想得不深也不多。哪里知道，自己今天就到了这个年龄了。今天是新年元旦，从夜里零时起，自己已是不折不扣的八十老翁了。然而这老景却真如古人诗中所说的“青霭入看无”，我看不到什么老景。看一看自己的身体，平平常常，同过去一样，看一看周围的环境，平平常常，同过去一样。金色的朝阳从窗子里流了进来，平平常常，同过去一样。楼前的白杨，确实粗了一点，但看上去也是平平常常，同过去一样。时令正是冬天叶子落尽了；但是我相信，它们正蜷缩在土里，做着春天的梦。水塘里的荷花只剩下残叶，“留得残荷听雨声”，现在雨没有了，上面只有白皑皑的残雪。我相信，荷花们也蜷缩在淤泥中，做着春天的梦。总之，我还是我，依然故我；周围的一切也依然是过去的一切……

我是不是也在做着春天的梦呢？我想，是的。我现在也处在严寒中，我也梦着春天的到来。我相信英国诗人雪莱的两句话：“既然冬天已经到了，春天还会远吗？”我梦着楼前的白杨重新长出了浓密的绿叶；我梦着池塘里的荷花重新冒出了淡绿的大叶子；我梦着春天又回到了大地上。

可是我万万没有想到，“八十”这个数目字竟有这样大的威力，一种神秘的威力。“自己已经八十岁了！”我吃惊地暗自思忖。它逼迫着我向前看一看，又回头看一看。向前看，灰蒙蒙的一团，路不清楚，但也不是很长。确实没有什么好看的地方。不看也罢。

而回头看呢，则在灰蒙蒙的一团中，清晰地看到了一条路，路极长，是我一步一步地走过来的，这条路的顶端是在清平县的官庄。我看到了一片灰黄的土房，中间闪着苇塘里的水光，还有我大奶奶和母亲的面影。这条路延伸出去，我看到了泉城的大明湖。这条路又延伸出去，我看到了水木清华，接着又看到德国小城哥廷根斑斓的秋色，上面飘动着我那母亲似的女房东和祖父似的老教授的面影。路陡然又从万里之外折回到神州大地，我看到了红楼，看到了燕园的湖光塔影。令人泄气而且大煞风景的是，我竟又看到了牛棚的牢头禁子那一副牛头马面似的狞恶的面孔。再看下去，路就缩住了，一直缩到我的脚下。

在这一条十分漫长的路上，我走过阳关大道，也走过独木小桥。路旁有深山大泽，也有平坡宜人；有杏花春雨，也有塞北秋风；有山重水复，也有柳暗花明；有迷途知返，也有绝处逢生。路太长了，时间太长了，影子太多了，回忆太重了。我真正感觉到，我负担不了，也忍受不了，我想摆脱掉这一切，还我一个自由自在身。

回头看既然这样沉重，能不能向前看呢？我上面已经说到，向前看，路不是很长，没有什么好看的地方。我现在正像鲁迅的散文诗《过客》中的一个过客。他不知道是从什么地方走来的，终于走到了老翁和小女孩的土屋前面，讨了点水喝。老翁看他已经疲惫不堪，劝他休息一下。他说：“从我还能记得的时候起，我就在这么走，要走到一个地方去，这地方就在前面。我单记得走了许多路，现在来到这里了。我接着就要走向那边去……况且还有声音常在前面催促我，叫唤我，使我息不下。”那边，西边是什么地方呢？老人说：“前面，是坟。”小女孩说：“不，不，不的，那里有许多野百合、野蔷薇，我常常去玩，去看它们的。”

我理解这个过客的心情，我自己也是一个过客，但是却从来没有什么声音催着我走，而是同世界上任何人一样，我是非走不行的，不用催促，也是非走不行的。走到什么地方去呢？走到西边的坟那里，这是一切人的归宿。我记得屠格涅夫的一首散文诗里，也讲了这个意思。我并不怕坟，只是在走了这么长的路以后，我真想停下来休息片刻。然而我不能，不管你愿意不愿意，反正是非走不行。聊以自慰的是，我同那个老翁还不一样，有的地方颇像那个小女孩，我既看到了坟，也看到野百合和野蔷薇。

我面前还有多少路呢？我说不出，也没有仔细想过。冯友兰先生说：“何止于米？相期以茶。”“米”是八十八岁，“茶”是一百零八岁。我没有这样的雄心壮志，我是“相期以米”。这算不算是立大志呢？我是没有大志的人，我觉得这已经算是大志了。

我从前对穷通寿夭也是颇有一些想法的。十年浩劫以后，我成了陶渊明的志同道合者。他的一首诗，我很欣赏：

纵浪大化中，
不喜亦不惧。
应尽便须尽，
无复独多虑。

我现在就是抱着这种精神，昂然走上前去。只要有可能，我一定做一些对别人有益的事，绝不想成为行尸走肉。我知道，未来的路也不会比过去的更笔直、更平坦。但是我并不恐惧。我眼前还闪动着野百合和野蔷薇的影子。

1991年1月1日

选自人民文学出版社《季羡林散文》

先生的每一篇散文，几乎都有自己独具匠心的结构。特别是一些回环往复、令人难忘的晶莹玲珑的短小篇章，其结构总是让人想起一支奏鸣曲、一阕咏叹调，那主旋律几经扩展和润饰，反复出现，余音袅袅。

——北京大学教授　乐黛云

贾平凹

中国当代作家，自称“秦岭里的人”，代表作《废都》《秦腔》《古炉》等。

山本（后记）

贾平凹

这本书是写秦岭的，原定名就是《秦岭》，后因嫌与曾经的《秦腔》混淆，变成《秦岭志》，再后来又改了，一是觉得还是两个字的名字适合于我，二是起名以张口音最好，而志字一念出来牙齿就咬紧了，于是就有了《山本》。山本，山的本来，写山的一本书，哈，本字出口，上下嘴唇一碰就打开了，如同婴儿才会说话就叫爸爸妈妈一样（即便爷爷奶奶，舅呀姨呀的，血缘关系稍远些，都是撮口音）。这是生命的初声啊。

关于秦岭，我在题记中写过，一道龙脉，横亘在那里，提携了黄河长江，统领着北方南方，它是中国最伟大的一座山，当然它更是最中国的一座山。

我就是秦岭里的人，生在那里，长在那里，至今在西安城里工作和写作了四十多年，西安城仍然是在秦岭下。话说：生在哪儿，就决定了你。所以，我的模样便这样，我的脾性便这样，今生也必然要写《山本》这样的书了。

以前的作品，我总是在写商洛，其实商洛仅只是秦岭的一个点，因为秦岭实在是太大了，大得如神，你可以感受与之相会，却无法清晰和把握。曾经企图能把秦岭走一遍，即便写不了类似的《山海经》，也可以整理出一本秦岭的草木记，一本秦岭的动物记吧。在数年里，陆续去过起脉的昆仑山，相传那里是诸神在地上的都府，我得首先要祭拜的；去过秦岭始崛的鸟鼠同穴山，这山名特别有意思；去过太白山；去过华山；去过从太白山到华山之间的七十二道峪；自然也多次去过商洛境内的天竺山和商山。已经是不少的地方了，却只为秦岭的九牛一毛，我深深体会到一只鸟飞进树林子是什么状态，一棵草长在沟壑里是什么状况。关于整理秦岭的草木记、动物记，终因能力和体力未能完成，没料在这期间收集到秦岭二三十年代的许许多多传奇。去种麦子，麦子没结穗，割回来了一大堆麦草，这使我改变了初衷，从此倒兴趣了那个年代的传说，于是对那方面的资料，涉及的人和事，以及发生地，像筷子一样啥都要尝，像尘一样到处乱钻，太有些饥饿感了，做梦都是一条吃桑叶的蚕。

那年月是战乱着，如果中国是瓷器，是一地瓷的碎片年代。大的战争在秦岭之北之南错综复杂地爆发，各种硝烟都吹进了秦岭，秦岭里就有了那么多的飞禽走兽，那么多的魍魉魑魅，一尽着中国人的世事，完全着中国文化的表演。当这一切成为历史，灿烂早已萧瑟，躁动归于沉寂，回头看去，真是倪云林所说：生死穷达之境，利衰毁誉之场，自其拘者观之，盖有不胜悲者，自其达者观之，殆不值一笑也。巨大的灾难，一场荒唐，秦岭什么也没改变，依然山高水长，苍苍莽莽，没改变的还有情感，无论在山头或河畔，即便是在石头缝里和牛粪堆上，爱的花朵仍然在开，不禁慨叹万千。

《山本》是在2015年开始了构思，那是极其纠结的一年，面对着庞杂混乱的素材，我不知怎样处理。首先是它的内容，和我在课本里学的，在影视上见的，是那样不同，这里就有了太多的疑惑和忌讳。再就是，这些素材如何进入小说，历史又怎样成为文学？我想我那时就像一头狮子在追捕兔子，兔子钻进偌大的荆棘藤蔓里，狮子没了办法，又不忍离开，就趴在那里，气喘吁吁，鼻脸上尽落些苍蝇。

我还是试图着先写吧，意识形态有意识形态的规范和要求，写作有写作的责任和智慧，至于写得好写得不好，是建了一座庙还是盖个农家院，那是下一步的事，鸡有蛋了就要下，不下那也憋得慌么。初草完成到2016年底，修改已是2017年。2017年是西安百年间最热的夏天啊，见到的狗都伸着长舌，长舌鲜红，像在生火，但我不怕热，凡是不开会（会是那么多呀！）就在屋里写作。写作会发现身体上许多秘密，比如总是失眠，而胃口大开，比如握笔手上用劲，脚指头却疼，比如写那么几个小时了，去洗手间，往镜子上一看，头发竟如茅草一样凌乱，明明我写作前洗了脸梳过头的，几小时内并没有风，也不曾走动，怎么头发像风怀其中？

漫长的写作从来都是一种修行和觉悟的过程，在这前后三年里，我提醒自己最多的，是写作的背景和来源，也就是说，追问是从哪里来的，要往哪里去。如果背景和来源是大海，就可能风起云涌，波澜壮阔，而背景和来源狭窄，只能是小河小溪或一潭死水。在我磕磕绊绊这几十年写作途中，是曾承接过中国的古典，承接过苏俄的现实主义，承接过欧美的现代派和后现代派，承接过建国十七年的革命现实主义，好的是我并不单一，土豆烧牛肉，面条同蒸馍，咖啡和大蒜，什么都吃过，但我还是中国种。就像一头牛，长出了龙角，长出了狮尾，长出了豹纹，这四不像的是中国的兽，称之为麒麟。最初我在写我所熟悉的生活，写出的是一个贾平凹，写到一定程度，重新审视我所熟悉的生活，有了新的发现和思考，在谋图写作对于社会的意义，对于时代的意义。这样一来就不是我在生活中寻找题材，而似乎是题材在寻找我，我不再是我的贾平凹，好像成了这个社会的、时代的，是一个集体的意识。再往后，我要做的就是在社会的、时代的，集体意识里又还原一个贾平凹，这个贾平凹就是贾平凹，不是李平凹或张平凹。站在此岸，泅入河中，到达彼岸，这该是古人讲的入得金木水火土五行之内，出得金木水火土五行之外，也该是古人还讲的看山是山看水是水，看山不是山看水不是水，看山还是山看水还是水吧。

说实情话，几十年了，我是常翻老子和庄子的书，是疑惑过老庄本是一脉的，怎么《道德经》和《逍遥游》是那样的不同，但并没有究竟过它们的原因。一日远眺了秦岭，秦岭上空是一条长带似的浓云，想着云都是带水的，云也该是水，那一长带的云从秦岭西往秦岭东快速而去，岂不是秦岭上正过一条河？河在千山万山之下流过是自然的河，河在千山万山之上流过是我感觉的河，这两条河是怎样的意义呢？突然醒开了老子是天人合一的，天人合一是哲学，庄子是天我合一的，天我合一是文学。这就好了，我面对的是秦岭二三十年代的一堆历史，那一堆历史不也是面对了我吗，我与历史神遇而迹化，《山本》该从那一堆历史中翻出另一个历史来啊。

过去了的历史，有的如纸被糨糊死死贴在墙上，无法扒下，扒下就连墙皮一块全碎了，有的如古墓前的石碑，上边爬满了虫子和苔藓，搞不清那是碑上的文字还是虫子和苔藓。这一切还留给了我们什么，是中国人的强悍还是懦弱，是善良还是凶残，是智慧还是奸诈？无论那时曾是多么认真和肃然，虔诚和庄严，却都是佛经上所说的，有了罣碍，有了恐怖，有了颠倒梦想。秦岭的山川河壑大起大落，以我的能力来写那个年代只着眼于林中一花、河中一沙，何况大的战争从来只有记载没有故事，小的争斗却往往细节丰富，人物生动，趣味横生。读到了李尔纳的话：一个认识上帝的人，看上帝在那木头里，而非十字架上。《山本》里虽然到处是枪声和死人，但它并不是写战争的书，只是我关注一个木头一块石头，我就进入这木头和石头中去了。

在构思和写作的日子里，一有空我仍是就进秦岭的，除了保持手和笔的亲切感外，我必须和秦岭维系一种新鲜感。在秦岭深处的一座高山顶上，我见到了一个老人，他讲的是他父亲传给他的话，说是，那时候，山中军行不得鼓角，鼓角则疾风雨至。这或许就是《山本》要弥漫的气息。

一次去了一个寨子，那里久旱，男人们竟然还去龙王庙祈雨，先是祭猪头、烧高香，再是用刀自伤，后来干脆就把龙王像抬出庙，在烈日下用鞭子抽打。而女人们在家里也竟然还能把门前屋后的石崖、松柏、泉水，封为神公君，一一磕过头了，嘴里念叨着祈雨歌：天爷爷，地大大，不为大人为娃娃，下些下些下大些，风调雨顺长庄稼。一次去太白山顶看老爷池，池里没有水族，却常放五色光、万字光、珠光、油光，池边有着一种鸟，如画眉，比画眉小，毛色花纹可爱，声音嘹亮，池中但凡有片叶寸蒉，它必衔去，人称之为净池鸟。这些这些，或许就是《山本》人物的德行。

在秦岭里，可以把那些峰认作是挺拔英伟之气所结，可以把那些潭认作是阴凉润泽之气所聚，而那山坡上或洼地里出现的一片一片的树林子，最能让我成晌地注视着。每棵树都是一个建筑，各种枝股的形态那是为了平衡，树与树的交错节奏，以及它们与周遭环境的呼应，使我知道了这个地方的生命气理，更使我懂得了时间的表情。这或许又是《山本》布局。

随便进入秦岭走走，或深或浅，永远会惊喜从未见过的云，草木和动物，仍还能看到像《山海经》一样，一些兽长着似乎是人的某一部位，而不同于《山海经》的，也能看到一些人还长着似乎是兽的某一部位。这些我都写进了《山本》。另一种让我好奇的是房子，不论是瓦房或是草屋，绝对都有天窗，不在房屋顶，装在门上端，问过那里的老乡，全在说平日通风走烟，人死时，神鬼要进来，灵魂要出去。《山本》里，我是一腾出手就想开这样的天窗。

作为历史的后人，我承认我的身上有着历史的荣光也有着历史的龌龊，这如同我的孩子的毛病都是我做父亲的毛病，我对于他人他事的认可或失望，也都是对自己的认可和失望。《山本》里没有包装，也没有面具，一只手表的背面故意暴露着那些转动的齿轮，我写的不管是非功过，只是我知道了我骨子里的胆怯、慌张、恐惧、无奈和一颗脆弱的心。我需要书中那个铜镜，需要那个瞎了眼的郎中陈先生，需要那个庙里的地藏菩萨。

未能一日寡过，恨不十年读书，越是不敢懈怠，越是觉得力不从心。写作的日子里为了让自己耐烦，总是要写些条幅挂在室中，《山本》时左边挂的是“现代性，传统性，民间性”，右边挂的是“襟怀鄙陋，境界逼仄”。我觉得我在进文门，门上贴着两个门神，一个是红脸，一个是黑脸。

终于改写完了《山本》，我得去告慰秦岭，去时经过一个峪口前的塬上，那里有一个小庙，门外蹲着一些石狮，全是砂岩质的，风化严重，有的已成碎石残沙，而还有的，眉目差不多难分，但仍是石狮。

2017.10.13 夜

选自人民文学出版社《山本》

作为一部长篇历史小说，贾平凹的《山本》不仅有对秦岭的“百科全书”式书写，而且也有对近代中国的深度

反思。一方面，对涡镇二十世纪二三十年代充满烟火气的世俗日常生活进行着毛茸茸的鲜活表现；另一方面，却也有着哲学与宗教两种维度的形而上思考。《山本》，是一部生命之书，一部苦难之书，更是一部悲悯之书。

——文学评论家　王春林

秦腔（节选）

贾平凹

清风街的故事该告一个段落了吧。还说什么呢？清风街的事，要说是大事，都是大事，牵涉到生死离别，牵涉到喜怒哀乐。可要说这算什么呀，真的不算什么。太阳有升有落，人有生的当然有死的，剩下来的也就是油盐酱醋茶，吃喝拉撒睡，日子像水一样不紧不慢地流着。夏风是在夏天智过了“头七”,就返回了省城。那个陈星比夏风还早一天也背着他的吉他走了。陈星的走，有些莫名其妙，因为开春后他还请了县农技所的人来修剪了一次果林，而且头一天在戏楼上弹着吉他唱歌，唱了一首又一首，几乎是办了一场他的演唱会，第二天一早他却走了，走了再没有在清风街露面。以后呢，是天渐渐又热了，蝉在成蛹了，猫在怀春了，青蛙在产卵了，夏天义一日复一日地还在七里沟，只是每次从七里沟回来，路过夏天智的坟前，他就唠叨得给坟前竖个石碑的。他责问过夏雨，夏雨说这事他和夏风商量过，夏风让等他回来了好好给爹竖个碑的，他已经请石匠开出了一个面碑石了。夏雨却对夏天义问起一件事来，是不是县上派人来调研重新分地的事了？夏天义睁大了眼睛，说："你听谁说的？"夏雨说："上善……你不知道呀？"夏天义说："狗日的！"夏雨说："他们不知来调研啥的，是同意重新分地，还是不同意分地？"夏天义说："一壶酒都冷喝了，才端了火盆呀！"夏雨说："……"夏天义说："总算来了，来了就好，我夏天义的信还起作用么！"夏雨说："二伯你又告了？！"夏天义没言传，抄着手回家去了，他的头向前倾着，后脖子上的壅壅肉虽然没了，却还泛着一层油。但是，县上的来人却路过了清风街先去了西山湾，而麦子眼看灌浆了，清风街下起了一场大雨。雨先是黑雨，下得大中午像是日头落山，黑蒙蒙的。再是白雨，整整一夜，窗纸都是白的。雨大得人出不了门，拿盆子去接屋檐水做饭，怎么接只能接半盆子。白雪抱着孩子站在台阶上，从院墙头一直能看到南山峁，山峁被黑色的云雾裹着，像是坐着个黑寡妇，她就不看了。门楼的一角塌了，裸露出来的一截木头生了绿毛。院子里的水已经埋没了捶布石，墙根的水眼道被杂物堵了，夏雨在使劲地捅，捅开了，但水仍是流不出去。他出了院门，开始大声叫前院人的名字，大名小名地叫，前院里才有了应声。夏雨说："耳朵叫驴毛塞了？你家尿窖子溢了，尿尿漂了一巷道！"前院人说："水往尿窖子里灌哩，我有啥办法，我日天呀？！”夏雨说：“你还躁哩？！你为啥不在尿窖边挡土堰呢？”就取了镢头去疏通巷道了。四婶在厨房门口生火盆，让白雪把孩子的湿尿布拿来烘一烘，就听到轰的一声。白雪说：“娘，谁家的院墙又塌了！”四婶说：“塌吧，塌吧，再下一天，咱这院墙也得塌了！”白雪没有拿了湿尿布去烘，回坐在门槛上，觉得屋里黑暗，阴气森森的，打了一个冷颤。

雨又下了一天，夏家老宅院的院墙没有塌，只掉脱了席大一面墙皮，但东街塌倒了十二道院墙，武林家的厦房倒了，农贸市场的地基下陷，三踅的砖瓦场窝了一孔窑，而中街西街也是塌了十三间房三十道院墙，压死了一头母猪、五只鸡。街道上的水像河一样，泡倒了戏楼台阶，土地神庙一根柱子倾斜，溜了十行瓦，土地公和土地婆全立在泥水里。整个街上的水流进了东街外的小河，小河水满，冲走了庆金刨修的地，也冲垮了两岸的石堤，一棵柳树斜斜地趴在那里。州河有石鳖子堆，总算没决溃，但也水离堤只差了一尺，男女老幼几百人在护卫，君亭几天几夜都没有回家，锣敲得咣咣响，要严防死守。而伏牛梁更糟，有泥石流往下涌，涌没了那一片幼树林子，退耕还林示范点像是癞疮头，全是红的黄的疤和脓，没了几根毛发。清风街人都愁着，见了面就骂天：一旱旱了五年，一下却把五年的雨都下来了，这是天要灭绝咱呀！

选自人民文学出版社《秦腔》

（本文由中国作家协会副主席阎晶明朗读）

为此，我把《秦腔》看作一种尊灵魂的写作。所谓尊灵魂，即不忘在作品中找天地之“心”、寻人类之“命”。——这样的意识，在当代写作界，正变得越来越稀薄，此是当代文学之主要危机。由尊灵魂，而有生命叙事；由生命叙事，才得见一部作品的生命和情理。读《秦腔》，若不能深入到这个层面，是断难在众多沉实的段落里看出作者的苦心经营的。

——中山大学中文系教授、博士生导师　谢有顺

浮躁（节选）

贾平凹

州河发过大水之后，小水再也没有见过金狗。多少天来，人们纷纷议论这场洪水，震惊州河还有这么大的能耐，洪水暴起，竟险些将州城、白石寨淹了！金狗发水时还在不在村子？没有人告诉她，她也不能去问，间或河运队的人从寨城南门外的渡口到铁匠铺来，拿了鱼提了鳖，只是强调补养小水身子时，她就知道金狗是到州城去了。

小水自此一直穿那件没有第三颗纽扣的衫子，即使风再大，刀子般地直往怀里钻，她也不愿意换别的衫子或者重新在这件衫子上钉

上纽扣。在恍恍惚惚的境界里，她似乎觉得这第三颗纽扣不在了，自己的一颗心也不在了！常常丢三忘四，明明要去某一处取什么东西时，到那一处了却忘记了该取什么，甚至在给外爷和福运说话的时候，说着说着就记不起还要说的一件事。这个时候，她是多么恨金狗呀，但常常恨过之后，她就更觉惶恐：咒人会把人咒死的，她这种怨恨会不会给金狗带来灾难呢？她甚至怀疑过自己以前是不是看错了也爱错了金狗？但这种想法才一泛上心头，她就马上打消。当她一个人待在某一处情不自禁地说道："金狗，你学坏了，你这坏金狗！"却立即默声祈祷，永不愿他真是学坏了。小水确实是剪不断理还乱那一脉情思啊，虽然金狗离开她走了，将永远属于另一个女人了，但她怀念着往昔的情谊。这情谊有什么错吗？它是纯洁的、真挚的、常忆常新的，似乎就是她从此以后漫长的人生旅途上的一袋干粮，永远值得咀嚼！让金狗再全心全意地来爱她已不可能，且这种奢望在小水看来已近于荒唐甚至可耻，但是她愈来愈多的体会是，被别人爱是一种幸福，而爱别人则是一种更长久无限的幸福！她偷偷给金狗写过三封信，却一封信也未寄出，只是在过着一种将痛苦炮制成幸福的单相思的日子。

小水明明是绝望的，但使自己也惊奇的是每天早晨一经从炕上翻起就产生一个念头：金狗突然要给她来一封信的！

但金狗没有来信。

选自人民文学出版社《浮躁》

（本文由中国出版集团公司副总裁潘凯雄朗读）

《浮躁》在一定程度上写出了改革开放之初中国农村发生的潜移默化的变化，写出了体制的松动，旧秩序的动摇，人心点燃的希望，不屈的挣扎与奋斗……陷于贫困中的人们，是如何渴望脱贫致富。他们与河流搏斗，为的是获得生存下去的基本保障。也确实有一种改变生活的愿望和情绪在躁动，仙游川、两岔乡、白石寨县，乃至整个商州，都涌动着一股热潮，我们可以感受到社会各阶层都在渴望一种新生活。

——北京大学中文系教授、评论家　陈晓明

想念

Reminiscences

说到“想念”这两个字，你有没有想到某个人？不管你想到了谁，都让我们在心底感谢他，因为他让我们对人的感情又多了一种认识。想念是那么奇特，它可以是甜蜜的，也可以是苦涩的；可以是深刻的，也可以是淡然的；可以是绵长的，也可以是短暂的。想念往往不是刻意的，它出现在很多我们无法控制的瞬间：看电影，听首歌，望着一张相片的时候，或者，就在闭起眼睛的那一刻。

对于史铁生来说，想念是在开满菊花的秋天，母亲曾经说的那一句话：“我们俩在一块儿，要好好地活”；而对于终老望乡的洛夫来说，想念是“故国的泥土，伸手可及／但我抓回来的仍是一掌冷雾”。

想念让日子变长了，让不及的人变近了，让我们最终明白，想念是拥有的另外一种形式。他想我，我想他，想念让我们的世界变得更有温度。让我们一起走进一座座情感的博物馆，去看一件叫“想念”的藏品会折射出怎样的光彩。

走进朗读亭

Reading Pavilion

今天是汶川大地震十周年纪念日。

5 月 12 日是国际护士节，那天的演出还没开始，地震就发生了。当我冲出大厅，看到街面像波浪一样，我就知道地震了。医院的房屋全部损毁了。医院旁边有一个寺庙叫罗汉寺，我们就在素全大师的帮助下，把产妇和新生儿转移到了寺庙的院坝里。我们打着雨伞，用手电筒照明，用树枝作输液架。就在寺庙的屋檐下，第一个孩子出生了，她的哭声很响亮。我把新生儿抱过来，从头亲到脚，自己也号啕大哭。地震使我们失去了很多亲人和同胞，但是我们的帐篷里有很多新生命诞生，我们有希望。前前后后，刚好一百零八个孩子出生在罗汉寺。我们就亲切地叫他们地震宝宝，或者罗汉娃。十年了，应该好好纪念一下。不要忘记那场灾难，为了我们自己，更加幸福感恩地活下去。我把泰戈尔《我的歌》读给孩子们。

我的小孩呀，我这一支歌将扬起它的乐声围绕你的身旁……当你只是一个人的时候，它将坐在你的身边，在你耳旁微语；当你在人群中的时候，它将远远地围着你保护着你。

朗读者　桂逢春（什邡市妇幼保健院院长）

（本期节目于 2018 年 5 月 12 日播出）

许鞍华

香港电影新浪潮当中首屈一指的女性导演，六次获香港电影金像奖最佳导演奖，三次获金马奖最佳导演奖。

也斯寄来邓阿蓝和我的合照——回答

马　若

很高兴你从老远的地方寄来
一张邓阿蓝和我
坐在你家沙发的合照
我不知你怎样弄的照片
黑白黑白灰黄灰黄普普通通
不过我得承认怀念的效果
比起鲜艳的色彩还要好得多

更喜欢翻看　照片的背后
你亲笔书写的字句随随意意
在寒冷如此的天气下读着
仿佛有老朋友在一旁　不停地呵暖
我既清楚又明白　尽管文字可以
雕琢得天花龙凤你不会这样做
可那份情感及关怀　透过
真挚的言语实无法伪装　我体会得到
谈到你很希望出版一本
邓阿蓝和我的散文合集　你知道
我并不刻求却十分珍惜
你的心意我默默承受

　　其实我不知道怎样向你解释
　　近年来我忽然好像明白到
　　陶靖节那一句今是而昨非的道理
　　尤其是自从我的父亲去世后
　　我又感觉到事物一如飘忽的微尘
　　在我身旁轻轻地掠过

此刻窗外的北风又刮起了
呼呼过来呼呼过去
我准备拉上布帘就看见了光
远远远远的山中
数盏明明灭灭的灯火　我想告诉你

虽然微弱但十分耐看
不知会不会伸延到你那里
我这边的夜幕深深深几许
谁可以给我一个明确的指示
星星起落的方向
是否有着固定的位置
天晓得以后的日子呢
世事和人情总是两茫茫
最好还是醒一觉你已返回
并且带来喜悦的诗句
什么时候再请我到你的家里叙一叙
醉饮两三瓶红红的红酒
笑谈一个玲珑的晚上

写于一九九八年冬，改于二〇〇〇年夏

果果父母

重庆市第一百二十名器官捐献者果果的父母。女儿过世后，他们捐出了她的角膜、肾脏和肝脏。

妞妞：一个父亲的札记（节选）

周国平

15　永恒的女儿

你让我做了一回父亲。太短暂了，我刚刚上瘾，你就要走了。你只让我做了片刻的父亲。

可是，你在我身上唤醒的海洋一般深广的父爱将永远存在，被寂寞的天空所笼罩，轰响着永无休止的呼唤你的涛音。

在男人的一切角色中，父亲最富人性。其余种种角色，包括儿子、丈夫、野心家、征服者，面对父亲角色都不由自主地露出愧色，压低嗓门说话。一个真正的男子汉一旦做了父亲，就不能不永远是父亲了。

你净化了我看女人的眼光。你使我明白，女人都曾是女儿，总是女儿。愈是爱我的女人，我愈是要这样看她。

然而，别的女儿迟早会身兼其他角色，做妻子和母亲，你却仅仅是女儿，永远是女儿。你是一个永恒的女儿。

我的永恒的女儿，你让我做了永恒的父亲。

16　幻灭之感

我们平时深陷在红尘之中。尽管亲戚朋友的死会引起我们物伤其类的悲哀，但那毕竟是旁人的死，和我们隔了一层。对于我们自己的死，我们只能想象，没有一个人能够亲眼目睹自己的死。死，似乎是一件目睹者不可身受、身受者不可目睹的事情。

然而，自己孩子的死就不一样了。孩子真正是亲骨肉，他的生命直接从我们自己的生命分出。在抚育他一天天生长的过程中，我们又仿佛在把自己的生命一点点转移到他身上去。不管我们的理性多么清醒地洞察死后的虚无，我们的种族本能仍然使我们多少相信孩子的生命是我们自己生命的延续。所以，目睹孩子的死，差不多是目睹了自己的死。这是一种最接近于目睹和身受相重合的死。目睹自己所孕育的生命毁于一旦，无常在眼皮底下演出一整出戏，世上不会有比这更可怕的幻灭之感了。

也许，我的女儿，你的短促美丽的生命是我的真实宿命，而我在人世的苟活只是一个幻影……

17　等和忍

我究竟在等什么呢？

在这个世界上，奇迹比美德（所谓善），甚至比公道（所谓善有善报）更为罕见，我早已不相信奇迹了。

当然，我不是在等那必将到来的结局。一个父亲怎么会等他的孩子的死呢？

可是我确实在等。我在等我的患有绝症的女儿的每一次欢笑，她那么爱笑，我的等待很少落空。

我知道，总有一天，病痛会迫使她不再欢笑，并且终于夺去她的生命。那时候我将不再等待，只是咬牙忍受。

人生无非是等和忍的交替。有时是忍中有等，绝望中有期待。到了一无可等的时候，就最后忍一忍，大不了是一死，就此彻底解脱。

18　生命的得失

我问自己：

一个婴儿刚出生就夭折了，他究竟一无所失，还是失去了他应该享有的漫长的一生？

一个老人寿终正寝了，他究竟失去了他曾经享有的漫长的一生，还是一无所失？

我问自己：

生命的得失究竟如何衡量？寿命的长短究竟有何意义？

我对自己说：

生命是完整的、不可分割的，因此无论什么年龄的死都是不可计算和比较的，都是一个完整的生命的丧失。

我发现我的问题和答案都似是而非，用玄学掩盖了一个常识的真理：老人的死是自然的、正常的，孩子的死是不自然的、荒谬的。

面对死，孩子给人一种实在的安慰：生命是不可阻遏的。

但是，面对孩子的死呢？

19　平庸的父亲

诗人不宜做丈夫。一结婚，诗意就没了。哲学家不宜做父亲。儿女生下来，哲学就死了。

我可曾发过诸如此类的高论？

于是有人据此劝慰我："这是天意，上帝要你做哲学家。"

可是现在，如果允许我选择，我毫不犹豫地选择做父亲，不做哲学家。

一位朋友替我提供理由：在这个时代，平庸的哲学家太多了，而杰出的父亲太少了。

不，我的选择是：宁可做平庸的父亲，不做杰出的哲学家。

我的理由要简单得多：我爱我的女儿胜于爱一切哲学。没有一种哲学能像这个娇嫩的小生命那样使我爱入肺腑。只要我的女儿能活，就让随便什么哲学死去好了。

然而，我的女儿注定活不了。

然而，形形色色的哲学注定要在这个世界上活下去。

我抱着我的女儿的小小尸体，拒绝接受任何一种哲学的安慰。

由不得我选择，我骨子里就是个平庸的父亲，做不了杰出的哲学家。

20 尼俄柏的眼泪

在西皮罗斯的悬崖上，耸立着一位母亲的石像。她全身僵硬，没有生命，唯有那双呆滞的眼睛淌着永不干枯的泪水。

这是尼俄柏在哭她的惨遭杀害的儿女。

这位忒拜的王后，曾经是人间最幸福的母亲，膝下有七个美丽的女儿和七个健壮的儿子。她多么天真，并不夸耀她的权势和财富，却仗着她有众多可爱的孩子而傲视子女稀少的天神勒托，终于遭此可怕的报复。

当舞蹈家邓肯的两个孩子在车祸中丧生时，她觉得她也像尼俄柏一样变成了石头。从此以后，不管她又经历了些什么，一切都已经外在于她，就像浪花外在于石头一样。

尼俄柏和邓肯是真正的女人，她们爱孩子远胜于爱使她们显赫的王位或艺术。我相信她们的野心是纯洁的，因为这野心温顺地听命于她们的至高无上的母性。

对于一个母亲（我还要加上父亲）来说，不可能有比丧子更加惨烈的灾祸了。有一项调查表明，在各类生活事件中，子女死亡造成的心理压力最大。别的事件打击头脑或心灵，丧子却直接打击人类最深沉的种族本能。

所以，尼俄柏是一个悲惨的象征。在灾祸降临的那一刻，她变成了石头，她的一切都死了，唯有她的悲哀永远活着。只要天下还有不幸的父母，她的眼泪就不会流干。

选自人民文学出版社《妞妞：一个父亲的札记》

（本文由果果爸余江朗读）

《妞妞：一个父亲的札记》是为除周国平之外的另一个或其他许多的寂寞而写的。周国平大概永远不会知道，陪着他的寂寞坐着的，另外还有很多寂寞。

——出版人、书评家　黄集伟

生命本来没有名字

周国平

这是一封读者来信，从一家杂志社转来的。每个作家都有自己的读者，都会收到读者的来信，这很平常。我不经意地拆开了信封。可是，读了信，我的心在一种温暖的感动中战栗了。

请允许我把这封不长的信抄录在这里——

不知道该怎样称呼您，每一种尝试都令自己沮丧，所以就冒昧地开口了，实在是一份由衷的生命对生命的亲切温暖的敬意。

记住您的名字大约是在七年前，那一年翻看一本《父母必读》，上面有一篇写孩子的或者是写给孩子的文章，是印刷体却另有一种纤柔之感，觉得您这个男人的面孔很别样。

后来慢慢长大了，读您的文章便多了，常推荐给周围的人去读，从不多聒噪什么，觉得您的文章和人似乎是很需要我们安静的，因为什么，却并不深究下去了。

这回读您的《时光村落里的往事》，恍若穿行乡村，沐浴到了最干净最暖和的阳光。我是一个卑微的生命，但我相信您一定愿意静静地听这个生命说："我愿意静静地听您说话……"我从不愿把您想象成一个思想家或散文家，您不会为此生气吧。

也许再过好多年之后，我已经老了，那时候，我相信为了年轻时读过的您的那些话语，我要用心说一声：谢谢您！

信尾没有落款，只有这一行字："生命本来没有名字吧，我是，你是。"我这才想到查看信封，发现那上面也没有寄信人的地址，作为替代的是"时光村落"四个字。我注意了邮戳，寄自河北怀来。

从信的口气看，我相信写信人是一个很年轻的刚刚长大的女孩，一个生活在穷城僻镇的女孩。我不曾给《父母必读》寄过稿子，那篇使她和我初次相遇的文章，也许是这个杂志转载的，也许是她记错了刊载的地方，不过这都无关紧要。令我感动的是她对我的文章的读法，不是从中寻找思想，也不是作为散文欣赏，而是一个生命静静地倾听另一个生命。所以，我所获得的不是一个作家的虚荣心的满足，而是一个生命被另一个生命领悟的温暖，一种暖入人性根底的深深的感动。

"生命本来没有名字"——这话说得多么好！我们降生到世上，有谁是带着名字来的？又有谁是带着头衔、职位、身份、财产等等来的？可是，随着我们长大，越来越深地沉溺于俗务琐事，已经很少有人能记起这个最单纯的事实了。我们彼此以名字相见，名字又与头衔、身份、财产之类相连，结果，在这些寄生物的缠绕之下，生命本身隐匿了，甚至萎缩了。无论对己对人，生命的感觉都日趋麻痹。多数时候，我们只是作为一个称谓活在世上。即使是朝夕相处的伴侣，也难得以生命的本然状态相待，更多的是一种伦常和习惯。浩瀚宇宙间，也许只有我们的星球开出了生命的花朵，可是，在这个幸运的星球上，比比皆是利益的交换、身份的较量、财产的争夺，最罕见的偏偏是生命与生命的相遇。仔细想想，我们是怎样地本末倒置、因小失大，辜负了造化的宠爱。

是的——我是，你是，每一个人都是一个多么普通又多么独特的生命，原本无名无姓，却到底可歌可泣。我、你、每一个生命都是那么偶然地来到这个世界上，完全可能不降生，却毕竟降生了，然后又将必然地离去。想一想世界在时间和空间上的无限，每一个生命的诞生的偶然，怎能不感到一个生命与另一个生命的相遇是一种奇迹呢。有时我甚至觉得，两个生命在世上同时存在过，哪怕永不相遇，其中也仍然有一种令人感动的因缘。我相信，对于生命的这种珍惜和体悟乃是一切人间之爱的至深的源泉。你说你爱你的妻子，可是，如果你不是把她当作一个独一无二的生命来爱，那么你的爱还是比较有限。你爱她的美丽、温柔、贤惠、聪明，当然都对，但这些品质在别的女人身上也能找到。唯独她的生命，作为一个生命体的她，却是在普天下的女人身上再也无法重组或再生的，一旦失去，便是不可挽回地失去了。世上什么都能重复，恋爱可以再谈，配偶可以另择，身份可以炮制，钱财可以重挣，甚至历史也可以重演，唯独生命不能。愈是精微的事物愈不可重复，所以，与每一个既普通又独特的生命相比，包括名声地位财产在内的种种外在遭遇实在粗浅得很。

既然如此，当另一个生命，一个陌生得连名字也不知道的生命，远远地却又那么亲近地发现了你的生命，透过世俗功利和文化的外观，向你的生命发出了不求回报的呼应，这岂非人生中令人感动的幸遇？

所以，我要感谢这个不知名的女孩，感谢她用她的安静的倾听和领悟点拨了我的生命的性灵。她使我愈加坚信，此生此世，当不当思想家或散文家，写不写得出漂亮文章，真是不重要。我唯愿保持住一份生命的本色，一份能够安静聆听别的生命也使别的生命愿意安静聆听的纯真，此中的快乐远非浮华功名可比。

很想让她知道我的感谢，但愿她读到这篇文章。

1994年3月

选自人民文学出版社《周国平散文》

（本文由器官移植受者郭春蕾、蒋夑斌、张文秀、程豪、郝雅文、李成、赵立彬、李辰一和段绍平共同朗读）

周国平写散文，他的特点在于以散文的方式谈论哲学和人生问题，诸如生存的意义、生命的价值、死亡、孤独、自我、性与爱。总之，他集中探讨现代人精神生活中普遍

存在的困境和难题，特别关注心灵、苦难与磨难、灵魂与超越等问题。这样的问题触及读者最敏感的神经末梢，最容易引起共鸣。

——评论家　陈剑晖

双雪涛

“80后”东北作家，著有《平原上的摩西》《飞行家》等，被认为是中国颇具潜质的青年小说家。

卡拉马佐夫兄弟（节选）

［俄］陀思妥耶夫斯基

大家默默地站在大石头旁边。阿辽沙看了一下，不久前斯涅吉辽夫说到伊留莎怎样拥抱着父亲，一面哭，一面喊，“爸爸，爸爸，他多么欺侮你呀！”的全部情景，一下子又完全重新呈现在他的脑海里。有什么东西仿佛在他的心灵里剧烈地震动着。他带着严肃庄重的神色，环视了一下伊留莎的同学们那些明朗可爱的脸，忽然对他们说道：

“诸位，我想在这里，就在这个地方对你们说几句话。”

孩子们围住他，立刻用专注和期待的目光紧紧地盯着他。“诸位，我们快要分手了。我现在暂时还要照顾两个哥哥，其中一个就要去流放，另一个病得快死。但是不久我就将离开这个城市，也许长久地离开。诸位，我们快要分离了。现在让我们在伊留莎的石头旁边互相约定，第一，永不忘记伊留莎，第二，永不互相遗忘。以后我们一生中无论发生什么事，即使有二十年不见面，我们也仍旧要记住，我们是怎样殡葬一个可怜的男孩，他曾在桥头被我们用石头扔过，你们记得么？但以后我们大家又怎样爱起他来。他是个可爱的孩子，善良、勇敢的孩子，感到父亲名誉上所受的痛心的侮辱，因此要起来反抗。所以首先，我们要一辈子记住他。即使以后我们忙于办重要的大事，有了显赫的地位，或者陷入了某种巨大的不幸，——你们也无论如何不要忘记，我们曾经在这里感到多么美好，我们大家同心协力，由一种美好善良的情感联系在一起，——这种情感在我们爱那个可怜的小孩的时候，或许会使我们也能变成一个比目前实际的我们更好一些的人。我的小鸽子们，请你们允许我叫你们小鸽子吧，因为你们全很像鸽子，很像那些美丽的蓝灰色的小鸟儿，现在，在我看着你们善良、可爱的脸庞的时候，我的可爱的小朋友们，也许你们还不了解我对你们所说的话，因为我的话往往说得很不清楚，但是你们一定会记住，而且将来总有一天会赞同我的话的。你们要知道，一个好的回忆，特别是儿童时代，从父母家里留下来的回忆，是世上最高尚，最强烈，最健康，而且对未来的生活最为有益的东西。人们对你们讲了许多教育你们的话，但是从儿童时代保存下来的美好、神圣的回忆也许是最好的回忆。如果一个人能把许多这类的回忆带到生活里去，他就会一辈子得救。甚至即使只有一个好的回忆留在我们的心里，也许在什么时候它也能成为拯救我们的一个手段。我们以后也许会成为恶人，甚至无力克制自己去做坏事，嘲笑人们所流的眼泪，取笑那些像柯里亚刚才那样喊出‘我要为全人类受苦’的话的人们，——也许我们要恶毒地嘲弄这些人。但是无论如何，无论我们怎样坏，只要一想到我们怎样殡葬伊留莎，在他一生最后的几天里我们怎样爱他，我们怎样一块儿亲密地在这块石头旁边谈话，那么就是我们中间最残酷，最好嘲笑的人，——假使我们将来会成为这样的人的话，也总不敢在内心里对于他在此刻曾经是那么善良这一点暗自加以嘲笑！不但如此，也许正是这一个回忆，会阻止他做出最大的坏事，使他沉思一下，说道：‘是的，当时我是善良的，勇敢的，诚实的。’即使他要嘲笑自己，这也不要紧，人是时常取笑善良和美好的东西的；这只是因为轻浮浅薄；但是我要告诉你们，诸位，他刚一嘲笑，心里就立刻会说：‘不，我这样嘲笑是很坏的，因为这是不能嘲笑的呀！’”

“一定会这样，卡拉马佐夫，我明白你的意思，卡拉马佐夫！”柯里亚两眼放光地大声喊起来。孩子们都很激动，也想说点什么，但是忍住了，友爱地瞧着这位演说家。

“我说这话，是害怕我们将来会成为坏人，”阿辽沙继续说，“但是为什么我们一定会成为坏人呢，诸位？最要紧的是，我们首先应该善良，其次要诚实，再其次是以后永远不要互相遗忘。这话我还要重复一下。诸位，我要对你们发誓，我不会忘记你们中间的任何一个；现在瞧着我的每一张脸我都要记住，哪怕过三十年以后也这样。柯里亚刚才对卡尔塔绍夫说，我们似乎不愿意知道：‘世上有没有他这个人！’难道我会忘记，世上曾有卡尔塔绍夫这个人么？他现在已不会像那次发见特洛伊的秘密时那样脸红，他睁大着可爱的、善良而快乐的眼睛望着我。诸位，可爱的诸位，我们大家应该宽厚而且勇敢，像伊留莎一样：聪明，勇敢，而且宽厚；像柯里亚一样，——他长大以后，还会更聪明的；我们还要像卡尔塔绍夫一样的怕羞但却聪明而且可爱。我又何必只说他们两人。诸位，从此以后你们大家对于我都是可爱的，我会把你们大家保留在我的心里，我请求你们也把我保留在你们的心里！谁把我们联结在这善良的情感之中，使我们现在一辈子记住它，而且乐意想起它的呢？正是那个伊留莎！正是那个善良的孩子，亲爱的孩子，我们一辈子感到宝贵的孩子！我们永远不要忘记他，对于他的永恒的、美好的纪念，从今以后将永远永远地留在我们的心里！”

“是的，是的，永远的，永远的！”所有的孩子全显出感动的脸色，用响亮的嗓音喊了起来。

“我们要记住他的相貌，他的衣裳，他的可怜的小靴子，他的小棺材，他的不幸的、有罪的父亲，我们要记住他为了父亲怎样独自勇敢地反抗全班的人！”

“我们要记住！我们要记住！”男孩们又喊起来，“他是勇敢的；他是善良的人！”

“我多么爱他！”柯里亚叫道。

“孩子们，亲爱的小朋友们，你们不要惧怕生活！在你做了一点好事、正直的事的时候，生活是多么美好啊！”

“是的，是的。”孩子们欢欣地附和着。

“卡拉马佐夫，我们爱你！”一个声音，好像是卡尔塔绍夫的声音忍不住喊了出来。

“我们爱你，我们爱你。”大家也都齐声应和说。有许多人的眼睛里闪着晶莹的泪光。

“乌拉，卡拉马佐夫！”柯里亚兴奋地欢呼说。

“永恒地纪念死去的孩子！”阿辽沙满腔深情地接了一句。

“永恒地纪念！”孩子们又齐声说。

（耿济之　译）

选自人民文学出版社《耿济之译卡拉马佐夫兄弟》

为什么说《卡拉马佐夫兄弟》是大师的教科书呢？因为这部小说处理了人类的大问题：俄罗斯、革命，还有宗教，即人类灵魂的启示录。陀思妥耶夫斯基的伟大之处在于，即使他面临着难以想象的大痛苦，仍然不忘告诫人类。首先，要善良；其次，要诚实；最后，永远不要相互遗忘。

——北京大学世界传记研究中心主任　赵白生

袁　泉

著名话剧、影视剧演员，年仅三十便入选“中国话剧百年名人堂”，是其中最年轻的一位。

牡丹亭·惊梦

〔明〕汤显祖

【绕池游】(旦上)梦回莺啭，乱煞年光遍。人立小庭深院。(贴)炷尽沉烟，抛残绣线，恁今春关情似去年？〔乌夜啼〕“(旦)晓来望断梅关，宿妆残。(贴)你侧著宜春髻子恰凭阑。(旦)翦不断，理还乱，闷无端。(贴)已分付催花莺燕借春看。”(旦)春香，可曾叫人扫除花径？(贴)分付了。(旦)取镜台衣服来。(贴取镜台衣服上)“云髻罢梳还对镜，罗衣欲换更添香。”镜台衣服在此。

【步步娇】(旦)袅晴丝吹来闲庭院，摇漾春如线。停半晌、整花钿。没揣菱花，偷人半面，迤逗的彩云偏。(行介)步香闺怎便把全身现！

（贴）今日穿插的好。

【醉扶归】（旦）你道翠生生出落的裙衫儿茜，艳晶晶花簪八宝填，可知我常一生儿爱好是天然。恰三春好处无人见。不堤防沉鱼落雁鸟惊喧，则怕的羞花闭月花愁颤。（贴）早茶时了，请行。（行介）你看："画廊金粉半零星，池馆苍苔一片青。踏草怕泥新绣袜，惜花疼煞小金铃。"（旦）不到园林，怎知春色如许！

【皂罗袍】原来姹紫嫣红开遍，似这般都付与断井颓垣。良辰美景奈何天，赏心乐事谁家院！恁般景致，我老爷和奶奶再不提起。（合）朝飞暮卷，云霞翠轩；雨丝风片，烟波画船——锦屏人忒看的这韶光贱！（贴）是花都放了，那牡丹还早。

【好姐姐】（旦）遍青山啼红了杜鹃，荼蘼外烟丝醉软。春香呵，牡丹虽好，他春归怎占的先！（贴）成对儿莺燕呵。（合）闲凝眄，生生燕语明如翦，呖呖莺歌溜的圆。（旦）去罢。（贴）这园子委是观之不足也。（旦）提他怎的！（行介）

【隔尾】观之不足由他缱，便赏遍了十二亭台是枉然。到不如兴尽回家闲过遣。（作到介）（贴）"开我西阁门，展我东阁床。瓶插映山紫，炉添沉水香。"小姐，你歇息片时，俺瞧老夫人去也。（下）（旦叹介）"默地游春转，小试宜春面。"春呵，得和你两留连，春去如何遣？咳，恁般天气，好困人也。春香那里？（作左右瞧介）（又低首沉吟介）天呵，春色恼人，信有之乎！常观诗词乐府，古之女子，因春感情，遇秋成恨，诚不谬矣。吾今年已二八，未逢折桂之夫；忽慕春情，怎得蟾宫之客？昔日韩夫人得遇于郎，张生偶逢崔氏，曾有《题红记》《崔徽传》二书。此佳人才子，前以密约偷期，后皆得成秦晋。（长叹介）吾生于宦族，长在名门。年已及笄，不得早成佳配，诚为虚度青春。光阴如过隙耳。（泪介）可惜妾身颜色如花，岂料命如一叶乎！

【山坡羊】没乱里春情难遣，蓦地里怀人幽怨。则为俺生小婵娟，拣名门一例、一例里神仙眷。甚良缘，把青春抛的远！俺的睡情谁见？则索因循腼腆。想幽梦谁边，和春光暗流转？迁延，这衷怀那处言！淹煎，泼残生，除问天！身子困乏了，且自隐几而眠。（睡介）（梦生介）（生持柳枝上）"莺逢日暖歌声滑，人遇风情笑口开。一径落花随水入，今朝阮肇到天台。"小生顺路儿跟着杜小姐回来，怎生不见？（回看介）呀，小姐，小姐！（旦作惊起介）（相见介）（生）小生那一处不寻访小姐来，却在这里！（旦作斜视不语介）（生）恰好花园内，折取垂柳半枝。姐姐，你既淹通书史，可作诗以赏此柳枝乎？（旦作惊喜，欲言又止介）（背想）这生素昧平生，何因到此？（生笑介）小姐，咱爱杀你哩！

【山桃红】则为你如花美眷，似水流年，是答儿闲寻遍。在幽闺自怜。小姐，和你那答儿讲话去。（旦作含笑不行）（生作牵衣介）（旦低问）那边去？（生）转过这芍药栏前，紧靠着湖山石边。（旦低问）秀才，去怎的？（生低答）和你把领扣松，衣带宽，袖梢儿揾着牙儿苫也，则待你忍耐温存一晌眠。（旦作羞）（生前抱）（旦推介）（合）是那处曾相见，相看俨然，早难道这好处相逢无一言？（生强抱旦下）（末扮花神束发冠，红衣插花上）"催花御史惜花天，检点春工又一年。蘸客伤心红雨下，勾人悬梦彩云边。"吾乃掌管南安府后花园花神是也。因杜知府小姐丽娘，与柳梦梅秀才，后日有姻缘之分。杜小姐游春感伤，致使柳秀才入梦。咱花神专掌惜玉怜香，竟来保护他，要他云雨十分欢幸也。

【鲍老催】（末）单则是混阳烝变，看他似虫儿般蠢动把风情搧。一般儿娇凝翠绽魂儿颤。这是景上缘，想内成，因中见。呀，淫邪展污了花台殿。咱待拈片落花儿惊醒他。(向鬼门丢花介)他梦酣春透了怎留连?拈花闪碎的红如片。秀才才到的半梦儿;梦毕之时,好送杜小姐仍归香阁。吾神去也。(下)

【山桃红】(生、旦携手上)(生)这一霎天留人便,草藉花眠。小姐可好?(旦低头介)(生)则把云鬟点,红松翠偏。小姐休忘了呵,见了你紧相偎,慢厮连,恨不得肉儿般团成片也,逗的个日下胭脂雨上鲜。(旦)秀才,你可去呵?(合)是那处曾相见,相看俨然,早难道这好处相逢无一言?(生)姐姐,你身子乏了,将息,将息。(送旦依前作睡介)(轻拍旦介)姐姐,俺去了。(作回顾介)姐姐,你可十分将息,我再来瞧你那。"行来春色三分雨,睡去巫山一片云。"(下)(旦作惊醒,低叫介)秀才,秀才,你去了也?(又作痴睡介)(老旦上)"夫婿坐黄堂,娇娃立绣窗。怪他裙衩上,花鸟绣双双。"孩儿,孩儿,你为甚瞌睡在此?(旦作醒,叫秀才介)咳也。(老旦)孩儿怎的来?(旦作惊起介)奶奶到此!(老旦)我儿,何不做些针指,或观玩书史,舒展情怀?因何昼寝于此?(旦)孩儿适花园中闲玩,忽值春暄恼人,故此回房。无可消遣,不觉困倦少息。有失迎接,望母亲恕儿之罪。(老旦)孩儿,这后花园中冷静,少去闲行。(旦)领母亲严命。(老旦)孩儿,学堂看书去。(旦)先生不在,且自消停。(老旦叹介)女孩儿长成,自有许多情态,且自由他。正是:"宛转随儿女,辛勤做老娘。"(下)(旦长叹介)(看老旦下介)哎也,天那,今日杜丽娘有些侥幸也。偶到后花园中,百花开遍,睹景伤情。没兴而回,昼眠香阁。忽见一生,年可弱冠,丰姿俊妍。于园中折得柳丝一枝,笑对奴家说:"姐姐既淹通书史,何不将柳枝题赏一篇?"那时待要应他一声,心中自忖,素昧平生,不知名姓,何得轻与交言。正如此想间,只见那生向前说了几句伤心话儿,将奴搂抱去牡丹亭畔,芍药阑边,共成云雨之欢。两情和合,真个是千般爱惜,万种温存。

欢毕之时，又送我睡眠，几声“将息”。正待自送那生出门，忽值母亲来到，唤醒将来。我一身冷汗，乃是南柯一梦。忙身参礼母亲，又被母亲絮了许多闲话。奴家口虽无言答应，心内思想梦中之事，何曾放怀。行坐不宁，自觉如有所失。娘呵，你教我学堂看书去，知他看那一种书消闷也。（作掩泪介）

【绵搭絮】雨香云片，才到梦儿边。无奈高堂，唤醒纱窗睡不便。泼新鲜冷汗粘煎，闪的俺心悠步亸，意软鬟偏。不争多费尽神情，坐起谁忺？则待去眠。（贴上）“晚妆销粉印，春润费香篝。”小姐，薰了被窝睡罢。

【尾声】（旦）困春心游赏倦，也不索香薰绣被眠。天呵，有心情那梦儿还去不远。

春望逍遥出画堂，张说　　间梅遮柳不胜芳。罗隐
可知刘阮逢人处？许浑　　回首东风一断肠。罗隐

选自人民文学出版社《牡丹亭》

《牡丹亭》的辞藻非常精工优美，比如：“原来姹紫嫣红开遍，似这般都付与断井颓垣。”作者用对比的方式显示出美丽的春光与少女的青春何其相似，而无人欣赏的春光又好比少女深处闺中、无法排遣的青春。

——中国人民大学国学院教授　谷曙光

《牡丹亭》的感人力量，在于它具有强烈地追求个性自由，反对封建礼教的浪漫主义理想。这个理想作为封建体系的对立面而出现。

——学者　徐朔方

崔之久

我国第一代地质地貌科学家，也是我国最早完成了三极——南极、北极、珠穆朗玛峰探险的科学家。

我的母亲

老　舍

母亲的娘家是北平德胜门外，土城儿外边，通大钟寺的大路上的一个小村里。村里一共有四五家人家，都姓马。大家都种点不十分肥美的地，但是与我同辈的兄弟们，也有当兵的，作木匠的，作泥水匠的，和当巡察的。他们虽然是农家，却养不起牛马，人手不够的时候，妇女便也须下地作活。

对于姥姥家，我只知道上述的一点。外公外婆是什么样子，我就不知道了，因为他们早已去世。至于更远的族系与家史，就更不晓得了；穷人只能顾眼前的衣食，没有工夫谈论什么过去的光荣；“家谱”这字眼，我在幼年就根本没有听说过。

母亲生在农家，所以勤俭诚实，身体也好。这一点事实却极重要，因为假若我没有这样的一位母亲，我以为我恐怕也就要大大的打个折扣了。

母亲出嫁大概是很早，因为我的大姐现在已是六十多岁的老太婆，而我的大外甥女还长我一岁啊。我有三个哥哥，四个姐姐，但能长大成人的，只有大姐，二姐，三姐，三哥与我。我是“老”儿子。生我的时候，母亲已有四十一岁，大姐二姐已都出了阁。

由大姐与二姐所嫁入的家庭来推断，在我生下之前，我的家里，大概还马马虎虎的过得去。那时候定婚讲究门当户对，而大姐丈是作小官的，二姐丈也开过一间酒馆，他们都是相当体面的人。

可是，我，我给家庭带来了不幸：我生下来，母亲晕过去半夜，才睁眼看见她的老儿子——感谢大姐，把我揣在怀中，致未冻死。

一岁半，我把父亲“克”死了。

兄不到十岁，三姐十二三岁，我才一岁半，全仗母亲独力抚养了。父亲的寡姐跟我们一块儿住，她吸鸦片，她喜摸纸牌，她的脾气极坏。为我们的衣食，母亲要给人家洗衣服，缝补或裁缝衣裳。在我的记忆中，她的手终年是鲜红微肿的。白天，她洗衣服，洗一两大绿瓦盆。她作事永远丝毫也不敷衍，就是屠户们送来的黑如铁的布袜，她也给洗得雪白。晚间，她与三姐抱着一盏油灯，还要缝补衣服，一直到半夜。她终年没有休息，可是在忙碌中她还把院子屋中收拾得清清爽爽。桌椅都是旧的，柜门的铜活久已残缺不全，可是她的手老使破桌面上没有尘土，残破的铜活发着光。院中，父亲遗留下的几盆石榴与夹竹桃，永远会得到应有的浇灌与爱护，年年夏天开许多花。

哥哥似乎没有同我玩耍过。有时候，他去读书；有时候，他去学徒；有时候，他也去卖花生或樱桃之类的小东西。母亲含着泪把他送走，不到两天，又含着泪接他回来。我不明白这都是什么事，而只觉得与他很生疏。与母亲相依为命的是我与三姐。因此，她们作事，我老在后面跟着。她们浇花，我也张罗着取水；她们扫地，我就撮土……从这里，我学得了爱花，爱清洁，守秩序。这些习惯至今还被我保存着。

有客人来，无论手中怎么窘，母亲也要设法弄一点东西去款待。舅父与表哥们往往是自己掏钱买酒肉食，这使她脸上羞得飞红，可是殷勤的给他们温酒作面，又给她一些喜悦。遇上亲友家中有喜丧事，母亲必把大褂洗得干干净净，亲自去贺吊——份礼也许只是两吊小钱。到如今如我的好客的习性，还未全改，尽管生活是这么清苦，因为自幼儿看惯了的事情是不易改掉的。

姑母常闹脾气。她单在鸡蛋里找骨头。她是我家中的阎王。直到我入了中学，她才死去，我可是没有看见母亲反抗过。“没受过婆婆的气，还不受大姑子的吗？命当如此！”母亲在非解释一下不足以平服别人的时候，才这样说。是的，命当如此。母亲活到老，穷到老，辛苦到老，全是命当如此。她最会吃亏。给亲友邻居帮忙，她总跑在前面：她会给婴儿洗三——穷朋友们可以因此少花一笔“请姥姥”钱——她会刮痧，她会给孩子们剃头，她会给少妇们绞脸……凡是她能作的，都有求必应。但是吵嘴打架，永远没有她。她宁吃亏，不逗气。当姑母死去的时候，母亲似乎把一世的委屈都哭了出来，一直哭到坟地。不知道哪里来的一位侄子，声称有承继权，母亲便一声不响，教他搬走那些破桌子烂板凳，而且把姑母养的一只肥母鸡也送给他。

可是，母亲并不软弱。父亲死在庚子闹“拳”的那一年。联军入城，挨家搜索财物鸡鸭，我们被搜两次。母亲拉着哥哥与三姐坐在墙根，等着“鬼子”进门，街门是开着的。“鬼子”进门，一刺刀先把老黄狗刺死，而后入室搜索。他们走后，母亲把破衣箱搬起，才发现了我。假若箱子不空，我早就被压死了。皇上跑了，丈夫死了，鬼子来了，满城是血光火焰，可是母亲不怕，她要在刺刀下，饥荒中，保护着儿女。北平有多少变乱啊，有时候兵变了，街市整条的烧起，火团落在我们院中。有时候内战了，城门紧闭，铺店关门，昼夜响着枪炮。这惊恐，这紧张，再加上一家饮食的筹划，儿女安全的顾虑，岂是一个软弱的老寡妇所能受得起的？可是，在这种时候，母亲的心横起来，她不慌不哭，要从无办法中想出办法来。她的泪会往心中落！这点软而硬的个性，也传给了我。我对一切人与事，都取和平的态度，把吃亏看作当然的。但是，在作人上，我有一定的宗旨与基本的法则，什么事都可将就，而不能超过自己划好的界限。我怕见生人，怕办杂事，怕出头露面；但是到了非我去不可的时候，我便不得不去，正像我的母亲。从私塾到小学，到中学，我经历过起码有廿位教师吧，其中有给我很大影响的，也有毫无影响的，但是我的真正的教师，把性格传给我的，是我的母亲。母亲并不识字，她给我的是生命的教育。

当我在小学毕了业的时候，亲友一致的愿意我去学手艺，好帮助母亲。我晓得我应当去找饭吃，以减轻母亲的勤劳困苦。可是，我也愿意升学。我偷偷的考入了师范学校——制服，饭食，书籍，宿处，都由学校供给。只有这样，我才敢对母亲提升学的话。入学，要交十元的保证金。这是一笔巨款！母亲作了半个月的难，把这巨款筹到，而后含泪把我送出门去。她不辞劳苦，只要儿子有出息。当我由师范毕业，而被派为小学校校长，母亲与我都一夜不曾合眼。我只说了句："以后，您可以歇一歇了！"她的回答只有一串串的眼泪。我入学之后，三姐结了婚。母亲对儿女是都一样疼爱的，但是假若她也有点偏爱的话，她应当偏爱三姐，因为自父亲死后，家中一切的事情都是母亲和三姐共同撑持的。三姐是母亲的右手。但是母亲知道这右手必须割去，她不能为自己的便利而耽误了女儿的青春。当花轿来到我们的破门外的时候，母亲的手就和冰一样的凉，脸上没有血色——那是阴历四月，天气很暖。大家都怕她晕过去。可是，她挣扎着，咬着嘴唇，手扶着门框，看花轿徐徐的走去。不久，姑母死了。三姐已出嫁，哥哥不在家，我又住学校，家中只剩母亲自己。她还须自晓至晚的操作，可是终日没人和她说一句话。新年到了，正赶上政府倡用阳历，不许过旧年。除夕，我请了两小时的假。由拥挤不堪的街市回到清炉冷灶的家中。母亲笑了。及至听说我还须回校，她愣住了。半天，她才叹出一口气来。到我该走的时候，她递给我一些花生，"去吧，小子！”街上是那么热闹，我却什么也没看见，泪遮迷了我的眼。今天，泪又遮住了我的眼，又想起当日孤独的过那凄惨的除夕的慈母。可是慈母不会再候盼着我了，她已入了土！

儿女的生命是不依顺着父母所设下的轨道一直前进的，所以老人总免不了伤心。我廿三岁，母亲要我结了婚，我不要。我请来三姐给我说情，老母含泪点了头。我爱母亲，但是我给了她最大的打击。时代使我成为逆子。廿七岁，我上了英国。为了自己，我给六十多岁的老母以第二次打击。在她七十大寿的那一天，我还远在异域。那天，据姐姐们后来告诉我，老太太只喝了两口酒，很早的便睡下。她想念她的幼子，而不便说出来。

七七抗战后，我由济南逃出来。北平又像庚子那年似的被鬼子占据了，可是母亲日夜惦念的幼子却跑西南来。母亲怎样想念我，我可以想象得到，可是我不能回去。每逢接到家信，我总不敢马上拆看，我怕，怕，怕，怕有那不祥的消息。人，即使活到八九十岁，有母亲便可以多少还有点孩子气。失了慈母便像花插在瓶子里，虽然还有色有香，却失去了根。有母亲的人，心里是安定的。我怕，怕，怕家信中带来不好的消息，告诉我已是失了根的花草。

去年一年，我在家信中找不到关于老母的起居情况。我疑虑，害怕。我想象得到，如有不幸，家中念我流亡孤苦，或不忍相告。母亲的生日是在九月，我在八月半写去祝寿的信，算计着会在寿日之前到达。信中嘱咐千万把寿日的详情写来，使我不再疑虑。十二月二十六日，由文化劳军的大会上回来，我接到家信。我不敢拆读。就寝前，我拆开信，母亲已去世一年了！

生命是母亲给我的。我之能长大成人，是母亲的血汗灌养的。我之能成为一个不十分坏的人，是母亲感化的。我的性格，习惯，是母亲传给的。她一世未曾享过一天福，临死还吃的是粗粮。唉！还说什么呢？心痛！心痛！

选自人民文学出版社《老舍散文》

过去对老舍的关注有四个角度：一是老舍和北京的关系，一是老舍和城市居民的关系，一是老舍和满族的关系，还有老舍的语言。后来我们发现老舍的儿童眼光、心态和趣味，由此形成一个新的老舍观——一个有童心、可爱的北京老头。老舍爱生活、爱小猫小狗、爱花花草草、爱穷人、爱孩子、爱母亲，这种爱是博大无私的，同时是明朗、健康的。

——北京大学教授　钱理群

生 命

L i f e

一说到生命，你会想到什么呢？四季轮回，生死交替，一个你爱他如生命的人，还是我为什么要活着？有这样一句话："我宁愿做最绚烂的流星，愿它的每一颗都绽放着动人的光辉。"这也是对生命的一种诠释，生命本来就应该充满着光和热。

生命是多么深邃的话题，它包含着人世间一切最极致的体验。生命可以是"能够被毁灭但不能被打败"那般顽强，也可以是"亦余心之所善兮，虽九死其犹未悔"那般博大。生命如果有颜色，会不会看上去就像凡·高的《向日葵》和《星空》？生命如果有态度，会不会听上去就是贝多芬的《田园》和《英雄》？

生命的意义是如此厚重，无论我们怎样全力以赴都不为过。因为我们生而为人，生而为众生。

走进朗读亭

Reading Pavilion

像一颗随风吹送的种子，我想我或许是迷了路。这个世界绝不是，那当初曾经允诺给我的蓝图。

在我十三岁的时候，我的母亲因为林岛综合征（VHL）过世。那一年，我知道自己遗传了这个疾病。我左眼的视力在十八岁那年完全失明。我二十四岁到北京大学哲学系念研究生，二十六岁的暑假，我用了一百天时间骑行三万公里，完成了一次摩托车环游中国的梦想。虽然我对自己的生命际遇经常感觉彷徨，却依然选择走在一条探索的道路上。毕竟生命本身的存在，不就是一件特别美好的事情吗？

朗读者　尤文瀚（北京大学哲学系研究生）

（本期节目于 2018 年 5 月 19 日播出）

胡　歌

2005年出演《仙剑奇侠传》走红，2006年遭遇严重车祸，2007年宣布复出。因出演《伪装者》《琅琊榜》等，迎来事业的新高峰。

哈姆莱特（节选）

[英] 威廉·莎士比亚

第一场　城堡中一室

国王、王后、波洛涅斯、奥菲利娅、罗森格兰兹及吉尔登斯吞上。

国　王　你们不能用迂回婉转的方法，探出他为什么这样神魂颠倒，让紊乱而危险的疯狂困扰他的安静的生活吗？

罗森格兰兹　他承认他自己有些神经迷惘，可是绝口不肯说为了什么缘故。

吉尔登斯吞　他也不肯虚心接受我们的探问；当我们想要引导他吐露他自己的一些真相的时候，他总是用假作痴呆的神气故意回避。

王　后　他对待你们还客气吗？

罗森格兰兹　很有礼貌。

吉尔登斯吞　可是不大自然。

罗森格兰兹　他很吝惜自己的话，可是我们问他话的时候，他回答起来却是毫无拘束。

王　后　你们有没有劝诱他找些什么消遣？

罗森格兰兹　娘娘，我们来的时候，刚巧有一班戏子也要到这儿来，给我们赶过了；我们把这消息告诉了他，他听了好像很高兴。现在他们已经到了宫里，我想他已经吩咐他们今晚为他演出了。

波洛涅斯　一点不错；他还叫我来请两位陛下同去看看他们演得怎样哩。

国　王　那好极了；我非常高兴听见他在这方面感到兴趣。请你们两位还要更进一步鼓起他的兴味，把他的心思移转到这种娱乐上面。

罗森格兰兹　是，陛下。（罗森格兰兹、吉尔登斯吞同下。）

国　王　亲爱的乔特鲁德，你也暂时离开我们；因为我们已经暗中差人去唤哈姆莱特到这儿来，让他和奥菲利娅见见面，就像他们偶然相遇一般。她的父亲跟我两人将要权充一下密探，躲在可以看见他们，却不能被他们看见的地方，注意他们会面的情形，从他的行为上判断他的疯病究竟是不是因为恋爱上的苦闷。

王　后　我愿意服从您的意旨。奥菲利娅，但愿你的美貌果然是哈姆莱特疯狂的原因；更愿你的美德能够帮助他恢复原状，使你们两人都能安享尊荣。

奥菲利娅　娘娘，但愿如此。（王后下。）

波洛涅斯　奥菲利娅，你在这儿走走。陛下，我们就去躲起来吧。（向奥菲利娅）你拿这本书去读，他看见你这样用功，就不会疑心你为什么一个人在这儿了。人们往往用至诚的外表和虔敬的行动，掩饰一颗魔鬼般的内心，这样的例子是太多了。

国　王　（旁白）啊，这句话是太真实了！它在我的良心上抽了多么重的一鞭！涂脂抹粉的娼妇的脸，还不及掩藏在虚伪的言辞后面的我的行为更丑恶。难堪的重负啊！

波洛涅斯　我听见他来了；我们退下去吧，陛下。（国王及波洛涅斯下。）

哈姆莱特上。

哈姆莱特　生存还是毁灭，这是一个值得考虑的问题；默然忍受命运的暴虐的毒箭，或是挺身反抗人世的无涯的苦难，通过斗争把它们扫清，这两种行为，哪一种更高贵？死了；睡着了；什么都完了；要是在这一种睡眠之中，我们心头的创痛，以及其他无数血肉之躯所不能避免的打击，都可以从此消失，那正是我们求之不得的结局。死了；睡着了；睡着了也许还会做梦；嗯，阻碍就在这儿：因为当我们摆脱了这一具朽腐的皮囊以后，在那死的睡眠里，究竟将要做些什么梦，那不能不使我们踌躇顾虑。人们甘心久困于患难之中，也就是为了这个缘故；谁愿意忍受人世的鞭挞和讥嘲、压迫者的凌辱、傲慢者的冷眼、被轻蔑的爱情的惨痛、法律的迁延、官吏的横暴和费尽辛勤所换来的小人的鄙视，要是他只要用一柄小小的刀子，就可以清算他自己的一生？谁愿意负着这样的重担，在烦劳的生命的压迫下呻吟流汗，倘不是因为惧怕不可知的死后，惧怕那从来不曾有一个旅人回来过的神秘之国，是它迷惑了我们的意志，使我们宁愿忍受目前的磨折，不敢向我们所不知道的痛苦飞去？这样，重重的顾虑使我们全变成了懦夫，决心的赤热的光彩，被审慎的思维盖上了一层灰色，伟大的事业在这一种考虑之下，也会逆流而退，失去了行动的意义。且慢！美丽的奥菲利娅！——女神，在你的祈祷之中，不要忘记替我忏悔我的罪孽。

奥菲利娅　我的好殿下，您这许多天来贵体安好吗？

哈姆莱特　谢谢你，很好，很好，很好。

奥菲利娅　殿下，我有几件您送给我的纪念品，我早就想把它们还给您；请您现在收回去吧。

哈姆莱特　不，我不要；我从来没有给你什么东西。

奥菲利娅　殿下，我记得很清楚您把它们送给了我，那时候您还向我说了许多甜言蜜语，使这些东西格外显得贵重；现在它们的芳香已经消散，请您拿回去吧，因为在有骨气的人看来，送礼的人要是变了心，礼物虽贵，也会失去了价值。拿去吧，殿下。

哈姆莱特　哈哈！你贞洁吗？

奥菲利娅　殿下！

哈姆莱特　你美丽吗？

奥菲利娅　殿下是什么意思？

哈姆莱特　要是你既贞洁又美丽，那么你的贞洁应该断绝跟你的美丽来往。

奥菲利娅　殿下，难道美丽除了贞洁以外，还有什么更好的伴侣吗？

哈姆莱特　嗯，真的；因为美丽可以使贞洁变成淫荡，贞洁却未必能使美丽受它自己的感化；这句话从前像是怪诞之谈，可是现在时间已经把它证实了。我的确曾经爱过你。

奥菲利娅　真的，殿下，您曾经使我相信您爱我。

哈姆莱特　你当初就不应该相信我，因为美德不能熏陶我们罪恶的本性；我没有爱过你。

奥菲利娅　那么我真是受了骗了。

哈姆莱特　进尼姑庵去吧；为什么你要生一群罪人出来呢？我自己还不算是一个顶坏的人；可是我可以指出我的许多过失，一个人有了那些过失，他的母亲还是不要生下他来的好。我很骄傲，有仇必报，富于野心，我的罪恶是那么多，连我的思想也容纳不下，我的想象也不能给它们形象，甚至于我都没有充分的时间可以把它们实行出来。像我这样的家伙，匍匐于天地之间，有什么用处呢？我们都是些十足的坏人；一个也不要相信我们。进尼姑庵去吧。你的父亲呢？

奥菲利娅　在家里，殿下。

哈姆莱特　把他关起来，让他只好在家里发发傻劲。再会！

奥菲利娅　嗳哟，天哪！救救他！

哈姆莱特　要是你一定要嫁人，我就把这一个咒诅送给你做嫁奁：尽管你像冰一样坚贞，像雪一样纯洁，你还是逃不过谗人的诽谤。进尼姑庵去吧，去；再会！或者要是你必须嫁人的话，就嫁给一个傻瓜吧；因为聪明人都明白你们会叫他们变成怎样的怪物。进尼姑庵去吧，去；越快越好。再会！

奥菲利娅　天上的神明啊，让他清醒过来吧！

哈姆莱特　我也知道你们会怎样涂脂抹粉；上帝给了你们一张脸，你们又替自己另外造了一张。你们烟视媚行，淫声浪气，替上帝造下的生物乱取名字，卖弄你们不懂事的风骚。算了吧，我再也不敢领教了；它已经使我发了狂。我说，我们以后再不要结什么婚了；已经结过婚的，除了一个人以外，都可以让他们活下去；没有结婚的不准再结婚，进尼姑庵去吧，去。（下。）

奥菲利娅　啊，一颗多么高贵的心是这样殒落了！朝臣的眼睛、学者的辩舌、军人的利剑、国家所瞩望的一朵娇花；时流的明镜、人伦的雅范、举世注目的中心，这样无可挽回地殒落了！我是一切妇女中间最伤心而不幸的，我曾经从他音乐一般的盟誓中吮吸芬芳的甘蜜，现在却眼看着他的高贵无上的理智，像一串美妙的银铃失去了谐和的音调，无比的青春美貌，在疯狂中凋谢！啊！我好苦，谁料过去的繁华，变作今朝的泥土！

国王及波洛涅斯重上。

国　王　恋爱！他的精神错乱不像是为了恋爱；他说的话虽然有些颠倒，也不像是疯狂。他有些什么心事盘踞在他的灵魂里，我怕它也许会产生危险的结果。为了防止万一，我已经当机立断，决定了一个办法：他必须立刻到英国去，向他们追索延宕未纳的贡物；也许他到海外各国游历一趟以后，时时变换的环境，可以替他排解去这一桩使他神思恍惚的心事。你看怎么样？

波洛涅斯　那很好；可是我相信他的烦闷的根本原因，还是为了恋爱上的失意。啊，奥菲利娅！你不用告诉我们哈姆莱特殿下说些什么话；我们全都听见了。陛下，照您的意思办吧；可是您要是认为可以的话，不妨在戏剧终场以后，让他的母后独自一人跟他在一起，恳求他向她吐露他的心事；她必须很坦白地跟他谈谈，我就找一个所在听他们说些什么。要是她也探听不出他的秘密来，您就叫他到英国去，或者凭着您的高见，把他关禁在一个适当的地方。

国　王　就这样吧；大人物的疯狂是不能听其自然的。（同下。）

第四场　丹麦原野

福丁布拉斯、一队长及兵士等列队行进上。

福丁布拉斯　队长，你去替我问候丹麦国王，告诉他说福丁布拉斯因为得到他的允许，已经按照约定，率领一支军队通过他的国境，请他派人来带路。你知道我们在什么地方集合。要是丹麦王有什么话要跟我当面说，我也可以入朝晋谒；你就这样对他说吧。

队　长　是，主将。

福丁布拉斯　慢步前进。（福丁布拉斯及兵士等下。）

哈姆莱特、罗森格兰兹、吉尔登斯吞等同上。

哈姆莱特　官长，这些是什么人的军队？

队　长　他们都是挪威的军队，先生。

哈姆莱特　请问他们是开到什么地方去的？

队　长　到波兰的某一部分去。

哈姆莱特　谁是领兵的主将？

队　长　挪威老王的侄儿福丁布拉斯。

哈姆莱特　他们是要向波兰本土进攻呢，还是去袭击边疆？

队　长　不瞒您说，我们是要去夺一小块徒有虚名毫无实利的土地。叫我出五块钱去把它租下来，我也不要；要是把它标卖起来，不管是归挪威，还是归波兰，也不会得到更多的好处。

哈姆莱特　啊，那么波兰人一定不会防卫它的了。

队　长　不，他们早已布防好了。

哈姆莱特　为了这一块荒瘠的土地，牺牲了二千人的生命，二万块的金圆，争执也不会解决。这完全是因为国家富足升平了，晏安的积毒蕴蓄于内，虽然已经到了溃烂的程度，外表上却还一点看不出致死的原因来。谢谢您，官长。

队　长　上帝和您同在，先生。（下。）

罗森格兰兹　我们去吧，殿下。

哈姆莱特　我就来，你们先走一步。（除哈姆莱特外均下）我所见到、听到的一切，都好像在对我谴责，鞭策我赶快进行我的蹉跎未就的复仇大愿！一个人要是把生活的幸福和目的，只看做吃吃睡睡，他还算是个什么东西？简直不过是一头畜生！上帝造下我们来，使我们能够这样高谈阔论，瞻前顾后，当然要我们利用他所赋与我们的这一种能力和灵明的理智，不让它们白白废掉。现在我明明有理由、有决心、有力量、有方法，可以动手干我所要干的事，可是我还是在大言不惭地说："这件事需要作。"可是始终不曾在行动上表现出来；我不知道这是因为像鹿豕一般的健忘呢，还是因为三分懦怯一分智慧的过于审慎的顾虑。像大地一样显明的榜样都在鼓励我；瞧这一支勇猛的大军，领队的是一个娇美的少年王子，勃勃的雄心振起了他的精神，使他蔑视不可知的结果，为了区区弹丸大小的一块不毛之地，拼着血肉之躯，去向命运、死亡和危险挑战。真正的伟大不是轻举妄动，而是在荣誉遭遇危险的时候，即使为了一根稻秆之微，也要慷慨力争。可是我的父亲给人惨杀，我的母亲给人污辱，我的理智和感情都被这种不共戴天的大仇所激动，我却因循隐忍，一切听其自然，看着这二万个人为了博取一个空虚的名声，视死如归地走下他们的坟墓里去，目的只是争夺一方还不够给他们作战场或者埋骨之所的土地，相形之下，我将何地自容呢？

啊！从这一刻起，让我屏除一切的疑虑妄念，把流血的思想充满在我的脑际！（下。）

（朱生豪　译）

选自人民文学出版社《哈姆莱特》

于世界文学史中，足以笼罩一世，凌越千古，卓然为词坛之宗匠，诗人之冠冕者，其唯希腊之荷马，意大利之但丁，英之莎士比亚，德之歌德乎？然以超脱时空限制一点而论，则莎士比亚之成就，实远在三子之上。盖莎翁笔下之人物，虽多为古代之贵族阶级，然彼所发掘者，实为古今中外贵贱贫富人人所同具之人性。故虽经三百余年以后，不仅其书为全世界文学之士所耽读，其剧本且在各国舞台与银幕上历久搬演而弗衰，盖由其作品中具有永久性与普遍性，故能深入人心如此耳。

——诗人、翻译家　朱生豪

黄泓翔

毕业于美国哥伦比亚大学，放弃高薪岗位，走向非洲大草原，以卧底身份调查象牙和犀牛角非法交易。

寂静的春天（节选）

[美] 蕾切尔·卡森

一　明天的寓言

从前，在美国中部有一个城镇，这里的一切生物看来与周围环境相处得很和谐。这个城镇坐落在像棋盘般整齐排列的欣欣向荣的农场中央，庄稼地遍布，小山下果园成林。春天，繁花像白色的云朵点缀在绿色的原野上；秋天，透过松林的屏风，橡树、枫树和白桦闪射出火焰般的彩色光辉，狐狸在小山上吠鸣，鹿群静悄悄穿过笼罩着秋天晨雾的原野。

沿着小路生长的月桂树、荚蒾和赤杨树，以及巨大的羊齿植物和野花，在一年的大部分时间里都使旅行者目悦神怡。即使在冬天，道路两旁也是美丽的地方，那儿有无数小鸟飞来，在雪层上露出的浆果和干草的穗头上啄食。郊外事实上正以其鸟类的丰富多彩而驰名，当迁徙的候鸟在整个春天和秋天蜂拥而至的时候，人们都长途跋涉来这里观鸟。也有些人来小溪边捕鱼，这些洁净又清凉的小溪从山中流出，形成了绿荫掩映的生活着鳟鱼的池塘。野外一直是这个样子，直到许多年前的一天，第一批居民来到这儿建房、挖井和筑仓，情况才发生了变化。

从那时起，一个奇怪的阴影遮盖了这个地区，一切都开始变化。一些不祥的预兆降临到村落里：神秘莫测的疾病袭击了成群的小鸡，牛羊病倒和死去。到处是死亡的阴影，农夫述说着他们家人的疾病，城里的医生也愈来愈为他们病人中出现的新的疾病感到困惑。不仅在成人中，而且在孩子中也出现了一些突然的、不可解释的死亡现象，这些孩子在玩耍时突然倒下，并在几小时内死去。

一种奇怪的寂静笼罩了这个地方。比如，鸟儿都到哪儿去了呢？许多人谈论着鸟儿，感到迷惑和不安。园后鸟儿寻食的地方冷落了。在一些地方仅能见到的几只鸟儿也气息奄奄，战栗得很厉害，飞不起来。这是一个没有声息的春天。这儿的清晨曾经荡漾着乌鸦、鸫鸟、鸽子、樫鸟、鹪鹩的合唱，以及其他鸟鸣的音浪；而现在一切声音都没有了，只有一片寂静覆盖着田野、树林和沼泽。

农场里的母鸡在孵窝，却没有小鸡破壳而出。农夫抱怨着他们无法再养猪了——新生的猪仔很小，小猪病后也只能活几天。苹果树开花了，但花丛中没有蜜蜂嗡嗡飞来，所以苹果花没有得到授粉，也不会有果实。

曾经一度是多么吸引人的小路两旁，现在却仿佛是火灾浩劫后残余的焦枯的植物。被生命抛弃了的地方只有一片寂静，甚至小溪也失去了生命；钓鱼的人不再来访，因为所有的鱼已经死亡。

在屋檐下的雨水管中，在房顶的瓦片之间，一种白色的粉粒还露出稍许斑痕。在几星期之前，这些白色粉粒像雪花一样，降落到屋顶、草坪、田地和小河上。

不是魔法，也不是敌人的活动使这个受损害的世界的生命无法复生，而是人们自己使自己受害。

上述的这个城镇是虚设的，但在美国和世界其他地方都可以很容易地找到上千个这种城镇的翻版。我知道并没有一个村庄经受过如我所描述的全部灾祸；但其中每一种灾难实际上已在某些地方发生，并且确实有许多村庄已经蒙受了大量的不幸。一个狰狞的幽灵几乎在不知不觉中向我们袭来，这个想象中的悲剧可能会很容易地变成一个我们大家都将知道的活生生的现实。

是什么东西使得美国无数城镇的春天之声沉寂下来了呢？这本书想尝试着给予解答。

二　忍受的义务

地球上生命的历史其实是生物及其周围环境互动的历史。从很大程度上来说，地球上植物和有生命的动物的物理形态和生存习性也是由环境塑造而成的。对于地球形成的整个生命时间范围而言，生命体能够改变环境的能力相对而言一直是较小的。仅仅在人类这种新的生命物种出现之后，生命体才掌握了能够改变周围自然环境的重要能力。

在过去的二十五年中，这种能力还没有提高到令人不安的量级，但是它已能导致一定程度的变化。最令人震惊的人类对于环境的侵袭行为使空气、大地、河流以及大海遭受了污染，它们甚至遭受了危险乃至致命物质的污染。这种污染在很大程度上是无法逆转的，由这种污染引发的一系列罪恶结果不仅进入了维系着各种生命的世界，同样也进入了生物组织内部。而且它们都是不可修复的。在目前这种普遍的环境污染下，化学物品是有毒害作用的，人们甚至难以认识到它们的危害几乎可以和放射性物质的危害平起平坐。核爆炸中释放出来的锶 90 进入空气中，随着雨水和粉尘降落到地面上，扎根在土壤里，进入生长在那儿的草地、谷子、玉米、小麦里，并进入到人们的骨头里，一直留在那里，直到人们死亡。同样的，那些散在农田、森林或花园里的化学物品也会长久地存在于土壤中，进入生命有机体里，它们在中毒和死亡的链子上游走着。它们也会在地下水中神秘的转移，直到再次出现，这时它们在阳光和水的作用下已经形成了新的物质，这些新物质可以杀死植物，让牲口生病，使那些曾经饮用纯净的井水的人受到未知的伤害。就像阿伯特·施韦策所说的："人们很难认出自己创造的魔鬼。"

……

一七　另一条道路

现在，我们正站在两条道路的交叉口上。这两条道路完全不一样，更与人们所熟悉的罗伯特·弗罗斯特诗中的道路迥然不同。我们长期以来一直行驶的这条道路使人容易错认为是一条舒适的、平坦的超级公路，我们能在上面高速前进。实际上，在这条路的终点却有灾难等待着。这条路的另一条岔路——一条"人迹罕至"的岔路——为我们提供了最后唯一的机会让我们保住自己的地球。

……

（吕瑞兰　李长生　译）

选自上海译文出版社《寂静的春天》

（本文由黄泓翔用中文、珍·古道尔用英文共同朗读）

《寂静的春天》堪比里程碑，称其为世界环境保护运动的宣言，毫不为过。这部书剑锋所指，乃人类使用杀虫剂所产生的危害。我们每次对自然下毒，就是对我们自己下毒。我们需要思想的深度转型，从人类中心主义的价值观，转向生态主义的价值观。敬畏自然界的所有生命，不仅仅是人类的生命。

——北京大学世界传记研究中心主任　赵白生

阿　乙

“70后”小说家，被认为是近年来中国文坛崛起的十分重要的声音之一，作品被翻译为英语、法语、西班牙语等七种语言十余个版本。

我与地坛（节选）

史铁生

三

如果以一天中的时间来对应四季，当然春天是早晨，夏天是中午，秋天是黄昏，冬天是夜晚。如果以乐器来对应四季，我想春天应该是小号，夏天是定音鼓，秋天是大提琴，冬天是圆号和长笛。要是以这园子里的声响来对应四季呢？那么，春天是祭坛上空飘浮着的鸽子的哨音，夏天是冗长的蝉歌和杨树叶子哗啦啦地对蝉歌的取笑，秋天是古殿檐头的风铃响，冬天是啄木鸟随意而空旷的啄木声。以园中的景物对应四季，春天是一径时而苍白时而黑润的小路，时而明朗时而阴晦的天上摇荡着串串杨花；夏天是一条条耀眼而灼人的石凳，或阴凉而爬满了青苔的石阶，阶下有果皮，阶上有半张被坐皱的报纸；秋天是一座青铜的大钟，在园子的西北角上曾丢弃着一座很大的铜钟，铜钟与这园子一般年纪，浑身挂满绿锈，文字已不清晰；冬天，是林中空地上几只羽毛蓬松的老麻雀。以心绪对应四季呢？春天是卧病的季节，否则人们不易发觉春天的残忍与渴望；夏天，情人们应该在这个季节里失恋，不然就似乎对不起爱情；秋天是从外面买一棵盆花回家的时候，把花搁在阔别了的家中，并且打开窗户把阳光也放进屋里，慢慢回忆慢慢整理一些发过霉的东西；冬天伴着火炉和书，一遍遍坚定不死的决心，写一些并不发出的信。还可以用艺术形式对应四季，这样春天就是一幅画，夏天是一部长篇小说，秋天是一首短歌或诗，冬天是一群雕塑。以梦呢？以梦对应四季呢？春天是树尖上的呼喊，夏天是呼喊中的细雨，秋天是细雨中的土地，冬天是干净的土地上的一只孤零的烟斗。

因为这园子，我常感恩于自己的命运。

我甚至现在就能清楚地看见，一旦有一天我不得不长久地离开它，我会怎样想念它，我会怎样想念它并且梦见它，我会怎样因为不敢想念它而梦也梦不到它。

七

要是有些事我没说，地坛，你别以为是我忘了，我什么也没忘，但是有些事只适合收藏。不能说，也不能想，却又不能忘。它们不能变成语言，它们无法变成语言，一旦变成语言就不再是它们了。它们是一片朦胧的温馨与寂寥，是一片成熟的希望与绝望，它们的领地只有两处：心与坟墓。比如说邮票，有些是用于寄信的，有些仅仅是为了收藏。

如今我摇着车在这园子里慢慢走，常常有一种感觉，觉得我一个人跑出来已经玩得太久了。有一天我整理我的旧相册，看见一张十几年前我在这园子里照的照片——那个年轻人坐在轮椅上，背后是一棵老柏树，再远处就是那座古祭坛。我便到园子里去找那棵树。我按着照片上的背景找很快就找到了它，按着照片上它枝干的形状找，肯定那就是它。但是它已经死了，而且在它身上缠绕着一条碗口粗的藤萝。有一天我在这园子里碰见一个老太太，她说："哟，你还在这儿哪？"她问我："你母亲还好吗？""您是谁？""你不记得我，我可记得你。有一回你母亲来这儿找你，她问我您看没看见一个摇轮椅的孩子？……"我忽然觉得，我一个人跑到这世界上来玩真是玩得太久了。有一天夜晚，我独自坐在祭坛边的路灯下看书，忽然从那漆黑的祭坛里传出一阵阵唢呐声；四周都是参天古树，方形祭坛占地几百平方米空旷坦荡独对苍天，我看不见那个吹唢呐的人，唯唢呐声在星光寥寥的夜空里低吟高唱，时而悲怆时而欢快，时而缠绵时而苍凉，或许这几个词都不足以形容它，我清清醒醒地听出它响在过去，响在现在，响在未来，回旋飘转亘古不散。

必有一天，我会听见喊我回去。

那时您可以想象一个孩子，他玩累了可他还没玩够呢，心里好些新奇的念头甚至等不及到明天。也可以想象是一个老人，无可质置地走向他的安息地，走得任劳任怨。还可以想象一对热恋中的情人，互相一次次说“我一刻也不想离开你”，又互相一次次说“时间已经不早了”，时间不早了可我一刻也不想离开你，一刻也不想离开你可时间毕竟是不早了。

我说不好我想不想回去。我说不好是想还是不想，还是无所谓。我说不好我是像那个孩子，还是像那个老人，还是像一个热恋中的情人。很可能是这样：我同时是他们三个。我来的时候是个孩子，他有那么多孩子气的念头所以才哭着喊着闹着要来，他一来一见到这个世界便立刻成了不要命的情人，而对一个情人来说，不管多么漫长的时光也是稍纵即逝，那时他便明白，每一步每一步，其实一步步都是走在回去的路上。当牵牛花初开的时节，葬礼的号角就已吹响。

但是太阳，他每时每刻都是夕阳也都是旭日。当他熄灭着走下山去收尽苍凉残照之际，正是他在另一面燃烧着爬上山巅布散烈烈朝辉之时。有一天，我也将沉静着走下山去，扶着我的拐杖。那一天，在某一处山洼里，势必会跑上来一个欢蹦的孩子，抱着他的玩具。

当然，那不是我。

但是，那不是我吗？

宇宙以其不息的欲望将一个歌舞炼为永恒。这欲望有怎样一个人间的姓名，大可忽略不计。

选自人民文学出版社《我与地坛》

史铁生的精神圣战没有民族史的大背景，而是以个体的生命力为路标，孤军深入，默默探测全人类永恒的纯静和辉煌。史铁生的笔下是较少有丑恶相与残酷相的，显示出他出于通透的一种拒绝和一种对人世至宥至慈的宽厚，他是一尊微笑着的菩萨。他发现了磨难正是幸运，虚幻便是实在，他从墙基、石阶、秋树、夕阳中发现了人的生命可以无限，万物其实与我一体。我以为 1991 年的小说即使只有他的一篇《我与地坛》，也完全可说是丰年。

——作家　韩少功

王　石

著名企业家、探险家，万科集团创始人，完成了“7+2”的探险模式——这是极限探险的最高境界。

论幸福生活（节选）

[古罗马] 塞涅卡

好运会降临到普通百姓，甚至天资低下的人头上，但唯有伟人才能战胜带给凡人痛苦的各种灾难和恐惧。人活一辈子，万事如意，不经历任何精神苦闷，确实是一种缺失，对造化仅仅是一知半解。你是伟人，但如果命运女神不给你展示才华的机会，我又能凭什么说你是伟人呢？你参加了奥林匹克运动会，但你是唯一的参赛选手，你摘得了桂冠，但并不是胜者；我恭喜你，但不是像祝贺勇者那样，而是像恭喜当上了执政官的人那样恭喜你，因为得到提升的只是你的个人身份。对于一个好人，如果没有更困难的境遇给他展示其精神力量的机会的话，我也可以作如是观："要我说，你很不幸，因为你从来没有不幸过。你活了一辈子，连个对手都没遇到过；谁都不会知道你有什么能耐，连你自己也未必知道。"一个人要想了解自己，不接受考验是不行的。只有通过尝试，人们才能了解自己的本事。所以，有些人倒霉事不找他们，他们反倒是主动地去自找倒霉，目的就是想在自己的才能面临可能被埋没的危险时，为自己寻求一个一显身手的机会。听我说，有时候伟人喜欢逆境，就像勇敢的战士喜欢打仗一样。我曾听说提比略·恺撒[①]统治时期的角斗士特莱厄姆福斯抱怨表现机会太少了："多好的韶华岁月啊，就这么白白荒废了！"他叹道。

真正的豪杰是渴望危险的，脑子里装着的是自己的目标，而不是将要遭的罪，因为即使要遭罪，那也是荣耀的一部分。战士引以为自豪的是自己所受的伤，津津乐道的是自己有幸抛洒的热血；那些毫发无损地从战场归来的战士也许立下了同样的战功，但往往是挂了彩却捡了条命回来的更受青睐。听我说，天主总是垂青那些给了表现英勇的机会便可望有上佳表现的人，而要有上佳表现，生活中就难免遭受这样那样的困难：暴风骤雨中，方可领略领航员的领航水平；战场厮杀中，方可看出战士的杀敌本领。如果你腰缠万贯，我怎么能知道面对贫穷时你的心理承受力如何

① 提比略·恺撒，拉丁文全名为 Tiberius Julius Caesar Augustus，公元 14 年到 37 年在位，特莱厄姆福斯（Triumphus）是当时的角斗士。

呢？如果你一生到老听到的都是喝彩声，如果你甚得人心，一呼百诺，我怎么能知道面对耻辱，面对民怨众恨，你会有多大的勇气呢？如果你满堂儿女个个身强体健，我怎么能知道面对丧子之痛，你会如何平静地去忍受呢？我听见过你安慰别人，可惜的是，你不是在安慰你自己，或者说不是在要你自己别伤心难过，否则我就可以一睹你的大丈夫本色了。我恳求你，不要成天提心吊胆，诚惶诚恐，这些都是不朽的众神用来鞭策我们灵魂的东西：灾祸对于真正的大丈夫来说是机会。我们有理由说，那些因为过多的好运而变得迟钝的人是很可怜的，那些人可以说是在波澜不惊的海面上过着风平浪静的悠闲生活，遇上屁大一点儿事情就会顿感不适。面对命运女神的残酷，没有经历过风雨的人往往更难吃得消；脖子嫩，才会越觉得枷锁沉；新兵蛋子一想到受伤就会大惊失色，而老兵则可以以大无畏的气概去看自己身上流出的血，因为他知道鲜血往往是胜利所要付出的代价。所以，只有博得天主认可和欢心的人，才能赢得天主对他们的严厉、考验和训导。而那些看似受他垂青和宽容的人，他是让他们保持软弱，经不起行将降临的灾祸。如果你以为有人得到了豁免，可以无病无灾，那你就错了；快乐日子过久了的人也终有他受苦受难的那一天的，那些貌似得到了上天眷顾，可以免遭灾祸的人，其实只是可以暂时缓一缓而已。

天主为什么会用病痛、悲伤和其他灾祸来折磨最优秀的人呢？原因很简单，与部队中往往是派最勇敢的战士去执行危险任务是一个道理。将军派去夜袭敌营、侦察路线、攻城拔寨的都是兵中精锐。出征时谁也不会说“将军这是在跟我过不去”，反而会说“这说明将军看得起我”。受命去经受令懦弱无能之辈只能哭鼻子掉眼泪的各种考验的人也该这么说才是：“天主圣明，信任我辈，觉得堪当其仪器，去测定人类受苦受难的能力。”

远离奢华享受，远离顺境吧，这些东西会让人虚弱不堪，头脑糊涂，除非出了什么事情，令他们幡然醒悟，想起了自己还是人类的一分子，否则可以说，他们就会终日醉生梦死，虚度光阴。如果一个人老是有玻璃窗户替自己遮风挡雨，有定期更换的热乎乎的敷布包着双脚，有地板下面和环四壁循环的热气调节餐厅温度的话，那他只要微风轻轻一吹，也会有不小的危险。尽管什么事情过了头都会有害，但最大的危险还是莫过于好运过了头所带来的危害：它会令你头脑发热，胡思乱想，障蔽双眼，真假莫辨。忍受漫长的不幸，从而赢得美德的帮助，岂不是比享一时之暴福而胀破了肚皮要好吗？饿死的人，会死得和缓一些；而胀死的人，则往往都是暴毙而亡。

所以说，对待好人时，众神所遵循的是和老师对待自己的学生一样的原则：越是寄予厚望的，要求就会越高。斯巴达人在大庭广众之下鞭打自己的孩子以测验他们的性格，你肯定不会认为他们是恨自己的孩子吧？他们自己的父亲都鼓励他们要勇敢地挨鞭子，要求他们就算是打得体无完肤、半死不活，也要主动把伤痕累累的背伸过去接着挨打。那么，天主用严酷的遭遇来考验高贵的精神，又有什么好大惊小怪的呢？证明美德从来就没有温和的方式。命运女神用鞭子痛打我们，将我们打得皮开肉绽，我们就忍着吧。因为这并不是残忍，而是竞争，而且我们参与得越多，内心就会越强大。身体上最健壮的部位就是用得最勤的部位。我们必须主动站出来，去接命运女神的招，这样在与她过招的过程中，便可以让她把我们打磨得坚强起来，久而久之，她就会把我们变成和她有一拼的对手，而且险情经历多了就会让我们藐视危险。所以，水手们的身体经大海的冲击而变得强悍，庄稼汉的手结满了老茧，士兵的肌肉劲儿大得可以投掷标枪，运动员的腿矫健敏捷，凡此种种，无一不是练过的部位最为强壮。正是因为忍受过种种不幸，心灵才学会了不把忍受不幸放在眼里；如果你注意到辛劳给那些贫困民族，给那些因为缺衣少食反而愈发强健的民族所带来的巨大好处，你就会明白这样的忍受能给我们带来什么了。想一想罗马文明以外的所有民族，我指的是日耳曼人和多瑙河流域所有跟我们作对的那些游牧部落，他们受到漫漫冬季和阴沉天气的折磨，靠贫瘠的土地勉强维持生计，用茅草和树叶遮风挡雨，在冰封的沼泽上奔波，靠逮野兽聊以糊口。你觉得他们不幸吗？习惯已经让他们返回了自然，对他们来说，根本就没有苦恼，因为这些事情，他们开始做的时候虽是不得已为之，但久而久之就会慢慢地变成一种乐趣。累了，倦了，哪儿都是家，除了这样的家之外，他们别无家，别无安身之所；他们吃的东西只适合打发叫花子，而且必须亲手去挣，气候恶劣吓人，却无衣蔽体。这种你认为惨不忍睹的状态，正是众多部落的生活现状。好人须经受锤炼才能坚强起来，你为什么会觉得不可思议呢？不经历风吹雨打，没有哪棵树能根深蒂固；因为风吹雨打可以让树把大地抓得更紧，将根扎得更牢固。长在洒满阳光的山谷之中的树木是弱不禁风的。因此，为了培养大无畏的勇气，多花些时间去从事一些需要胆量的事情，平心静气去忍受那些对忍受不了的人来说才是坏事，对于好人而言其实是有利的事情。

（覃学岚　译）

选自译林出版社《论幸福生活》

塞涅卡在文学上颇有建树，是悲剧和随笔名家。他逻辑严谨，思维缜密，文笔细腻，旁征博引，妙语如珠，处处闪耀着思想的火花和智慧的光芒。塞涅卡是一位灵魂的医生，他对命运的反复无常和人性的弱点有着深刻的了解，看到世人所追求的那些荣华富贵是多么不可靠，而贫困潦倒、白发人送黑发人、中年丧偶、当众受辱、疾病缠身等各种不幸可能突然降临，所以，他开出药方帮助人们调整好心态、提高内力，把短暂的人生放在有意义的事情上，坦然面对生死，不至于在命运女神的摆布面前不堪一击。

——清华大学教授　覃学岚

曾孝濂

中国科学院昆明植物研究所的教授级画家，长期从事科技图书插画工作，已发表的插图有两千余幅。

落　叶

贾平凹

窗外，有一棵法桐，样子并不大的，春天的日子里，它长满了叶子。枝根的，绿得深，枝梢的，绿得浅；虽然对列相间而生，一片和一片不相同，姿态也各有别。没风的时候，显得很丰满，娇嫩而端庄的模样。一早一晚的斜风里，叶子就活动起来，天幕的衬托下，看得见那叶背上了了的绿的脉络，像无数的彩蝴蝶落在那里，翩翩起舞，又像一位少妇，丰姿绰约的，作一个妩媚的笑。

我常常坐在窗里看它，感到温柔和美好。我甚至十分嫉妒那住在枝间的鸟夫妻，它们停在叶下欢唱，是它们给法桐带来了绿的欢乐呢，还是绿的欢乐使它们产生了歌声的清妙？

法桐的欢乐，一直要延长一个夏天。我总想那鼓满着憧憬的竹子，一定要长大如蒲扇的，但到了深秋，叶子并不再长，反要一片一片落去。法桐就消瘦起来，寒伧起来，变得赤裸裸的，唯有些嶙嶙的骨。而且亦都僵硬，不再柔软婀娜，用手一折，就一节一节地断了下来。

我觉得这很残酷，特意要去树下捡一片落叶，保留起来，以作往昔的回忆。想：可怜的法桐，是谁给了你生命，让你这般长在土地上？既然给了你这一身的绿的欢乐，为什么偏偏又要一片一片收去呢？

来年的春上，法桐又长满了叶子，依然是浅绿的好，深绿的也好。我将历年收留的落叶拿出来，和这新叶比较，叶的轮廓是一样的。喔，叶子，你们认识吗，知道这一片是那一片的代替吗？或许就从一个叶柄眼里长上来，凋落的曾经那么悠悠地欢乐过，欢乐的也将要寂寂地凋落去。

然而，它们并不悲伤，欢乐时须尽欢乐；如此而已，法桐竟一年大出一年，长过了窗台，与屋檐齐平了！

我忽然醒悟了，觉得我往日的哀叹大可不必，而且有十分的幼稚呢。原来法桐的生长，不仅是绿的生命的运动，还是一道哲学的命题在验证：欢乐到来，欢乐又归去，这正是天地间欢乐的内容；世间万物，正是寻求着这个内容，而各自完成着它的存在。

我于是很敬仰起法桐来，祝福于它：它年年凋落旧叶，而以此渴着来年的新生，它才没有停滞，没有老化，而目标在天地空间里长成材了。

1981年8月16日作于静虚村

贾平凹的文章，用细笔触，用轻淡的色彩，连续不断地去描绘现实生活中，人们所习见，而易于忽略的心理和景象。在他的笔下，客观与主观，都是非常自然的，非常平易近人的。而其声响却是动听的，不同凡响的。他的文字，于流畅绚丽之中，略略带有一种山野朴讷的音调，还有轻微的潜在的幽默感。

——作家　孙犁

纪念日

Anniversaries

纪念日是结绳记事上的一个个绳扣，它纪念着一个生命的诞生和离去，也纪念着一段历史的开始和结束。如果说时间是一条单行道，那么纪念日就是道路两侧最特殊的坐标。它告诉我们怎样从昨天走到了今天。

“毕竟明天，又是全新的一天”，这是郝思嘉站在一片废墟上渴望重建家园的纪念。“真的猛士，敢于直面惨淡的人生”，这是鲁迅写下的不能忘却的纪念。纪念日是值得被铭记的日子，它会深刻地留在我们个人的脑海里，或者被载入人类发展史册。而无论是一个小小的愿望达成，还是能改变千万人命运的重要时刻，一个纪念日的背后，往往是无数个蓄势待发的日子。

随着时间的流逝，纪念日可能会被淡忘。但是，它绝不会消失。它向我们招手致意，只是为了告诉我们：记住，可以让日历上最简单的数字变成岁月最厚重的注脚。

走进朗读亭

Reading Pavilion

我们是朗读者马龙、丁宁、樊振东、刘诗雯、朱雨玲、许昕……我们将朗读雨果的《看，乌云将倾盆大雨泼向这棵树》，谨以此篇献给从 1988 年乒乓球运动正式进入奥运会以来的三十年里，所有为乒乓球运动奉献热血的人们。

看，乌云将倾盆大雨泼向这棵树，它落尽黄叶，备受摧残，充满痛苦……

当你从我经历了这么多痛苦的折磨、变得坚强而与世隔绝的灵魂里消逝，为什么我枯竭的活力又获得生命，为什么我欢欣鼓舞而容光焕发的心灵，突然萌发出凋落在你脚下的一首首诗！

那是因为明朗的月夜紧随漆黑的长夜；那是因为和煦的东风离不开繁枝茂叶；那是因为世界与命运，一切都自有规律；那是因为世间万物都自有永恒的落潮；那是因为苦难之后又看到你的微笑，那是因为春天终于来临，冬天终于过去！

朗读者　中国国家乒乓球队队员

（本期节目于 2018 年 5 月 26 日播出）

邓清明

我国载人航天工程实施后第一批十四人航天员中的一员，目前唯一一位没有执行过飞行任务还仍在现役的首批航天员。

望星空（节选）

郭小川

一

今夜呀，
我站在北京的街头上，
向星空瞭望。
明天哟，
一个紧要任务，

又要放在我的双肩上。
我能退缩吗？
只有迈开阔步，
踏万里重洋；
我能叫嚷困难吗？
只有挺直腰身，
承担千斤重量。
心房呵，
不许你这般激荡！……
此刻呵，
最该是我沉着镇定的时光。

而星空，
却是异样地安详。
夜深了，
风息了，
雷雨逃往他乡。
云飞了，
雾散了，
月亮躲在远方。
天海平平，
不起浪，
四围静静，

无声响。

但星空是壮丽的，
雄厚而明朗。
穹隆呵，
深又广。
在那神秘的世界里，
好像竖立着层层神秘的殿堂。
大气呵，
浓又香。
在那奇妙的海洋中，
仿佛流荡着奇妙的酒浆。
星星呀，
亮又亮。
在浩大无比的太空里，
点起万古不灭的盏盏灯光。
银河呀，
长又长，
在没有涯际的宇宙中，
架起没有尽头的桥梁。

呵，星空，
只有你，

称得起万寿无疆！
你看过多少次：
冰河解冻，
火山喷浆！
你赏过多少回：
白杨吐绿，
柳絮飞霜！
在那遥远的高处，
在那不可思议的地方，
你观尽人间美景，
饱看世界沧桑。
时间对于你，
跟空间一样——
无穷无尽，
浩浩荡荡。

二

呵，
望星空，
我不免感到惆怅。
说什么：
身宽气盛，

年富力强！
怎比得：
你那根深蒂固，
源远流长！
说什么：
情豪志大，
心高胆壮！
怎比得：
你那阔大胸襟，
无限容量！

我爱人间，
我在人间生长，
但比起你来，
人间还远不辉煌。
走千山，
涉万水，
登不上你的殿堂。
过大海，
越重洋，
饮不到你的酒浆。
千堆火，
万盏灯，

不如一颗小小星光亮。
千条路，
万座桥，
不如银河一节长。

我游历过半个地球，
从东方到西方。
地球的阔大幅员，
引起我的惊奇和赞赏。
可谁能知道：
宇宙里有多少星星，
是地球的姊妹行！
谁曾晓得：
天空中有多少陆地，
能够充作人类的家乡！
远方的星星呵，
你看得见地球吗？
——一片迷茫！
远方的陆地呵，
你感觉到我们的存在吗？
——怎能想象！

生命是珍贵的，

为了赞颂战斗的人生，
我写下成册的诗章；
可是在人生的路途上，
又有多少机缘，
向星空瞭望！
在人生的行程中，
又有多少个夜晚，
见星空如此安详！
在伟大的宇宙的空间，
人生不过是流星般的闪光。
在无限的时间的河流里，
人生仅仅是微小又微小的波浪。
呵，星空，
我不免感到惆怅！
于是我带着惆怅的心情，
走向北京的心脏……

四

当我怀着自豪的感情，
再向星空瞭望，
我的身子，
充溢着非凡的力量。

因为我知道：
在一切最好的传统之上，
我们的队伍已经组成，
犹如浩荡的万里长江。
而我自己呢，
早就全副武装，
在我们的行列里，
充当了一名小小的兵将。

可是呵，
我和我的同志一样，
决不会在红灯绿酒之前，
神魂飘荡。
我们要在地球与星空之间，
修建一条走廊，
把大地上的楼台殿阁，
移往辽阔的天堂。
我们要在无限的高空，
架起一座桥梁，
把人间的山珍海味，
送往迢遥的上苍。

真的，

我和我的同志一样，
决不只是“自扫门前雪”，
而是定管“他人瓦上霜”。
我们要把长安街上的灯火，
延伸到远方；
让万里无云的夜空，
出现千千万万个太阳。
我们要把广漠的穹隆，
变成繁华的天安门广场；
让满天星斗，
全成为人类的家乡。

而星空呵，
不要笑我荒唐！
我是诚实的，
从不痴心妄想。
人生虽是暂短的，
但只有人类的双手，
能够为宇宙穿上盛装；
世界呀，
由于人的生存
而有了无穷的希望。
你呵，

还有什么艰难，
使你力不可挡？
请再仔细抬头瞭望吧！
出发于盟邦的新的火箭，
正遨游于辽远的星空之上。

选自人民文学出版社《郭小川诗选》

读郭小川，感觉到他是真正把高尚人格和内在美有机结合的一位诗人。他的诗歌创作既具有大情怀，又有个人的情绪和自我的超越的勇气，重读他的诗歌创作，不但有助于我们重新认识新诗的价值，也会重新思考新诗的发展方向。郭小川是一个生命诗人，他的诗歌的内容是他的生命体验、生命的意义。亲身见证了我们民族与个人的苦难，他的人性与时代天然地吻合。郭小川的诗是个人的生命之诗，是民族的真正史诗。

——诗人　谭旭东

刘　烨

著名演员，曾出演四十多部电影、二十多部电视剧，金马奖、金鸡奖、金爵奖都被他收入囊中。

小王子（节选）

[法] 圣埃克苏佩里

第21章

这时候，出现了一只狐狸。

“你好！”狐狸说。

“你好！”小王子彬彬有礼地回答。他转过身，但什么也没看见。

“我在这里。”声音说，“苹果树下……”

“你是谁？”小王子说，“你真漂亮……”

“我是狐狸。”狐狸说。

“来跟我玩吧。”小王子向他提出，“我很伤心……”

“我不能跟你玩，”狐狸说，“我没经过驯养。”

“啊，对不起！”小王子说。

但是，想了一想，他又说：

“什么叫‘驯养’？”

“你不是本地人？”狐狸说，“你在找什么？”

“我在找人。”小王子说，“什么叫‘驯养’？”

“那些人，”狐狸说，“他们有枪，他们打猎。讨厌极了！他们也养鸡，这使他们还有点儿意思。你在找鸡吗？”

“不，”小王子说，“我在找朋友。什么叫‘驯养’？”

“这件事记得的人不多了，”狐狸说，“意思是：‘建立感情联系’……”

“建立感情联系？”

“不错，”狐狸说，“你对我不过是一个男孩子，跟成千上万个男孩子毫无两样。我不需要你。你也不需要我。我对你不过是一只狐狸，跟成千上万只狐狸毫无两样。但是，你要是驯养我，咱们俩就会相互需要。你对我是世上唯一的，我对你也是世上唯一的……”

“我开始懂了，”小王子说，“有一朵花……我相信她把我驯养了……”

“这有可能，”狐狸说，“地球上形形色色的事都有……”

“哦，这不是在地球上！”小王子说。

狐狸不胜诧异：

“在另一颗星球？”

“是的。”

“那颗星球有猎人吗？”

“没有。”

“哈，这有意思！鸡呢？”

“没有。”

“天下没有十全十美的事。”狐狸叹口气。

但是狐狸又回到原来的想法：

“我的生活单调枯燥。我追鸡，人追我。所有的鸡都是相像的，所有的人也是相像的。我有点儿厌了。但是，你驯养我，我的生活会充满阳光。我听得出某个脚步声跟别的脚步声不一样。别的脚步声叫我钻入地下，你的脚步声好比音乐，引我走出洞穴。还有，你看！那边的麦田，你看见了吗？我不吃面包。麦子对我是没用的。麦田引不起我的遐想。这很不幸！但是你有金黄色头发。你驯养我后，事情就妙了！麦子，黄澄澄的，会使我想起你。我会喜欢风吹麦田的声音……”

狐狸没说下去，对小王子瞧了好久，又说：

“请你……驯养我吧！”

“我愿意，”小王子回答，“但是我的时间不多。我要找几个朋友，了解许多东西。”

“人只能了解自己驯养的东西，”狐狸说，“现在那些人再也没有时间去了解什么啦。他们要东西，都去商店买现成的。可是哪儿也没有供应朋友的商店。人也就得不到朋友。你要朋友，就请驯养我吧！”

“怎样驯养呢？”小王子说。

“这要非常耐心，”狐狸回答，“你先离我远一点儿，像这样，在草地坐下。我用眼梢瞅你，你一句话也别说。语言是误会的源泉。但是，每天，你可以靠近一些坐……”

第二天，小王子又来了。

“最好在同一时间来，”狐狸说，“比如说，你在下午四点来，一到三点我就开始幸福了。时间愈近，我愈幸福。到了四点钟，我已坐立不安；我发现了幸福的代价，你要是想什么时间来就什么时间来，我就不知道什么时候装扮我这颗心……仪式还是必要的。”

“什么叫‘仪式’？”小王子问。

“这件事记得的人也不多了，”狐狸说，“这就是使某一天不同于其他日子，某一钟点不同于其他时间。比如说，猎人也有仪式。他们在星期四跟村里的姑娘跳舞。星期四就成为一个美妙的日子。我一直走到葡萄园。要是猎人任何时间都可能跳舞，日子天天差不多，我就终年没有闲了。”

就这样小王子驯养了狐狸。离别的时刻近了：

“啊！……”狐狸说，“我会哭的。”

“这是你的不是了，”小王子说，“我不想要你难受，但是你要我驯养你……”

“不错。”狐狸说。

“可是你又要哭！”小王子说。

“不错。”狐狸说。

“那又何苦来呢！”

“我不苦，”狐狸说，“有了麦子的颜色。”

接着又说：

“回去看玫瑰花。你会明白，你的那朵花是世上唯一的。你回来再跟我道别，我送你一个秘密作为礼物。”

小王子回去看玫瑰花。对她们说：

“你们跟我的玫瑰花一点儿不像，你们还什么都不是，谁都没有驯养过你们，你们也没有驯养过谁。你们跟我的狐狸以前一个样。那时，他不过是同成千上万只狐狸毫无两样的一只狐狸，但是，我跟他做了朋友，他现在是世上唯一的了。”

玫瑰花听了发怔。

“你们漂亮，但是空的，”他还对她们说，“别人不会为你们去死。当然，我的那朵玫瑰花，一个普通的过路人也会以为她和你们一样。但是，单是她一朵也比你们全体都宝贵，因为我给她浇过水。因为我给她盖过罩子。因为我给她竖过屏风。因为我给她除过毛虫（留下两三条可以羽化成为蝴蝶）。因为我听过她的埋怨，她的吹嘘，有时甚至是她的沉默。因为这是我的玫瑰花。”

他又去找狐狸，说：

“分别了……”

“分别了，”狐狸说，“我的秘密是这样。很简单：用心去看才看得清楚。本质的东西眼睛是看不见的。”

“本质的东西眼睛是看不见的。”为了记住，小王子跟着念。

“你为你的玫瑰花花费了时间，才使你的玫瑰花变得那么重要。”

“你为你的玫瑰花花费了时间，才使你的玫瑰花变得那么重要。”

“这条真理已经被人忘了，”狐狸说，“但是你不应该忘。对你驯养的东西你要永远负责。你必须对你的玫瑰花负责……”

“我对我的玫瑰花负责……”为了记住，小王子跟着念。

（马振骋　译）

选自人民文学出版社《小王子》

《小王子》可谓世界文学史上的一部奇书。它魅力四射，经久不衰，一个重要的原因，就是三重眼光的重叠。第一重眼光，即儿童的眼光；第二重眼光，来自外星人的眼光；还有一重眼光，就是作为叙述者的眼光。这样，批判人性时，我们更乐于接受；反思人性时，我们会更加深远。

——北京大学世界传记研究中心主任　赵白生

潘建伟

物理学家、中国科学院院士，主要从事量子物理和量子信息等方面的研究，被人们称为中国的“量子之父”。

我的世界观（节选）*

[美] 阿尔伯特·爱因斯坦

我们这些总有一死的人的命运是多么奇特呀！我们每个人在这个世界上都只做一个短暂的逗留；目的何在，却无所知，尽管有时自以为对此若有所感。但是，不必深思，只要从日常生活中

* 此文最初发表在1930年10月出版的《论坛和世纪》(*Forum and Century*)83卷,373—379页。这里译自《思想和见解》8—11页和《我的世界观》英译本237—242页。

就可以明白：人是为别人而生存的——首先是为那样一些人，他们的喜悦和健康关系着我们自己的全部幸福；然后是为许多我们所不认识的人，他们的命运通过同情的纽带同我们密切结合在一起。我每天上百次地提醒自己：我的精神生活和物质生活都依靠着别人（包括生者和死者）的劳动，我必须尽力以同样的分量来报偿我所领受了的和至今还在领受着的东西。我强烈地向往着俭朴的生活。并且时常为发觉自己占用了同胞的过多劳动而难以忍受。我认为阶级的区分是不合理的，它最后所凭借的是以暴力为根据。我也相信，简单淳朴的生活，无论在身体上还是在精神上，对每个人都是有益的。

我完全不相信人类会有那种在哲学意义上的自由。每一个人的行为，不仅受着外界的强迫，而且还要适应内心的必然。叔本华（Schopenhauer）说："人虽然能够做他所想做的，但不能要他所想要的。"①这句话从我青年时代起，就对我是一个真正的启示；在我自己和别人生活面临困难的时候，它总是使我们得到安慰，并且永远是宽容的源泉。这种体会可以宽大为怀地减轻那种容易使人气馁的责任感，也可以防止我们过于严肃地对待自己和别人；它还导致一种特别给幽默以应有地位的人生观。

要追究一个人自己或一切生物生存的意义或目的，从客观的观点看来，我总觉得是愚蠢可笑的。可是每个人都有一定的理想，

① 这句话的德文原文是："Ein Mensch kann zwar tun, was er will, aber nicht wollen, was er will."

这种理想决定着他的努力和判断的方向。就在这个意义上，我从来不把安逸和享乐看作是生活目的本身——这种伦理基础，我叫它猪栏的理想。照亮我的道路，并且不断地给我新的勇气去愉快地正视生活的理想，是善、美和真。要是没有志同道合者之间的亲切感情，要不是全神贯注于客观世界——那个在艺术和科学工作领域里永远达不到的对象，那么在我看来，生活就会是空虚的。人们所努力追求的庸俗的目标——财产、虚荣、奢侈的生活——我总觉得都是可鄙的。

我对社会正义和社会责任的强烈感觉，同我显然的对别人和社会直接接触的淡漠，两者总是形成古怪的对照。我实在是一个“孤独的旅客”，我未曾全心全意地属于我的国家，我的家庭，我的朋友，甚至我最接近的亲人；在所有这些关系面前，我总是感觉到有一定距离并且需要保持孤独——而这种感受正与年俱增。人们会清楚地发觉，同别人的相互了解和协调一致是有限度的，但这不足惋惜。这样的人无疑有点失去他的天真无邪和无忧无虑的心境；但另一方面，他却能够在很大程度上不为别人的意见、习惯和判断所左右，并且能够不受诱惑要去把他的内心平衡建立在这样一些不可靠的基础之上。

我的政治理想是民主。让每一个人都作为个人而受到尊重，而不让任何人成为崇拜的偶像。我自己受到了人们过分的赞扬和尊敬，这不是由于我自己的过错，也不是由于我自己的功劳，而实在是一种命运的嘲弄。其原因大概在于人们有一种愿望，想理解我以自己的微薄绵力通过不断的斗争所获得的少数几个观念，而这种愿望有很多人却未能实现。我完全明白，一个组织要实现它的目的，就必须有一个人去思考，去指挥，并且全面担负起责任来。但是被领导的人不应当受到强迫，他们必须有可能来选择自己的领袖。在我看来，强迫的专制制度很快就会腐化堕落。因为暴力所招引来的总是一些品德低劣的人，而且我相信，天才的暴君总是由无赖来继承，这是一条千古不易的规律。就是这个缘故，我总是强烈地反对今天我们在意大利和俄国所见到的那种制度。像欧洲今天所存在的民主形式所以受到怀疑，这不能归咎于民主原则本身，而是由于政府的不稳定和选举制度中与个人无关的特征。我相信美国在这方面已经找到了正确的道路。他们选出了一个任期足够长的总统，他有充分的权力来真正履行他的职责。另一方面，在德国的政治制度①中，我所重视的是，它为救济患病或贫困的人做出了比较广泛的规定。在人生的丰富多彩的表演中，我觉得真正可贵的，不是政治上的国家，而是有创造性的、有感情的个人，是人格；只有个人才能创造出高尚的和卓越的东西，而群众本身在思想上总是迟钝的，在感觉上也总是迟钝的。

讲到这里，我想起了群众生活中最坏的一种表现，那就是使我厌恶的军事制度。一个人能够洋洋得意地随着军乐队在四列纵队里行进，单凭这一点就足以使我对他轻视。他所以长了一个大

① 指1918年第一次世界大战结束时建立、1933年被希特勒推翻的“魏玛（Weimar）共和国”。本文最初发表时用的不是“德国的政治制度”，而是“我们的政治制度”。

脑，只是出于误会；单单一根脊髓就可满足他的全部需要了。文明国家的这种罪恶的渊薮，应当尽快加以消灭。由命令而产生的勇敢行为，毫无意义的暴行，以及在爱国主义名义下一切可恶的胡闹，所有这些都使我深恶痛绝！在我看来，战争是多么卑鄙、下流！我宁愿被千刀万剐，也不愿参与这种可憎的勾当。①尽管如此，我对人类的评价还是十分高的，我相信，要是人民的健康感情没有被那些通过学校和报纸而起作用的商业利益和政治利益所蓄意败坏，那么战争这个妖魔早就该绝迹了。

我们所能有的最美好的经验是奥秘的经验。它是坚守在真正艺术和真正科学发源地上的基本感情。谁要是体验不到它，谁要是不再有惊奇也不再有惊讶的感觉，他就无异于行尸走肉，他的眼睛是迷糊不清的。就是这样奥秘的经验——虽然掺杂着恐怖——产生了宗教。我们认识到有某种为我们所不能洞察的东西存在，感觉到那种只能以其最原始的形式为我们感受到的最深奥的理性和最灿烂的美——正是这种认识和这种情感构成了真正的宗教感情；在这个意义上，而且也只是在这个意义上，我才是一个具有深挚的宗教感情的人。我无法想象一个会对自己的创造物加以赏罚的上帝，也无法想象它会有像在我们自己身上所体验到的那样一种意志。我不能也不愿去想象一个人在肉体死亡以后还

① 1933 年 7 月以后，爱因斯坦改变了这种绝对的反战态度，积极号召反法西斯力量武装起来，对抗法西斯的武装侵略。参见 1933 年 7 月 20 日给 A. 纳翁的信。

会继续活着；让那些脆弱的灵魂，由于恐惧或者由于可笑的唯我论，去拿这种思想当宝贝吧！我自己只求满足于生命永恒的奥秘，满足于觉察现存世界的神奇的结构，窥见它的一鳞半爪，并且以诚挚的努力去领悟在自然界中显示出来的那个理性的一部分，即使只是其极小的一部分，我也就心满意足了。

（许良英　赵中立　张宣三　编译）

选自商务印书馆《爱因斯坦文集（增补本）》第三卷

爱因斯坦的《我的世界观》展示了这位大科学家在那个阴云密布的年代，作为一个有良知的普通人充满智慧的日常思维。读过之后，通常立于大学物理系门前满脸皱纹的爱因斯坦雕像在我眼中突然间活了起来，不再作闭目沉思状，而是目光炯炯，直指人心。书中无数格言警句，都具有震撼人心的效果，但最让我感佩的还是他的那些“夫子自道”，这些话语并没有丝毫炫耀或标榜的意味，而是朴素地展示出在一个真正的知识分子心中，一个全面发展的“人”应该是怎样的。

——哲学家、美学家　邓晓芒

朱德庸

中文世界最好的漫画家之一，无论是《双响炮》《涩女郎》，还是《醋溜族》《大家都有病》，每一部作品都堪称经典。

写给童年的一封信

朱德庸

你不认识我，但我认识你很久了，我必须承认，有很长一段日子我几乎把你忘了。我再度想到你是2000年，那年我的孩子九岁，我陪着孩子过他的童年时，我自己也再重新过了一次童年，那时我才把你，从我记忆的墙角找了回来。

我写这封信给你，是想要谢谢你，每当我的人生碰到一些困惑及彷徨时，你给了我方向。那个方向也许不符合社会价值观或众人的期望，但却符合我自己内心的感觉，那种感觉就是一种快乐和知足。

你充满了对人生的各种疑问，现在的我可以给你一些答案。

你曾问：幸福是什么？幸福不是一辈子平顺富有，而是找到一个可以陪你度过人生逆境的人。

人生是什么？人生就是一座迷宫，你花前半生找入口，然后花后半生找出口。

幽默是什么？幽默就是一扇想象力的旋转门，可以把你从阴湿幽暗的地窖，瞬间转到艳阳高照的海滩。

成功是什么？成功是，就算所有的价值观都变成钱的时候，你还是不违反你的“梦天性”，永远拥有梦。

我不确定这些答案是否正确，也许二十、三十年后的我会再写信给我，如同我现在写给你。当我再迷惘时我会乘着脑中的时光机器去找你，让你告诉我我是谁。

谢谢你，小时候的我，我会和你一起，用我们自己单纯的方式，在这个时代里慢慢向前走。献给读完会心一笑的你们。

我一直相信我的童年存在于另外一个空间里，它并没有消失。我觉得时光机是确实存在的。当我拿起父亲帮我缝的那本画册，在那一刹那，画册就是我的时光机，我可以想到父亲帮我车线那一天的温度，光影，太阳的颜色，甚至空气的味道。

——漫画家　朱德庸

新尚谊

精准掌握了西方古典油画精髓，同时开创了中国油画“新古典主义学派”的艺术家、教育家。

遗　嘱

[法] 奥古斯特 · 罗丹

青年们，想做“美”的歌颂者的青年们，在这里你们找到一个长期经验的撮要，这也许对于你们是高兴的事。

坐在你们以前的大师，你们要虔诚地爱他们。

在菲狄亚斯和米开朗基罗的面前，你们要躬身致敬。崇仰前者神明的静穆和后者犷放的忧思吧。对于高贵的人，崇仰是一种醇酒。

可是要小心，不要模仿你们的前辈。尊重传统，把传统所包含永远富有生命力的东西区别出来——对“自然”的爱好和真挚，这是天才作家的两种强烈的渴望。他们都崇拜自然，从没有说过谎。所以传统把钥匙交给你们，而靠了这把钥匙，你们会躲开陈旧的因袭。也就是传统本身，告诫你们要不断地探求真实，和阻止你们盲从任何一位大师。

但愿“自然”成为你们唯一的女神。对于自然，你们要绝对信仰。你们要确信，“自然”是永远不会丑恶的；要一心一意地忠于自然。在艺术家看来，一切都是美的，因为在任何人与任何事物上，他锐利的眼光能够发现“性格”，换句话说，能够发现在外形下透露出的内在真理；而这个真理就是美的本身。虔诚地研究罢：你们不会找不着美的，因为你们将要遇见真理。奋发地工作罢。

诸位雕塑家，你们心里要加强领会深度的意义。心灵是不易和这个概念融洽起来的，这个概念明显地表现的，无非是些平面；从厚度来想象形体，这件事会使心灵感到困难，但这正是你们的任务。

首先，要明确地安排你们要雕刻的形象的大的“面”，要鲜明地强调你对人体每个部分，头、两肩、盘骨、腿所支配的方向。艺术要有决断。由于线条的显然的来龙去脉，你们才能够深入空间而获得物体的深度。当你们把面处理好以后，一切也就找着了；你们的雕像已经有了生命——其他细节自己会来，而且自会安排。塑造的时候，千万不要在平面上，而是要在起伏上思考。

希望你们领悟到，所有面积，好像是正在它后边推动的体积的最外露的一面。你们要设想形象正迎着你们，向你们突出。一切生命皆从一个中心上迸生出来，然后由内到外，滋长发芽，灿烂开花。同样，在美好的雕刻中，人们常常猜得出是有一种强烈的内在冲动。这就是古代艺术的秘密。而你们，画家们，也要从深度上去观察现实。譬如说，你们瞧拉斐尔的一幅肖像画吧。当这位大师表现一个人物的正面像的时候，他使胸部斜侧，因此给我们深度的幻觉。

一切的大画家都是探测空间的，他们的力量就是在这一厚度的概念中。你们要记住这句话：没有线，只有体积。当你们勾描的时候，千万不要只着眼于轮廓，而要注意形体的起伏。是起伏在支配轮廓。

你们要毫不松懈地锻炼，必须专心致志。

艺术就是感情。如果没有体积、比例、色彩的学问，没有灵敏的手，最强烈的感情也是瘫痪的。最伟大的诗人，如果他在国外，不通其语言，他能做什么呢？不幸在新一代的艺术家里面，有不少拒绝学习怎样说话的诗人，所以他们只能含糊其辞了。

要有耐心！不要依靠灵感。灵感是不存在的。艺术家的优良品质，无非是智慧、专心、真挚、意志。像诚实的工人一样完成你们的工作吧。

你们要真实，青年们；但这并不是说，要平板地精确。世间有一种低级的精确，那就是照相和翻模的精确，有了内在的真理，才开始有艺术。希望你们用所有的形体，所有的颜色来表达种种的情感吧。

只满足于形似到乱真，拘泥于无足道的细节表现的画家，将永远不能成为大师。要是参观过意大利境内的墓地的话，无疑地你们会注意到那些负责装饰墓地的艺术家，多么幼稚地，在他们的雕像上，专以模仿刺绣、花边、发辫为能事。也许这些做得精确，但既然不是出于自己的心灵，也就不会真实。

几乎我们所有的雕塑家，都使人联想起意大利墓地的雕塑。在我们公共广场的雕像上，所能识别的只是些衣服、桌子、椅子、机器、氢气球、电报机，没有一点内在的真理，也就没有一点艺术。你们要厌恶这些旧货铺里的东西。

你们要有非常深刻的、粗犷的真情，千万不要迟疑，把亲自感觉到的表达出来，即使和存在着的思想是相反的。也许最初你们不被人了解，但你们的孤寂是暂时的，许多朋友不久会走向你们——因为对一人非常真实的东西，对众人也非常真实。可是不要扮鬼脸、做怪样来吸引群众。要朴素、率真！

最美的题材摆在你们面前：那就是你们最熟悉的人物。

不幸早逝的我的亲爱的、伟大的欧仁·加利哀，就是以画他的妻子和他的子女而显示出他的天才的。歌颂母爱，足以使他崇高。所谓大师，就是这样的人：他们用自己的眼睛去看别人见过的东西，在别人司空见惯的东西上能够发现出美来。

拙劣的艺术家永远戴别人的眼镜。

要点是感动，是爱，是希望、战栗、生活。在做艺术家之前，先要做一个人！巴斯加尔说过，真正的雄辩是看不出雄辩的；同样，真正的艺术是忽视艺术的。这里，我再举加利哀为例：在每次展览会里，大部分的画幅不过是画而已；至于他的画幅，在别人的作品之中，好像开向生命的窗子！

你们要欢迎正确的批评，这是你们容易识别的。当你们被围在疑难之中，使你们不再犹豫的就是这些批评。可是不要被自己的良心不能接受的批评伤害了你们。不要怕不公平的批评，这种批评会激起你们的朋友的反感，会逼得他们在对于你们的同情上加以思考；而当他们明白并觑破这些批评的动机以后，他们对你们的同情会更加明显地表露出来。

如果你们的才艺是新颖的，那么最初志同道合的只能很少，而敌人很多。但你们不要失望，前者将会得到胜利，因为他们知道为什么爱你们；而你们的敌人不知道为什么你们使他们讨厌。前者热爱真理，时时替真理吸收新的信仰者；后者对于自己的谬见，不会有经久的热诚。前者坚忍不拔，后者随风而转。真理的胜利是决然的。你们不要浪费时间，在交际场中或政治圈里去拉关系。你们会看到许多同行，勾心斗角，谋求富贵——这些不是真正的艺术家；可其中不乏聪明的人。如果在他们的地盘上打算和他们争名逐利，你们将和他们同样浪费时间，就是说耗尽你们的一生，那就再不剩一分钟的时间给你们去做一个艺术家了。

你们要热爱你们的使命——没有比这个使命更美好的了。它比世俗所想的高尚得多。

艺术家留下伟大的榜样。他尊重自己的事业：他最珍贵的酬报是做好工作的喜悦。现在，唉！有人劝工人——为了他们的祸患——去憎恨自己的工作，破坏自己的工作。当一切人都有艺术家的灵魂，就是说人人都快乐地从事他们的职业，那时候，世界才会幸福。

艺术又是一门学会真诚的功课。真正的艺术家总是冒着危险去推倒一切既存的偏见，而表现他自己所想到的东西。因此他教同道们要率直坦白，试想多么神奇的进步立刻就能实现，如果人类都是绝对爱好真理的话！啊！我们的社会将要多么快地把过去存在的错误与丑恶除掉，而且我们的世界将会何等迅速地变成乐园！

奥古斯特·罗丹

（沈琪　译）

选自人民美术出版社《罗丹艺术论》

奥古斯特·罗丹是十九世纪法国最有影响的雕塑家，也是西方雕塑史上一位划时代的人物。他一生热爱艺术，既是创造家，又是理论家。他在垂暮之年口述完成《罗丹艺术论》，既科学总结了欧洲雕塑史，又精炼概括了个人经验。当年傅雷任教于上海美术专科学校时，曾翻译此书作为“美学讲义”发给学生。这篇《遗嘱》也被收入此书，罗丹言辞恳切，向青年艺术家倾吐了他毕生的艺术体验，希望能启悟来者，开启法门。

——编者

1940年滕固校长寄言国立艺专毕业生

滕　固

本届毕业同学诸君：

今日在这荒村中，四壁萧然的环境里，略备粗劣茶点与诸君话别，我不禁生起无限的感慨，特简单与诸君说一说：

现在我们神圣的抗战已到最高阶段正在胜利可必的时候，国际风云也愈加紧张，我们应该感觉着自己责任之重大，而且也应该怎样坚定我们必胜的自信心。

我们为什么到这里的？全校师生为何流离转徙到了这乡间？这一段沉痛的经历印在每一个人的心上，永远不会磨灭，而我们每一次围叙，就有每一次新的检省。稍有血气的人，当然感觉到应该怎样将自己拔出这环境，创造光明的将来。于是我们自己知道，在这里我们不是作山林隐逸之士，而且这地方也不是世外桃源。

学府由来是民族复兴的策源地，譬如德国柏林大学便是很好的先例。当年 Fichte（费希特）所贡献于德国民族者，到今天我们更确定其伟大的价值。

无庸说，现在诸君都是要上前线的民族复兴的战士。我所耿耿在怀者，便是诸君的训练尚未十分充足，虽诸君的意识皆能在正道上向前发展，然而学殖与能力还有多少应该增益的地方。因为现在都是青年，正来得及兼程迈进，我也正希望因这一点而渐能减轻我所抱的殷忧。

诸君所操的武器是艺术。我曾反复说过，我们这新时代的艺术，其特质必为笃实雄健，表现我民族的美德，足以陶铸一个开物成就的世代，而使之绵延无极。肩荷这一个使命，我们自觉责任匪轻。怎样以平实深厚的素养为根基而上达崇高伟大的极诣，这几年来诸君早已熟闻，此及应当以全力实践。在我国这样的时代是汉、唐，在欧洲是希腊时代、文艺复兴时代，庶几相近。至若舍本逐末，趋小道，尚新奇，蔽于物欲，堕于畸形，为我们今日所当切戒。

现代艺术学者，大都致力于追寻创造的渊源，求其精神因素之所在。虽然学说分歧，大致是归到艺术家的人格，这人格不单是伦理的而是包举其人之精神，行业以及时代反映等之总体。有第一等人物，才产生得出第一等的作品，我从来不希望你们落入第二等。中外历史上第一等的艺术家不少，古人之所能者，今人应该也能，西洋人之所能者，我们又何尝不能，所谓“有为者亦若是”，这是我们时时刻刻应当共勉的。

滕　固

一十九年六月二十五日

（本文据作者手稿照片整理，由中央美术学院教授张立辰朗读）

这封信今天读起来，依然令人胸内如沸。这些年，国内各高校办学资源越来越多，调门越来越高，而学界对西迁时期教育的怀念却从不削减，究其根源，应该是大家都意识到，当下高校在“大楼”林立之际，所匮乏的不止梅贻琦校长所谓的“大师”，更有滕固校长“清宵自省，悚惕兼怀”的忧患意识与自省精神。

——中国美术学院副院长　高士明

白石老人自述（节选）

齐白石

民国二十一年（壬申 · 一九三二），我七十岁。正月初五日，惊悉我的得意门人瑞光和尚死了，享年五十五岁。他的画，一生专摹大涤子，拜我为师后，常来和我谈画，自称学我的笔法，才能画出大涤子的精意。我题他的画，有句说：

画水钩山用意同，
老僧自道学萍翁。

他死了，我觉得可惜得很，到莲花寺里去哭了他一场，回来仍是郁郁不乐。我想，人是早晚要死的，我已是七十岁的人了，还有多少日子可活！这几年，卖画教书，刻印写字，进款却也不少，风烛残年，很可以不必再为衣食劳累了，就自己画了一幅《息肩图》，题诗说：

眼看朋侪归去拳，
那曾把去一文钱。
先生自笑年七十，
挑尽铜山应息肩。

可是画了此图，始终没曾息肩，我劳累了一生，靠着双手，糊上了嘴，看来，我是要劳累到死的啦！

自沈阳沦陷后，锦州又告失守，战火迫近了榆关、平津一带，人心浮动，富有之家，纷纷南迁。北平市上，敌方人员，往来不绝，他们慕我的名，时常登门来访，有的送我些礼物，有的约我去吃饭，还有请我去照相，目的是想白使唤我，替他们拼命去画，好让他们带回国去赚钱发财。我不胜其烦，明知他们诡计多端，内中是有肮脏作用的。况且我虽是一个毫无能力的人，多少总还有一点爱国心，假使愿意去听从他们的使唤，那我简直对不起我这七十岁的年纪了。因此在无办法中想出一个办法：把大门紧紧地关上，门里头加上一把大锁，有人来叫门，我先在门缝中看清是谁，能见的开门请进，不愿见的，命我的女仆，回说“主人不在家”，不去开门，他们也就无法进来，只好扫兴地走了。这是不拒而拒的妙法，在他们没有见着我之时，先给他们一个闭门羹，否则，他们见着了我，当面不便下逐客令，那就脱不掉许多麻烦了。冬，因谣言甚炽，门人纪友梅在东交民巷租有房子，邀我去住，我住了几天，听得局势略见缓和，才又回了家。

我早年跟胡沁园师学的是工笔画，从西安归来，因工笔画不能畅机，改画大写意。所画的东西，以日常能见到的为多，不常见的，我觉得虚无缥缈，画得虽好，总是不切实际。我题画葫芦诗说：“几欲变更终缩手，舍真作怪此生难。”不画常见的而去画不常见的，那就是舍真作怪了。我画实物，并不一味地刻意求似，能在不求似中得似，方得显出神韵。我有句说：“写生我懒求形似，不厌声名到老低。”所以我的画，不为俗人所喜，我亦不愿强合人意，有诗说：“我亦人间双妙手，搔人痒处最为难。”我向来反对宗派拘束，曾云：“逢人耻听说荆关，宗派夸能却汗颜。”也反对死临死摹，又曾说过：“山外楼台云外峰，匠家千古此雷同。”“一笑前朝诸巨手，平铺细抹死工夫。”因之，我就常说：“胸中山气奇天下，删去临摹手一双。”赞同我这见解的人，陈师曾是头一个，其余就算瑞光和尚和徐悲鸿了。

我画山水，布局立意，总是反复构思，不愿落入前人窠臼。五十岁后，懒于多费神思，曾在润格中订明不再为人画山水，在这二十年中，画了不过寥寥几幅。本年因你给我编印诗稿，代求名家题词，我答允各作一图为报，破例画了几幅，如给吴北江（闿生）画的《莲池讲学图》，给杨云史（圻）画的《江山万里楼图》，给赵幼梅（元礼）画的《明灯夜雨楼图》，给宗子威画的《辽东吟馆谈诗图》，给李释堪（宣倜）画的《握兰簃填词图》，这几幅图，我自信都是别出心裁，经意之作。

（本文由中央美术学院教授孙景波朗读）

齐白石自传最大部分是他口述，而由他的晚辈亲戚张次溪笔记的，最后一小部分据张君说是白石亲自写的。这是一篇很好的自传，很好的理由是朴实无华，而且充满了作者的乡土气味。我常觉得最动人的文学是最真诚的文学。不掩饰，不玩弄笔调，以诚挚的心情，说质朴的事实，哪能使人不感动？

——教育家、思想家　罗家伦

中央美术学院成立献辞

徐悲鸿

我国数千年受专制封建长期统治，人民自无幸福可言，但在文化部门造型美术上是有成绩的。当然，这是劳动者的成绩。诚如周扬同志所说，皇宫虽是皇帝要盖的，但它是由劳动人民的手造成的。我以为对于我国文化大半可以用如此看法。

现在人民做了主人，一切为人民服务。毛主席指示我们首先应为工农兵服务，因为世界是他们创造的，我们又有共同纲领。启蒙人民的政治觉悟，鼓励人民的劳动热情。方向明确，我们再来整理、批判、承继我国祖先遗产，以及吸取世界遗产以创造出大众的、科学的、民族的新中国美术，这是我们必须肩负的责任。

以往我们为专制的统治者服务且有如此业绩，我们现为人民服务应当有更进步的收获、更辉煌的成就以迎接新中国的胜利和文化建设高潮的到来。我以无限兴奋和愉快的心情庆贺中央美术学院成立，并预祝其中工作同志及全体同学有光辉灿烂的前途。

一九五〇年四月一日

（本文由中央美术学院院长、中国美术家协会副主席范迪安朗读）

执掌北平艺专和担任中央美术学院首任院长后，徐悲鸿先生始终将教书育人视为事业生命，注入满腔赤忱。他把美术教育看作提高国民素质、改造旧文化之要本，倾心培养新型美术人才。他引入西学，强调“科学”与“写真”的理性精神，高度重视素描作为造型基础的价值，形成了一套系统的美术教育方法与教学范本，培养和影响了大批功力深厚、富有创见的艺术家。与此同时，他广纳天下贤士，团结了一大批身份、学派、观念各异的优秀艺术家，共筑美术教育事业的大厦，推进了中国现代美术教育的前行之路。

——中央美术学院院长　范迪安

等 待

W a i t

等待是我们和时间之间的一场博弈。我们凭借着智慧和耐力，与未来做一个交换。等待的不可知性是一份考验——一天一天、一步一步走向希望或者失望。

安娜·卡列尼娜呼喊着：“我是人，我要生活，我要爱情！”于是她在等待当中燃烧了自己。《城南旧事》中的“长亭外，古道边……问君此去几时还”，这是英子和她的同学们在伤感的歌声当中，等待成长。“慈母手中线，游子身上衣”，这是五十岁的孟郊写下的诗句，也恰恰在那一年，颠沛流离、居无定所的游子，等来了和母亲的团圆。

等待仿佛是生命当中的一个常态。我们经常会等一个电话，等一趟地铁，等着新年的愿望能够实现，等着和相爱的人久别重逢。世间很多美好的事物并非是触手可及的，经过了时间的酝酿和打磨，等待的结果才会显得更加珍贵。当然也会有一些等待是在和幻灭苦苦做着抗争，经过漫长的等待，用时间等来光明。

除非到达终点，没有人能够评价等待的价值。人生的意义在于，因为希望，所以等待；更在于，因为选择了等待，所以看到了希望。

走进
朗读亭

Reading Pavilion

别人都说，女儿是爸爸上辈子的小情人，我觉得真的是这样。有一次我和蓝蓝一起在房间里看动画片，她妈妈就把我们两个人非常可爱的背影拍了下来。我觉得只是用照片的形式来记录女儿的成长过程有点太过于平常了。既然自己是画画的，那就把它画成漫画吧。漫画发到朋友圈之后，我发现很多朋友非常喜欢，由此就开始了我的创作之路，等她们长大了，送一本漫画书给她们。孩子成长的每一个瞬间，未来都会是非常美好的回忆。儿童节快要到了，我想把杨绛先生的《我们仨》送给我的家人，希望我们可以快乐地度过每一天。

圆圆已三四岁了，总说没坐过电车，我以为她不懂事。一次我抱她上了电车，我说："这不是电车吗？"她坐在我身上，勾着我脖子在我耳边悄悄地央求："屁股坐。"她要自己贴身坐在车座上，那样才是坐电车。我这才明白她为什么从没坐过电车。

朗读者　陈缘风（动漫形象"张小盒"主笔）

（本期节目于 2018 年 6 月 2 日播出）

张一山

“90后”演员，因参演《家有儿女》而年少成名，成年后凭借在《余罪》《我的父亲我的兵》等剧中的表演获得观众肯定。

追风筝的人（节选）

[美] 卡勒德·胡赛尼

街头巷尾满是凯旋的追风筝者，他们高举追到的战利品，拿着它们在亲朋好友面前炫耀。但他们统统知道最好的还没出现，最大的奖项还在飞翔。我割断了一只带有白色尾巴的黄风筝，代价是食指又多了一道伤口，血液汩汩流入我的掌心。我让哈桑拿着线，把血吸干，在牛仔裤上擦擦手指。

又过了一个钟头，天空中幸存的风筝，已经从约莫五十只剧减到十来只。我的是其中之一，我杀入前十二名。我知道巡回赛到了这个阶段，会持续一段时间，因为那些家伙既然能活下来，技术实在非同小可——他们可不会掉进简单的陷阱里面，比如哈桑最喜欢用的那招，古老的猛升急降。

到下午三点，阴云密布，太阳躲在它们后面，影子开始拉长，屋顶那些看客戴上围巾，穿上厚厚的外套。只剩下六只风筝了，我仍是其中之一。我双腿发痛，脖子僵硬。但看到风筝一只只掉落，心里的希望一点点增大，就像堆在墙上的雪花那样，一次一片地累积。

我的眼光转向一只蓝风筝，在过去那个钟头里面，它大开杀戒。

"它干掉几只？"我问。

"我数过了，十一只。"哈桑说。

"你知道放风筝的人是谁吗？"

哈桑吧嗒一下舌头，仰起下巴。那是哈桑的招牌动作，表示他不知道。蓝风筝割断一只紫色的大家伙，转了两个大圈。隔了十分钟，它又干掉两只，追风筝的人蜂拥而上，追逐它们去了。

又过了半个小时，只剩下四只风筝了。我的风筝仍在飞翔，我的动作无懈可击，仿佛阵阵寒风都照我的意思吹来。我从来没有这般胜券在握，这么幸运，太让人兴奋了！我不敢抬眼望向那屋顶，眼光不敢从天空移开，我得聚精会神，聪明地操控风筝。又过了十五分钟，早上那个看起来十分好笑的梦突然之间触手可及：只剩下我和另外一个家伙了，那只蓝风筝。

局势紧张得如同我流血的手拉着的那条玻璃线。人们纷纷顿足、拍掌、尖叫、欢呼。“干掉它！干掉它！”我在想，爸爸会不会也在欢呼呢？音乐震耳欲聋，蒸馒头和油炸菜饼的香味从屋顶和敞开的门户飘出来。

但我所能听到的——我迫使自己听到的——是脑袋里血液奔流的声音。我所看到的，只是那只蓝风筝。我所闻到的，只是胜利的味道。获救。赎罪。如果爸爸是错的，如果真像他们在学校说的，有那么一位真主，那么他会让我赢得胜利。我不知道其他家伙斗风筝为了什么，也许是为了在人前吹嘘吧。但于我而言，这是唯一的机会，让我可以成为一个被注目而非仅仅被看到，被聆听而非仅仅被听到的人。倘若真主存在，他会引导风向，让它助我成功，我一拉线，就能割断我的痛苦，割断我的渴求，我业已忍耐得太久，业已走得太远。刹那之间，就这样，我信心十足。我会赢。只是迟早的问题。

结果比我预想的要快。一阵风拉升了我的风筝，我占据了有利的位置。我卷开线，让它飞高。我的风筝转了一个圈，飞到那只蓝色家伙的上面，我稳住位置。蓝风筝知道自己麻烦来了，它绝望地使出各种花招，试图摆脱险境，但我不会放过它，我稳住位置。人群知道胜负即将揭晓。“干掉它！干掉它！”的齐声欢呼越来越响，仿佛罗马人对着斗士高喊：“杀啊！杀啊！”

“你快赢了，阿米尔少爷，快赢了！”哈桑兴奋得直喘气。

那一刻来临了。我合上双眼，松开拉着线的手。寒风将风筝拉高，线又在我手指割开一个创口。接着……不用听人群欢呼我也知道，我也不用看。哈桑抱着我的脖子，不断尖叫。

"太棒了！太棒了！阿米尔少爷！"

我睁开眼睛，望见蓝风筝猛然扎下，好像轮胎从高速行驶的轿车脱落。我眨眨眼，疲累不堪，想说些什么，却没有说出来。突然间我腾空而起，从空中望着自己。黑色的皮衣，红色的围巾，褪色的牛仔裤。一个瘦弱的男孩，肤色微黄，身材对于十二岁的孩子来说显得有些矮小。他肩膀窄小，黑色的眼圈围着淡褐色的眼珠，微风吹起他淡棕色的头发。他抬头望着我，我们相视微笑。

然后我高声尖叫，一切都是那么色彩斑斓，那么悦耳动听，一切都是那么鲜活，那么美好。我伸出空手抱着哈桑，我们跳上跳下，我们两个都笑着、哭着。"你赢了，阿米尔少爷！你赢了！"

"我们赢了！我们赢了！"我只说出这句话。这是真的吗？在过去的日子里，我眨眨眼，从美梦中醒来，起床，下楼到厨房去吃早餐，除了哈桑没人跟我说话。穿好衣服。等爸爸。放弃。回到我原来的生活。然后我看到爸爸在我们的屋顶上，他站在屋顶边缘，双拳挥舞，高声欢呼，拍掌称快。就在那儿，我体验到有生以来最棒的一刻，看见爸爸站在屋顶上，终于以我为荣。

但他似乎在做别的事情，双手焦急地摇动。于是我明白了："哈桑，我们……"

"我知道，"他从我们的拥抱中挣脱，"安拉保佑，我们等会儿再庆祝吧。现在，我要去帮你追那只蓝风筝。"他放下卷轴，撒腿就跑，他穿的那件绿色长袍的后褶边拖在雪地上。

"哈桑！"我大喊，"把它带回来！"

他的橡胶靴子踢起阵阵雪花，已经飞奔到街道的拐角处。他停下来，转身，双手放在嘴边，说：“为你，千千万万遍！”然后露出一脸哈桑式的微笑，消失在街角之后。再一次看到他笑得如此灿烂，已是二十六年之后，在一张褪色的宝丽莱照片上。

（李继宏　译）

选自上海人民出版社《追风筝的人》

《追风筝的人》出版于2003年，一下子就风靡全球。小说的一个出发点是告诉我们人性非常脆弱。很多情况下，需要我们拿出特有的勇气来面对危险的场景。“风筝”就是这个意象，我们每个人都需要不断去追寻，去发现，才能看清自己。它并不是简单的一个悲剧，而是给人生带来一种温暖的力量，这种温暖的力量最终还是使我们相信人性，相信人有改进自己的余地。

——中国社会科学院文学研究所前所长　陆建德

刘仁俊

中国科学院水生生物研究所的专家，曾是世界上唯一一头人工饲养的白鱀豚“淇淇”的饲养者和研究者。

大自然的享受（节选）

林语堂

在这个行星上的万物之中，植物类根本谈不上对大自然有取什么态度的可能。所有的动物类也差不多全数没有取什么态度的可能。但其中竟有这么一个人类，会自有意识，并能意识到四周的环境，因而能够对它取一种态度，实在是一桩极奇怪的事情。人因为有智慧，便开始对宇宙发生疑问，开始对它的秘密探索，对它的意义开始寻求。他们对宇宙，同时有一种科学的和道德的态度。科学界人士注意寻求本人所生活的地球里外的化学合质，其四周空气的厚薄，辐射于上层空气的宇宙光线的多少和性质，山和石的组成，以及一般的支配、生命的定律。这种科学的兴趣和道德的态度固也有一种联系，但在它的本身，不过是单纯的求知欲和探索欲罢了。在另一方面，道德的态度便有许多差异。某些人是想和大自然融协和谐，某些人是想征服或统治和利用大自然，而某些人是高傲地贱视大自然。这个对自己的星球之高傲的贱视态度，乃是文明的一种奇特产物，尤其是某种宗教的奇特产物。这种态度起源于《失乐园》那个虚构的故事。所奇者是：这个故事不过是太古时代一种宗教传说的产物，现在竟会很普遍地被人信以为真。

对于这个故事是否真实，从来没有人发过疑问。总而言之，这个伊甸园是何等的美丽，而现在这个物质宇宙又是何等的丑恶。其实呢，自从夏娃亚当犯了罪之后，花树难道已不开花了吗？上帝难道因了一人犯罪，已诅咒苹果而禁止了它的结果吗？或他已决定将这花的颜色改为较灰暗而不像以前的鲜艳吗？百灵鸟、夜莺和鹦鸟难道已停止了它们的鸣叫吗？山顶难道已经没有了积雪，湖中已经没有了倒影吗？难道今日已经没有了日落时的红霞，没有了虹霓，没有了笼罩乡村的烟雾，没有了瀑布流泉和树荫吗？所以“乐园”已经“丧失”，我们现在是住在一个丑恶的宇宙中的神话，究竟是哪一个捏造的呢？我们真是上帝的忘恩负义的不肖儿女。

关于这个不肖的孩子，我们可以设一个寓言如下：从前有一个人，姓名姑且慢慢发表，他跑到上帝那里诉说，这个星球于他还不够好，要上帝给他一个珠玉为门的天堂。上帝先指着天空中的月亮，问他说：“这不是一个很好的玩具吗？”他摇摇头说，他连看都不要看。上帝又指着远远的青山，问他说：“这不是很美丽的景物吗？”他回说：“太平淡无奇。”上帝又将兰花和三色花指给他看，叫他伸手摸摸花瓣是如何的软骨，并问他说：“这颜色的配合岂不悦目吗？”他爽直回说：“不。”上帝是无穷忍耐的，于是带他到水族动物池里，指着各种各色的热带鱼给他看，问他是不是觉得有趣。上帝又带他到一个树荫之下，用法力吹起一阵微风，问他是否觉得是一种享受？他回说：“并不觉得。”上帝又带他到一处山边的湖畔，指出水中的微波，松林中的风过声，山石的幽静和湖光的反映给他看，但他依然回说，这些物事并不能提起他的兴致。至此，上帝以为这个他所手创的生物必是一个性情不很和善，而喜看较为刺激性事物的人，所以就带他到洛基山的顶上，到美国西部的大峡谷让他看那些挂满钟乳、生满石笋的山洞，那些喷泉沙岗，那些沙漠中的仙人掌，到喜马拉雅山看雪景，到扬子江看三峡，到黄山看花岗石峰，到尼亚加拉看瀑布，再问他说，我岂不是已尽其可能将这个星球变为可以悦耳目、可以充肚腹的美丽世界吗？但是那个人依然向上帝吵着要一个珠玉为门的天堂，说这个星球在他还觉得是不够好。“你这个不知好歹、忘恩负义的畜生，”上帝斥他说，“如此的星球，你还觉得不够好吗？很好，我将要送你到地狱里去，让你看不到行云和花树，听不到流泉，将你幽囚到命终之日。”于是上帝立即送他去住在一座城市中的公寓里边。这个人的名字就是基督徒。

这个人的欲望显然很难满足。上帝是否能够另造一个使他满足的天堂？实在是一个疑问。即使造了出来，然而以他这种大富豪式心性，恐怕到了这个珠玉为门的天堂之后，不到两个星期，又会感到厌倦，而上帝也将感到束手无策，无法去满足这个不肖孩子的欲望了。现在我们大概都须承认现代的天文学，由于不断的探索整个可以看得到的宇宙，结果已使我们不能不承认这地球本身就是一个天堂。如若不然，则我们所梦想的天堂势必须占着空隙；既须占着空隙，则势必在苍穹里的星中，要不必在群星之间的空虚中。这天堂既然是在有月亮或没有月亮的星球中，那么我就想象不出这天堂怎样会比我们的地球更好。这天堂的月亮或许不止一个而有许多个，如粉红色的、紫色的、碧色的、绿色的、橙黄色的、水蓝色的、土耳其玉色的，此外或许还有更多的虹霓，但我颇疑惑看见两个月亮尚会讨厌的人，看见这许多月亮时，将更易于讨厌。难得看见雪景或虹霓尚会讨厌，常常看见更美丽的虹霓将更易于讨厌了。这天堂之中，或许将有六个季节而不是四个，将同样有春夏和日夜的交替，但我看不出这里边将有什么分别；如若一个人对地球上的春夏季节不感兴趣，又怎会对天堂中的春夏季节感到兴趣呢？我说这番话或许是极愚笨的，也许是极聪明的，但我总不能赞同佛教徒和基督徒以出世超凡思想所假设的虚无缥缈完全属于精神的天堂。以我个人而言，我宁愿住在这个地球，而不愿住在别个星球上。绝对没有一个人能说这个地球上的生活是单调乏味的。倘若一个人对于许多的气候和天空颜色的变化、许多随着月令而循环变换的鲜花依然不知满足，还不如赶紧自杀，而不必更徒然地去追寻一个或许只能使上帝满足而不能使人类满足的可能天堂了。

照着眼前可见的事实而言，大自然的景物声音气味和滋味，实在是和我们的看听闻吃器官具有一种神秘的和谐。这宇宙的景物声音和气味和我们的感受器官的和谐是如此完美这件事，使伏尔泰所讥笑的“宇宙目的论”有了一个绝好的论据。但我们不必一定都做“宇宙目的论”者。上帝或许会请我们去赴他的筵席，或许不请。中国人的态度是不问被邀请与否，总去赴席。菜肴既是这样的丰盛，而我们适又饥饿了，不吃也是呆子。尽管让哲学家去进行他们的形而上学的探讨，让他们去研究我们是否在被邀请之列，但聪明人必会在菜肴未冷之前，动手去吃，饥饿和好的常识常是并行的。

我们的地球实在是一个绝好的星球。第一，上面有日夜和早暮的彼此交替，热的白天接上一个风凉的夜里，人事甚忙的上午之前，必先来一个清爽的早晨。还有什么能比这些更好呢？第二，上面有本身都极完备的夏冬季节的交替，中间加插温和的春秋两季，以逐渐引进大寒和极热。还有什么能比这些更好呢？第三，上面有静而壮观的树，夏天给我们树荫，而冬天并不遮蔽掉暖人的太阳。还有什么比这个更好呢？第四，上面有各种不同的花果，按着月令循环交替。还有什么比这个更好呢？第五，上面有清朗的日子和云雾满天的日子彼此交替。还有什么比这个更好呢？第六，上面有春雨、夏雷、秋风、冬雪。还有什么比这些更好呢？第七，上面有孔雀、鹦鹉、鹦鸟、金丝雀等，或有着美丽的颜色，或有着清脆的鸣声。还有什么比这些更好呢？第八，上面有动物园，里边有猢狲、虎、熊、骆驼、象、犀牛、鳄鱼、海狮、牛、马、狗、猫、狐狸、松鼠、土拨鼠，种类之多为人类意想所不能及。还有什么比这些更好呢？第九，上面有虹鱼、剑鱼、电鳝、鲸、柳条鱼、文蛤、鲍鱼、龙虾、淡水虾、甲鱼，种类之多也是人类意想不到的。还有什么比这些更好呢？第十，上面有伟大的红木树、喷发的火山、伟大的山洞、雄奇的山峰、起伏的山丘、幽静的湖沼、曲折的江河、有荫的堤岸。还有什么比这些更好呢？这张菜单，其花色简直是无穷尽的，可以合任何人的胃口。所以最聪明的法子就是：径自去享用这席菜肴，而不必憎嫌生活的单调。

（越裔　译）

选自湖南文艺出版社《生活的艺术》

一个真正的人，必须立足于人世，享受人间的生活。林语堂觉得人生就像一首诗，有自己的韵律和节拍。人如果活到七十岁，那能够享受的生活，能够获得的智慧，是十分丰富的。所以，林语堂提倡一种“生活的艺术”，亦即享受一种“闲适”的生活，生活的范围广阔无垠，既有自身，也有家庭，还有大自然。

——鲁迅博物馆前副馆长　陈漱渝

阿　来

茅盾文学奖历史上最年轻的获奖者，用汉语书写藏区的最广为人知的作家，代表作《尘埃落定》《格萨尔王》等。

尘埃落定（节选）

阿　来

我想，麦其家的傻瓜儿子已经升天了，不然，怎么会有那么多明亮的星星挂在眼前。是沉重的身躯叫我知道自己还活着。我从碎石堆里站起来，扬起的尘土把自己给呛住了。

我在废墟上弯着腰，大声咳嗽。

咳嗽声传开去，消失在野地里了。过去，在这里，不管你发出什么声音，都要被官寨高大的墙壁挡住，发出回声。但这回，声音一出口，便消失了。我侧耳倾听，没有一点声音，开炮的人看来都开走了。麦其一家，还有那些不肯投降的人都给埋在废墟里了。他们都睡在炮火造成的坟墓里，无声无息。

我在星光下开始行走，向着西边我来的方向，走出去没有多久，我被什么东西绊倒了。起身时，一支冷冰冰的枪筒顶在了脑门上。我听见自己喊了一声："砰！"我喊出了一声枪响，便眼前一黑，又一次死去了。

天亮时，我醒了过来。麦其土司的三太太央宗正守在我身边哭泣，她见我睁开眼睛，便哭着说："土司和太太都死了。"这时，新一天的太阳正红彤彤地从东方升起来。

她也和我一样，从碎石堆里爬出来，却摸到解放军的宿营地里了。

红色汉人得到两个麦其土司家的人，十分开心。他们给我们打针吃药，叫他们里边的红色藏人跟我们谈话。他们对着麦其官寨狠狠开炮，却又殷勤地对待我们。红色藏人对我们说啊说啊，但我什么都不想说。想不到这个红色藏人最后说，按照政策，只要我依靠人民政府，还可以继承麦其土司位子。

说到这里，我突然开口了。我说："你们红色汉人不是要消灭土司吗？"

他笑了，说："在没有消灭以前，你可以继续当嘛。"这个红色藏人说了好多话，其中有我懂得的，也有不懂得的。其实，所有这些话归结起来就是一句：在将来，哪怕只当过一天土司，跟没有当过土司的人也是不一样的。我问他是不是这个意思。

他咧嘴一笑，说："你总算明白了。"

队伍又要出发了。

解放军把炮从马背上取下来，叫士兵扛着，把我和央宗扶到了马背上。队伍向着西面逶迤而去。翻过山口时，我回头看了看我出生和长大的地方，看了看麦其土司的官寨，那里，除了高大的官寨已经消失外，并看不出多少战斗的痕迹。春天正在染绿果园和大片的麦田，在那些绿色中间，土司官寨变成了一大堆石头，低处是自身投下的阴影，高处，则辉映着阳光，闪烁着金属般的光泽。望着眼前的景象，我的眼里涌出了泪水。一小股旋风从石堆里拔身而起，带起了许多的尘埃，在废墟上旋转。在土司们统治的河谷，在天气晴朗，阳光强烈的正午，处处都可以遇到这种陡然而起的小小旋风，裹挟着尘埃和枯枝败叶在晴空下舞蹈。

今天，我认为，那是麦其土司和太太的灵魂要上天去了。

旋风越旋越高，最后，在很高的地方炸开了。里面，看不见的东西上到了天界，看得见的是尘埃，又从半空里跌落下来，罩住了那些累累的乱石。但尘埃毕竟是尘埃，最后还是重新落进了石头缝里，只剩寂静的阳光在废墟上闪烁了。我眼中的泪水加强了闪烁的效果。这时候，我在心里叫我的亲人，我叫道："阿爸啊！阿妈啊！"

我还叫了一声："尔依啊！"

我的心感到了前所未有的痛楚。

队伍拥着我翻过山梁，便什么也看不见了。

我留在山谷里的人还等在那里，给了我痛苦的心一些安慰。远远地，我就看见了搭在山谷里的白色帐篷。他们也发现了解放军的队伍。不知是谁向着山坡上的队伍放了几枪。我面前的两个红色士兵哼了一声，脸冲下倒在地上了，血慢慢从他们背上渗出来。好在只有一个人放枪。枪声十分孤独地在幽深的山谷里回荡。我的人就呆呆地站在那里，直到队伍冲到了跟前。枪是管家放的。他提着枪站在一大段倒下的树木上，身姿像一个英雄，脸上的神情却十分茫然。不等我走近，他就被人一枪托打倒，结结实实地捆上了。我骑在马上，穿过帐篷，一张张脸从我马头前滑到后面去了。每个人都呆呆地看着我，等我走过，身后便响起了一片哭声。不一会儿，整个山谷里，都是悲伤的哭声了。

解放军听了很不好受。每到一个地方，都有许许多多人大声欢呼。他们是穷人的队伍，天下占大多数的都是穷人，是穷人都要为天下终于有了一支自己的队伍大声欢呼。而这里，这些奴隶，却大张着愚不可及的嘴哭起他们的主子来了。

我们继续往边界上进发了。

两天后，镇子又出现在我们眼前，那条狭长的街道，平时总是尘土飞扬，这时也像镇子旁边那条小河一样，静悄悄的没有一点声息。队伍穿过街道。那些上着的门板的铺子里面，都有眼睛在张望，就是散布梅毒的妓院也前所未有的安静，对着街道的一面，放下了粉红色窗帘。

解放军的几个大官住在了我的大房子里。他们从楼上望得见镇子的全部景象。他们都说，我是一个有新脑子的人，这样的人跟得上时代。

我对他们说我要死了。

他们说，不，你这样的人跟得上时代。

而我觉得死和跟不跟得上时代是两码事情。

他们说，你会是我们共产党人的好朋友。你在这里从事建设，我们来到这里，就是要在每一个地方都建起这样漂亮的镇子。最大的军官还拍拍我的肩膀，说："当然，没有鸦片和妓院了，你的镇子也有要改造的地方，你这个人也有需要改造的地方。"

我笑了。

军官抓起我的手，使劲摇晃，说："你会当上麦其土司，将来，革命形势发展了，没有土司了，也会是我们最好的朋友。"

但我已经活不到那个时候了。我看见麦其土司的精灵已经变成一股旋风飞到天上，剩下的尘埃落下来，融入大地。我的时候就要到了。我当了一辈子傻子，现在，我知道自己不是傻子，也不是聪明人，不过是在土司制度将要完结的时候到这片奇异的土地上来走了一遭。

是的，上天叫我看见，叫我听见，叫我置身其中，又叫我超然物外。上天是为了这个目的，才让我看起来像个傻子的。

选自人民文学出版社《尘埃落定》

《尘埃落定》这部小说视角独特，有丰厚的藏族文化意蕴。轻淡的一层魔幻色彩增强了艺术表现开合的力度，语言轻巧而富有魅力，充满灵动的诗意，显示了作者出色的艺术才华。

——第五届茅盾文学奖评委会

杨慧姗 张 毅

他们曾是台湾演艺圈最炙手可热的人物，却在巅峰时期退出影坛，潜心钻研琉璃艺术，恢复了失传两千多年的琉璃脱蜡铸造法。

渐

丰子恺

使人生圆滑进行的微妙的要素，莫如“渐”；造物主骗人的手段，也莫如“渐”。在不知不觉之中，天真烂漫的孩子“渐渐”变成野心勃勃的青年；慷慨豪侠的青年“渐渐”变成冷酷的成人；血气旺盛的成人“渐渐”变成顽固的老头子。因为其变更是渐进的，一年一年地、一月一月地、一日一日地、一时一时地、一分一分地、一秒一秒地渐进，犹如从斜度极缓的长远的山坡上走下来，使人不察其递降的痕迹，不见其各阶段的境界，而似乎觉得常在同样的地位，恒久不变，又无时不有生的意趣与价值，于是人生就被确实肯定，而圆滑进行了。假使人生的进行不像山坡而像风琴的键板，由 do 忽然移到 re，即如昨夜的孩子今朝忽然变成青年；或者像旋律的“接离进行”地由 do 忽然跳到 mi，即如朝为青年而夕暮忽成老人，人一定要惊讶、感慨、悲伤，或痛感人生的无常，而不乐为人了。故可知人生是由“渐”维持的。这在女人恐怕尤为必要：歌剧中，舞台上的如花的少女，就是将来火炉旁边的老婆子，这句话，骤听使人不能相信，少女也不肯承认，实则现在的老婆子都是由如花的少女“渐渐”变成的。

人之能堪受境遇的变衰，也全靠这“渐”的助力。巨富的纨绔子弟因屡次破产而“渐渐”荡尽其家产，变为贫者；贫者只得做佣工，佣工往往变为奴隶，奴隶容易变为无赖，无赖与乞丐相去甚近，乞丐不妨做偷儿……这样的例，在小说中，在实际上，均多得很。因为其变衰是延长为十年二十年而一步一步地“渐渐”地达到的，在本人不感到什么强烈的刺激。故虽到了饥寒病苦刑笞交迫的地步，仍是熙熙然贪恋着目前的生的欢喜。假如一位千金之子忽然变了乞丐或偷儿，这人一定愤不欲生了。

这真是大自然的神秘的原则，造物主的微妙的功夫！阴阳潜移，春秋代序，以及物类的衰荣生杀，无不暗合于这法则。由萌芽的春“渐渐”变成绿荫的夏；由凋零的秋“渐渐”变成枯寂的冬。我们虽已经历数十寒暑，但在围炉拥衾的冬夜仍是难于想象饮冰挥扇的夏日的心情；反之亦然。然而由冬一天一天地、一时一时地、一分一分地、一秒一秒地移向夏，由夏一天一天地、一时一时地、一分一分地、一秒一秒地移向冬，其间实在没有显著的痕迹可寻。昼夜也是如此：傍晚坐在窗下看书，书页上“渐渐”地黑起来，倘不断地看下去（目力能因了光的渐弱而渐渐加强），几乎永远可以认识书页上的字迹，即不觉昼之已变为夜。黎明凭窗，不瞬目地注视东天，也不辨自夜向昼的推移的痕迹。儿女渐渐长大起来，在朝夕相见的父母全不觉得，难得见面的远亲就相见不相识了。往年除夕，我们曾在红蜡烛底下守候水仙花的开放，真是痴态！倘水仙花果真当面开放给我们看，便是大自然的原则的破坏，宇宙的根本的摇动，世界人类的末日临到了！

“渐”的作用，就是用每步相差极微极缓的方法来隐蔽时间的过去与事物的变迁的痕迹，使人误认其为恒久不变。这真是造物主骗人的一大诡计！这有一件比喻的故事：某农夫每天朝晨抱了犊而跳过一沟，到田里去工作，夕暮又抱了它跳过沟回家。每日如此，未尝间断。过了一年，犊已渐大，渐重，差不多变成大牛，但农夫全不觉得，仍是抱了它跳沟。有一天他因事停止工作，次日再就不能抱了这牛而跳沟了。造物的骗人，使人留连于其每日每时的生的欢喜而不觉其变迁与辛苦，就是用这个方法的。人们每日在抱了日重一日的牛而跳沟，不准停止。自己误以为是不变的，其实每日在增加其苦劳！

我觉得时辰钟是人生的最好的象征了。时辰钟的针，平常一看总觉得是“不动”的；其实人造物中最常动的无过于时辰钟的针了。日常生活中的人生也如此，刻刻觉得我是我，似乎这“我”永远不变，实则与时辰钟的针一样地无常！一息尚存，总觉得我仍是我，我没有变，还是留连着我的生，可怜受尽“渐”的欺骗！

“渐”的本质是“时间”。时间我觉得比空间更为不可思议，犹之时间艺术的音乐比空间艺术的绘画更为神秘。因为空间姑且不追究它如何广大或无限，我们总可以把握其一端，认定其一点。时间则全然无从把握，不可挽留，只有过去与未来在渺茫之中不绝地相追逐而已。性质上既已渺茫不可思议，分量上在人生也似乎太多。因为一般人对于时间的悟性，似乎只够支配搭船乘车的短时间；对于百年的长期间的寿命，他们不能胜任，往往迷于局部而不能顾及全体。试看乘火车的旅客中，常有明达的人，有的宁牺牲暂时的安乐而让其座位于老弱者，以求心的太平（或博暂时的美誉）；有的见众人争先下车，而退在后面，或高呼“勿要轧，总有得下去的！”“大家都要下去的！”然而在乘“社会”或“世界”的大火车的“人生”的长期的旅客中，就少有这样的明达之人。所以我觉得百年的寿命，定得太长。像现在的世界上的人，倘定他们搭船乘车的期间的寿命，也许在人类社会上可减少许多凶险残惨的争斗，而与火车中一样地谦让，和平，也未可知。

然人类中也有几个能胜任百年的或千古的寿命的人。那是“大人格”“大人生”。他们能不为“渐”所迷，不为造物所欺，而收缩无限的时间并空间于方寸的心中。故佛家能纳须弥于芥子。中国古诗人（白居易）说：“蜗牛角上争何事？石火光中寄此身。”

英国诗人（Blake）也说："一粒沙里见世界，一朵花里见天国；手掌里盛住无限，一刹那便是永劫。"

一九二八年芒种

选自人民文学出版社《丰子恺散文》

当时的朋友中浙江人居多，那一批浙江朋友们都有一股清气，即日常生活也别有一般趣味，却不像普通文人风雅相高。子恺于"清"字之外又加上一个"和"字。他的儿女环坐一室，时有憨态，他见着居然微笑；他自己画成一幅画，刻成一块木刻，拿着看着，欣然微笑；在人生世相中他偶然遇见一件有趣的事，他也还是欣然微笑。他老是那样浑然本色，无忧无嗔，无世故气，亦无矜持气。黄山谷尝称周茂叔"胸中洒落如光风霁月"，我的朋友中只有子恺庶几有这种气象。

——美学家、文艺理论家　朱光潜

程不时

中国第一代飞行设计师，曾担任我国第一飞机设计室总体设计组组长，C919 专家顾问团成员。

祖国呵，我亲爱的祖国

舒　婷

我是你河边上破旧的老水车，
数百年来纺着疲惫的歌；
我是你额上熏黑的矿灯，
照你在历史的隧洞里蜗行摸索；
我是干瘪的稻穗；是失修的路基；
是淤滩上的驳船
把纤绳深深

勒进你的肩膊；
——祖国呵！

我是贫困，
我是悲哀。
我是你祖祖辈辈
　　痛苦的希望呵，
是“飞天”袖间
千百年来未落在地面的花朵；
——祖国呵！

我是你簇新的理想，
刚从神话的蛛网里挣脱；
我是你雪被下古莲的胚芽；
我是你挂着眼泪的笑涡；
我是新刷出的雪白的起跑线；
是绯红的黎明
　　正在喷薄；
——祖国呵！

我是你的十亿分之一，
是你九百六十万平方的总和；
你以伤痕累累的乳房

喂养了
迷惘的我、深思的我、沸腾的我；
那就从我的血肉之躯上
去取得
你的富饶、你的荣光、你的自由；
——祖国呵，
我亲爱的祖国！

1979 年 4 月

选自人民文学出版社《舒婷的诗》

（本诗由程不时、赵克良和汤家力在节目现场，八十二岁的 ARJ21 总设计师吴兴士与孟庆堂、朱林刚、黄宇峰、张建平、周琦炜、蔡志清、曹俊章、孙佳伟、李晓菲、商喜庆、陈丽丽等人在场外共同朗读）

诗只有三十四行，却用了十四个分号。这些分号内的副句，时长时短，体现着节奏旋律的变化。这首诗带有政治色彩，但它不议论，只描绘，也是一个特色。诗中所有的象征和比喻，既质朴，又漂亮，每一个词都与被描绘的景物、形象紧密契合。诗人既用含有自己民族要素的眼睛

观察，又以人民能理解的民族语言手段和表达方法，写出人民内心生活和外部生活的精神实质和典型色调，她感到和说出的也正是同胞所感到和所要说的。

——诗人　蔡其矫

路

R o a d

在这个世界上有多少条路？小路、大路、水路、航路、网路……它们串联起了整个世界。而对于我们每一个生命个体来讲，我们也拥有一条属于自己的路，蹒跚起步便永远无法回头。在这条路上充满欢喜、忧伤、平顺、坎坷、阳光、风雨，这是一条属于我们的人生的路。

“路”这个字是由“足”和“各”组成的，仿佛告诉我们，路在脚下,各自有各自的路。或许是凯鲁亚克《在路上》里的“我们永远年轻，永远热泪盈眶”，也或许是李娟的“沿着漫漫时光，沿着深沉的畏惧与威严而崎岖蜿蜒至此的道路”。前面是看得见的世界，后面是回得去的家乡。

究竟什么是路？路就是道，道就是规则、法则，道路的故事充满了人生的经验。没有路的时候，心里会彷徨，路多的时候，心里又会迷失。走好选择的路，别只选好走的路。

走进朗读亭

Reading Pavilion

我们是朗读者十三（陈金婷）和阿全（冯斌全），来自杭州。我们是在川藏线的路上认识的，九年去了六十几个国家和地区，不是打卡式的旅行，而是像当地人一样地生活。从相遇开始，旅行就已经成了我们生活的另一半。我们从旅伴到伴侣，从两个人走到了一家人。旅游不仅仅是消费，也可以让我们成长。有生之年你能感受这个世界，才能尝试到不一样的人生。今天我们要朗读的是三毛的《逍遥七岛游》。

出发总是美丽的，尤其是在一个阳光普照的清晨上路。车子出了城，很快地在山区上爬上爬下，只见每经过一个个的小村落，都有它自己的风格和气氛。

朗读者　陈金婷、冯斌全（旅行达人）

（本期节目于 2018 年 6 月 16 日播出）

陈　数

出身艺术世家，才艺丰富。出道十几年来，逐步成为涉足剧目类型最广、诠释角色最为丰富的中国女演员之一。

一个人要像一支队伍

刘　瑜

前两天有个网友给我写信，问我如何克服寂寞。

她跟我刚来美国的时候一样，英文不够好，朋友少，一个人等着天亮，一个人等着天黑。“每天学校、家、图书馆、gym（健身房），几点一线。”

我说我没什么好办法，因为我从来就没有克服过这个问题。这些年来我学会的，就是适应它。适应孤独，就像适应一种残疾。

快乐这件事，有很多“不以主观意志为转移”的因素。基因、经历、你恰好碰上的人。但是充实，是可以自力更生的。罗素说他生活的三大动力是对知识的追求、对爱的渴望、对苦难的怜悯。你看，这三项里面，除了第二项，其他两项都是可以自给自足的，都具有耕耘收获的对称性。

我的快乐很少，当然我也不痛苦。主要是生活稀薄，事件密度非常低。就说昨天一天我都干了什么吧：

10 点，起床，收拾收拾，把看了一大半的关于明史的书看完。

下午 1 点，出门，找个 coffee shop（咖啡店），从里面随便买点东西当午饭，然后坐那改一篇论文。其间凝视窗外的纷飞大雪，花半小时创作梨花体诗歌一首。

晚上 7 点，回家，动手做了点饭吃，看了一个来小时的电视，回 E–mail 若干。

10 点，看了一张 DVD，韩国电影《春夏秋冬又一春》。

12 点，读关于冷战的书两章。

凌晨 2 点，跟某同学通电话，上网溜达，准备睡觉。

这基本是我典型的一天：一个人。书、电脑、DVD。

一个星期平均会去学校听两次讲座。工作日平均跟朋友吃午饭一次，周末吃晚饭一次。

多么稀薄的生活啊，谁跟我接近了都有高原反应。

孤独的滋味当然不好受，更糟的是孤独具有一种累加效应。同样重的东西，你第一分钟举着它和第五个小时举着它，感受当然不同。孤独也是这样，偶尔偷得半日闲自己去看一场电影，和一年、两年、三年、五年只能自己和自己喝啤酒，后果当然完全不同。我以前跟一位曾经因为某政治事件而坐过牢的朋友聊天，他描述那几年被单独关押的生活，这样形容：度日如年，度年如日。说得可真确切。

我曾在日记里大言不惭地写道：出于责任感，我承担了全世界的孤独。我的意思是，我不但孤独，而且我的孤独品种繁多、形态各异：在女人堆里太男人，在男人堆里太女人；在学者里面太老粗，在老粗里面太学者；在文青里面太愤青，在愤青里面太文青；在中国人里面太西化，在外国人里面太中国……我觉得上帝把我派到人间，很可能是为了做一个认同紊乱的心理实验。

我其实并不孤僻，简直可以说开朗活泼。但大多时候我很懒，懒得经营一个关系。还有一些时候，就是爱自由，觉得任何一种关系都会束缚自己。当然最主要的，还是知音难觅。我老觉得自己跟大多数人交往，总是只能拿出自己的一个维度，很难找到和自己一样兴趣一望无际的人。这句话的谦虚版说法是：很难找到一个像我一样神经错乱的人。

有时候也着急。我有幸生活在“十一届三中全会”之后，没有吃过多少苦，但是在我所经历过的痛苦中，没有什么比孤独更具有破坏力。这不仅仅是因为错过了亲友之间的饭局谈笑温情，不仅仅因为一个文学女青年对故事、冲突、枝繁叶茂的生活有天然的向往，还因为一个人的思想总是需要通过碰撞来保持。长期的孤单中，就像一个圆点脱离了坐标系，有时候你不知道自己思考的问题是否真的成其为问题，你时常看不到自己的想法中那个旁人一眼就可以看出的巨大漏洞，你不知道什么是大，因为不能看到别人的小，你不知道什么是白，因为不能看到别人的黑。总之你会担心，老这样一个人待着，会不会越来越傻？

好像的确是越来越傻。

但另一些时候，又惊诧于人的生命力。在这样缺乏沟通、交流、刺激、辩论、玩笑、聊天、绯闻、传闻、小道消息、八卦、MSN……的生活里，没有任何圈子，多年来仅仅凭着自己跟自己对话，我也坚持了思考，保持了表达欲，还能写小说政论论文博客，可见要把一个人意志的皮筋给撑断，也没有那么容易。

“忍受的极限会是什么样的结果？”

让我告诉你，忍受是没有极限的。

年少的时候，我觉得孤单是很酷的一件事。长大以后，我觉得孤单是很凄凉的一件事。现在，我觉得孤单不是一件事。至少，努力不让它成为一件事。

有时候，人所需要的是真正的绝望。

真正的绝望跟痛苦、悲伤没有什么关系。它让人心平气和，让你意识到你不能依靠别人，任何人，得到快乐。它让你谦卑，因为所有别人能带给你的，都成了惊喜。它让你只能返回自己的内心。每个人的内心都有不同的自我，他们彼此可以对话。你还可以学习观察微小事物的变化，天气、季节、超市里的蔬菜价格、街上漂亮的小孩，你知道，万事万物都有它值得探究的秘密，只要你真正——我是说真正——打量它。

当然还有书、报纸、电影电视、网络、DVD、CD，那里面有他人的生活、关于这个世界的道理、音乐的美、知识的魔术、爱的可能性、令人愤怒的政治家……我们九九八十一生都不可能穷尽这些道理、美、爱、魔术的一个小指甲盖，怎么还能抱怨生活给予我们的太少。

绝望不是气馁，它只是“命运的归命运，自己的归自己”这样一种实事求是的态度。

就是说，它是自由。

以前一个朋友写过一首诗，叫《一个人要像一支队伍》。我想象“文革”中的顾准、狱中的杨小凯、在文学圈之外写作的王小波，就是这样的人。怀才不遇，逆水行舟，一个人就像一支队伍，对着自己的头脑和心灵招兵买马，不气馁，有召唤，爱自由。

我想自己终究是幸运的，不仅仅因为那些外在的所得，而且因为我还挺结实的。总是被打得七零八落，但总还能在上帝他老人家数到“九”之前重新站起来，再看到眼前那个大海时，还是一样兴奋，欢天喜地地跳进去。在辽阔的世界面前，一个人有多谦卑，他就会有多快乐。当罗素说知识、爱、同情心是他生活的动力时，我觉得简直可以和这个风流成性的老不死称兄道弟。

因为这种幸运，我原谅自己经受的挫折、孤单，原谅自己的敏感、焦虑和神经质，原谅上帝他老人家让 X 不喜欢我，让我不喜欢 Y，让那么多人长得比我美，或者比我智慧，原谅他让我变老变胖，因为他把世界上最美好的品质给了我：不气馁，有召唤，爱自由。

如果你还在为自己孤单寂寞怀才不遇举世皆浊我独醒而深深叹息的话，那么让我告诉你，你买不到那个彩票的，别再把你时间的积蓄两块、两块地花出去，回到你的内心，寻找你自己，与心灵深处的他、他们一起出发去旅行。如果你有足够的好奇心，你可以足不出户而周游世界，身无分文而腰缠万贯。人生若有知己相伴固然妙不可言，但那可遇而不可求，真的，也许既不可遇又不可求，可求的只有你自己，你要俯下身去，朝着幽暗深处的自己伸出手去。

学历过度豪华的刘瑜，以简单的真诚，几乎是下意识地超越了学术著作和通俗读物的界限、精英和群众的界限，做到了真正的深入浅出。她无意启蒙，她的书却无疑是近年最好的启蒙读物。

——作家、记者　刘天昭

矣晓沅

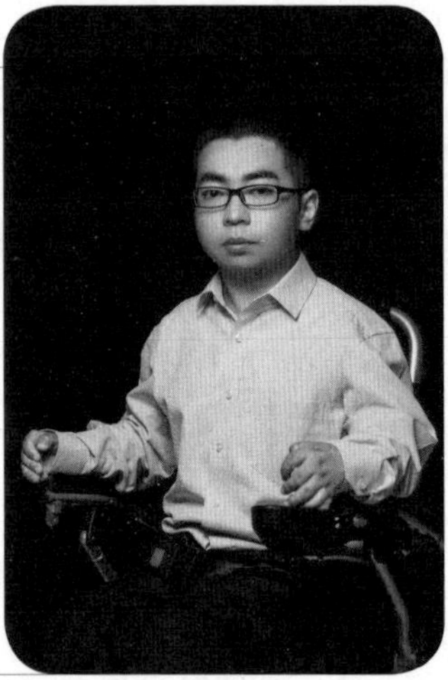

患有类风湿性关节炎，被困在了轮椅上。他以679的高分被清华大学录取，现已被保送读研究生，主攻人工智能。

当我谈跑步时，我谈些什么（节选）

［日］村上春树

跑步对我来说，不单是有益的体育锻炼，还是有效的隐喻。我每日一面跑步，或者说一面积累参赛经验，一面将目标的横杆一点点提高，通过超越这高度来提高自己。至少是立志提高自己，并为之日日付出努力。我固然不是了不起的跑步者，而是处于极为平凡的（毋宁说是凡庸的）水准。然而这个问题根本不重要。我超越了昨天的自己，哪怕只是那么一丁点儿，才更为重要。在长跑中，如果说有什么必须战胜的对手，那就是过去的自己。

……

我说起每天都坚持跑步，总有人表示钦佩："你真是意志坚强啊！"得到表扬，我当然欢喜，这总比受到贬低要惬意得多。然而并非只凭意志坚强就可以无所不能，人世不是那么单纯的。老实说，我甚至觉得每天坚持跑步同意志强弱并没有太大关联。我能够坚持跑二十年，恐怕还是因为跑步合乎我的性情，至少"不觉得那么痛苦"。人生来如此，喜欢的事自然可以坚持下去，不喜欢的事怎么也坚持不了。意志之类恐怕也与"坚持"有一丁点瓜葛，然而无论何等意志坚强的人、何等争强好胜的人，不喜欢的事情终究做不到持之以恒；就算做到了，也对身体不利。

所以，我从来没有向周遭的人推荐过跑步。"跑步是一件美好的事情，大家一起来跑步吧"之类的话，我极力不说出口。对长跑感兴趣的人，你就是不闻不问，他也会主动开始跑步；如若不感兴趣，纵使你劝得口干舌燥，也是毫无用处。马拉松并非万人咸宜的运动，就好比小说家并非万人咸宜的职业。我也不是经人劝说、受人招聘才成为小说家的（遭人阻止的情况倒是有），而是心里有了这个念头，自愿当了小说家。同理，人们不会因为别人劝告成为跑步者，而是自然而然开始跑步的。

话虽如此，也许真有人读了这篇文章，陡然来了兴趣："好啊，我也跑一跑试试。"当真练起跑步来。"呵呵，这不挺好玩吗？"这当然是不错的结果。果真发生了这等事，作为本书的作者，我也非常高兴。但每个人都有对路和不对路之事。既有人适合马拉松，也有人适合高尔夫，还有人适合赌博。看见学校上体育课时让全体学生都练长跑的光景，我便深感同情："好可怜啊。"那些丝毫不想跑步的人，或者体质不适合跑步的人，不分青红皂白让他们统统去长跑，这是何等无意义的拷问。我很想发出忠告：趁着还没有出现问题，赶快取消让初中生和高中生一律长跑的做法。当然，我这样的人出面说这种话，肯定无人理会。学校就是这样一种地方：我们在学校里学到的最重要的东西，就是"最重要的东西在学校里学不到"这个真理。

再怎么说长跑和自己的性情相符，也有这样的日子。"今天觉得身体好沉啊，不想跑步啦。"应该说经常有类似的日子。这时候便会找出形形色色冠冕堂皇的理由来，想休息，不想跑了。在奥运会长跑选手濑古利彦退役就任 S&B 队教练后不久，我曾采访过他。当时我问道："濑古君这样高水平的长跑选手，会不会也有今天不想跑啦、觉得烦啦、想待在家里睡觉这类情形呢？"濑古君可谓怒目圆睁，然后用类似"这人怎么问出这种傻问题来"的语气回答："那还用问，这种事情经常发生。"

如今反思一下，我觉得这的确是愚问。当时我也明白，然而还是想听到他亲口回答。即便膂力、运动量和动机皆有天壤之别，我还是很想知道清晨早早起床、系跑鞋鞋带时，他是否和我有相同的想法。濑古君的回答让我从心底感到松了口气。啊哈，大家果然都是一样的。

请允许我说一点私事。觉得"今天不想跑步"的时候，我经常问自己这样一个问题：你大体作为一个小说家在生活，可以在喜欢的时间一个人待在家里工作，既不必早起晚归挤在满员电车里受罪，也不必出席无聊的会议，这不是很幸运的事儿吗？与之相比，不就是在附近跑上一个小时，有什么大不了的？于是脑海里浮现出满员电车和会议的光景，再度鼓舞起士气，我就能重新系好跑鞋的鞋带，较为顺利地跑出去。“是啊，连这么一丁点事也不肯做，可要遭天谴呀。”话虽然这么说，我其实心中有数：很多人认为与其每天跑一个小时，还不如乘着拥挤不堪的电车去开会。

……

世上时时有人嘲笑每日坚持跑步的人：“难道就那么盼望长命百岁？”我却觉得因为希冀长命百岁而跑步的人大概不太多。怀着“不能长命百岁不打紧，至少想在有生之年过得完美”这种心情跑步的人，只怕多得多。同样是十年，与其稀里糊涂地活，目的明确、生气勃勃地活当然令人更满意。跑步无疑大有裨益。在个人的局限性中，可以让自己更为有效地燃烧，哪怕只是一丁点，这便是跑步一事的本质，也是活着（在我来说还有写作）一事的隐喻。这样的意见，恐怕会有很多跑者赞同。

……

我今年冬天可能还要去世界的某处，参加一次全程马拉松赛跑。明年夏天恐怕还会到哪儿去挑战铁人三项赛。就这样，季节周而复始，岁月流逝不回，我又增长一岁，恐怕小说又写出了一部。勇敢地面对眼前的难题，全力以赴逐一解决。将意识集中于迈出去的每一步，同时还要以尽可能长的眼光去看待问题，尽可能远地去眺望风景。我毕竟是一个长跑者。

成绩也好，名次也好，外观也好，别人如何评论也好，都不过是次要的问题。对于我这样的跑者，最重要的是用双脚实实在在地跑过一个个终点，让自己无怨无悔：应当尽的力我都尽了，应当忍耐的我都忍耐了。从那些失败和喜悦之中，具体地（如何琐细都没关系）不断汲取教训。并且投入时间，投入年月，一次次累积这样的比赛，最终到达一个自己完全接受的境界，抑或无限相近的所在。嗯，这个表达恐怕更为贴切。

假如有我的墓志铭，而且上面的文字可以自己选择，我愿意它是这么写的：

村上春树
作家（兼跑者）
1949—20××
他至少是跑到了最后

此时此刻，这便是我的愿望。

（施小炜　译）

选自南海出版社《当我谈跑步时，我谈些什么》

村上春树是当代日本最具国际影响力的作家，人们读他，谈论他，而他本人却一直安静地用文字表达内心。他

在这部随笔集中书写永远在路上奔跑的自己，娓娓道来恬淡真实的人生。跑步是他的生活方式，是他日常生活的支柱，因为他坚信，“积极地选择磨难，就是将人生的主动权握在自己手中”。

——编者

刘和平

知名编剧，以低产闻名，每一部戏都是苦心孤诣。代表作《雍正王朝》《大明王朝 1566》《北平无战事》等。

留侯论（节选）

〔宋〕苏轼

古之所谓豪杰之士者，必有过人之节。人情有所不能忍者。匹夫见辱，拔剑而起，挺身而斗，此不足为勇也。天下有大勇者，卒然临之而不惊，无故加之而不怒，此其所挟持者甚大，而其志甚远也。

夫子房受书于圯上之老人也，其事甚怪。然亦安知其非秦之世有隐君子者，出而试之？观其所以微见其意者，皆圣贤相与警戒之义。而世不察，以为鬼物，亦已过矣。且其意不在书。当韩之亡，秦之方盛也，以刀锯鼎镬待天下之士，其平居无罪夷灭者，不可胜数。虽有贲、育，无所复施。夫持法太急者，其锋不可犯，而其势未可乘。子房不忍忿忿之心，以匹夫之力，而逞于一击之间。当此之时，子房之不死者，其间不能容发，盖亦已危矣。千金之子，不死于盗贼，何者？其身之可爱，而盗贼之不足以死也。子房以盖世之才，不为伊尹、太公之谋，而特出于荆轲、聂政之计，以侥幸于不死，此固圯上老人之所为深惜者也。是故倨傲鲜腆而深折之，彼其能有所忍也，然后可以就大事，故曰："孺子可教也。"

楚庄王伐郑，郑伯肉袒牵羊以逆。庄王曰："其君能下人，必能信用其民矣。"遂舍之。勾践之困于会稽，而归臣妾于吴者，三年而不倦。且夫有报人之志，而不能下人者，是匹夫之刚也。夫老人者，以为子房才有余而忧其度量之不足，故深折其少年刚锐之气，使之忍小忿而就大谋。何则？非有平生之素，卒然相遇于草野之间，而命以仆妾之役，油然而不怪者，此固秦皇帝之所不能惊，而项籍之所不能怒也。

观夫高祖之所以胜，而项籍之所以败者，在能忍与不能忍之间而已矣。项籍唯不能忍，是以百战百胜，而轻用其锋。高祖忍之，养其全锋而待其弊，此子房教之也。当淮阴破齐，而欲自王，高祖发怒，见于词色，由是观之，犹有刚强不忍之气，非子房其谁全之？

太史公疑子房以为魁梧奇伟，而其状貌乃如妇人女子，不称其志气。呜呼！此其所以为子房欤！

古时候所说的豪杰之士，一定有过人的气节。人之常情，通常都有无法忍受之事。普通人被侮辱，往往拔剑而起，挺身搏斗，这不足以称勇敢。天下真正可称大勇的人，突然遇到变故也不惊慌，无端受到触犯也不愤怒，因为他们怀着极大的抱负，志向又非常高远。

张良被桥上老人授予兵书，这件事确实很奇怪，但是怎么知道那老人不是秦朝隐居的高人来考验张良的呢？看老人微微显露自己的用意，都是圣贤相互告诫的道理；世人不加详察，把老人当作鬼怪，这也太荒唐了。而且老人的主要目的并不在于把兵书给张良。在韩国已灭、秦国正强时，秦国用刀锯鼎镬这样的酷刑残忍地对待天下士人，平白无故被杀头灭族的人数都数不清。即使有孟贲、夏育那样的勇士，对当时的情况也无能为力。一个执法过分严苛的政权，它的锋芒不可硬碰，它的局势也无可乘之机。张良抑制不住愤怒，想以他个人的力量，通过铁椎一击就达到目的。在当时那种形势下，张良距离死亡不过毫厘之间，已经非常危险。富贵人家的子弟，不应死在盗贼手里，为什么呢？因为他们的生命宝贵，死在盗贼手里实在不值得。张良有超过世人的才华，他不去做伊尹、姜尚那些深谋远虑的大事，却只学荆轲、聂政的行刺，只是侥幸才没有死，这必定是桥上老人为他深感惋惜之处。所以老人故意用傲慢无理的态度深深地羞辱他，让他能够隐忍耐受，这样才可以成就大业。所以老人说："这年轻人还可以教育。"

楚庄王攻打郑国，郑襄公袒露上身牵羊来迎。楚庄王说："国君能这样谦卑而忍受屈辱，一定能得到老百姓的信任。”于是楚庄王退兵，允许郑国复国。越王勾践被吴国军队困在会稽，他去吴国做奴仆，三年都不懈怠。如果只有向人报复的心志却不能受辱，这是普通人的刚强。桥上老人认为张良才智有余，担心他气量不够，因此深深折辱他年轻人的刚毅锐利之气，让他能忍住小愤怒而成就远大的谋略。为什么这样呢？老人和张良向来不熟悉，突然在野外遇到他，却让他做奴仆干的事，张良自然而然地去做，不以为是冒犯，这正是秦始皇不能让他胆怯、项羽也不能使他激怒的原因所在了。

看汉高祖之所以成功、项羽之所以失败，原因在于一个能忍、一个不能忍罢了。项羽不能忍，因此虽然百战百胜，但是轻易消耗了自己的锐气；汉高祖能忍，保存自己完整的战斗力等到项羽疲累，这是张良教给他的。当韩信攻破齐国想自立为王的时候，汉高祖大怒，愤怒都显露在语言和脸色上，从这可以看出，他还是有刚强不能隐忍的气性，如果不是张良，谁能成全他？

太史公本来以为张良一定是身形魁梧的，谁料到他的身材、长相竟像妇人女子，与他的志向和度量很不符合。啊！这就是张良之所以成为张良的原因吧！

苏轼的文章行云流水，纵横捭阖。《留侯论》是以《史记·留侯世家》所记载的黄石公授书于张良的故事展开的，

它所回答的问题是：什么是“勇”。整篇文章告诉我们，忍才是真正的大勇和大智慧。《留侯论》被选入明清时代的很多古文选本，对后代影响极大，明人杨慎评价此文“立论超卓”，是史论文章的典范。

——中国人民大学文学院副院长 徐建委

罗大佑

台湾音乐人、华语乐坛的重量级人物，他将流行音乐做成了一种文化、一个时代的符号。

转山（节选）

谢旺霖

天居然晴朗，阳光大放。最后的五公里，布达拉宫就远远矗立在群山的夹缝间，赭红的宫殿冠着鎏金的屋顶，屹立在一片白色建筑的底座上。

等待时刻迟迟至近午时分，你把单车从招待所的二楼扛下。天色并不明朗，远方有云层层卷状堆叠，空气里流动着某种不安的骚动。你跨上了车，呼吸微恙，心情反复地犹疑。你再一次从头到脚仔细地检查身上的装备，一直担心自己是不是大意遗忘了什么。仿佛有，又好像没有。然而，你决定什么都不管了，你仍要出发，出发完成这计划中最后一段骑行的路程。

“最后”，最后是怎样的心情，你知道吗？骑行过程，你还在想着这个问题时，风雪却以你尚不及准备面对的速度，突如其来地降临。那麻雀清脆的啁啾声犹然在耳，但不见羽影，原来竟都纷纷躲在路旁灌木丛中的缝隙。你不禁懊恼着，本以为可以满怀充沛的期待来完成行程的尾声，以为可以……

三一八国道两侧的路树叶子几乎掉光，落地围成裙带，深深覆盖住树干底部错杂的根脉。有些零星的枯叶飘落路心，往来疾驶而过的汽车便将它们一挥，扫到两旁，堆起成列的叶骸如一垄垄的孤坟。路上浅浅的积雪，由白渐次转灰，随即又覆盖上一层新雪，掩饰车辙的痕迹。

雪，愈下愈大了。你愈踏愈慢。（朋友们都在谈论着，西藏的冬天如何如何，有人说，太冷了，你不可能忍受的；有人则勉强基于长年的情谊，不忍浇你一头冷水，只好献上祝福与鼓励。）

拉萨河静静地流淌，尽管河边的水结了一层透明的冰霜，河心的水仍从容地流着，拒抗时间的变化。草原枯槁僵毙，但仍有三两群牛羊信步低头寻找咀嚼的生机。你持续踏行，风雪增强到遮蔽视线安全的距离了，路面也坚硬了起来。过松赞干布的出生地，不停。过往甘丹寺的岔路，也不停。没有什么再能打扰你只想赶赴拉萨的决心。

午后三点多，已是放学的时刻？还是因为雪天，而提早下课呢？沿路开始出现了小学童的身影，他们瑟缩在围巾或衣领中步行，有些站定正好奇地看你，有些激动得在原地又叫又跳放声“哈啰！哈啰！”喊你，渴盼你们之间的眼神相互交会。你于是放慢速度让他们准确看到你的微笑后，才放心离去。

寺院里的红衣喇嘛立在门外，高举着酥油花灯仿佛在对你敬酒，袖口迎风呼呼地鼓荡裂响，你感到好奇的是，那盏在他掌心的烛光为何没有被风吹熄。

你听见雪片交错摩擦在空中窸窣的声音，仿佛还夹杂着学童摇手的呐喊，细微而强大，穿破冷冽的温度，你的意念饱满，轻易就扬弃了刚遇雪阻时那般失落的情绪。“到底下雪也不算一件坏事。”你想，突然感到一种全新的体念，和你之前遇雪的经验绝对不同。你这次反倒希望看风雪能怎么下怎么吹，看它能如何摧折你的意志。都不能，它瓦解不了你。你知道你无论如何今日都能到达拉萨，只是早晚的问题而已。

想到这，你忍不住停下车，掏出口袋里硬化的馒头，大力地咬啃两口，反复咀嚼，嚼出了一些满足的感觉。你又抽出胸前夹藏的一本小小的黑色羊皮制装的笔记，才刚翻开扉页，清白的雪片便落降在褐黄的页面上。笔尖与雪一交触，一笔一画的文字线条瞬时就晕染成一圈墨蓝，仿佛渗出了过多的心事。

其实你尚未完成既定的旅途，但你却已在设想关于告别的种种，深怕当真正临别的那一刻情绪过于奔窜，你将无法完整记忆。

你望向延伸在山脉深处消失的公路，把流眄的记忆调校到定格。倏然一只乌鸦挟着雪势飞落，凄厉地呱叫，在白茫茫视野里像一滴不祥的黑血。从提笔到结束，约莫半个小时，你思绪翻腾地坐在路旁的雪堆，写诗“雪域告别”。那是“酥油的情调，溜溜的情歌”；那是眼前的风景，蒙太奇的组合。或者那“雪域告别”只是你自己眷恋的想象。诗迅速写完，你有种释放开怀的感觉，但似乎也有种等量的懊悔，更甚过开怀也说不定。

毕竟你能写的，可写的，当你下笔追逐的那一刻，难道不也是证明失去的时刻吗？那未能写出、道出的，永远都比写出道出的多更多。这留得住与留不住的一切都已成为你生命的一部分。

你小心翼翼地将这些记忆收拢进本子，藏回胸前的衣服夹层，继续西行。望路远近，车胎缓缓向前滚动，但知每一步的出走，都是回归原生的土壤。流逝的开端已启，光影时强时弱呈现交替。你似乎休息过久了，四肢有点僵硬迟钝，突然遇到一处结冰的路段闪避不及，便重重侧滑摔倒，屁股一阵刺痛冰凉。你无奈起身拍拍调侃自己一番。

这应该是最后一次跌倒了吧。你忆及以往艰苦越过的几座山巅：白马雪山四二九二，红拉山口四二二〇，拉乌山口四三三八，觉巴山口三九三八，东达大山五〇〇八，业拉山口四六一八，安久拉山四四六八，色季拉山四七〇二，米拉雪山五〇一三。一千八百多公里的旅途啊，你怀念那些崇山峻岭之后的失速俯冲和与风竞飙的下坡，泪与汗反复交织的日子。你看见你与他们挥挥手了。

过了达孜县城，你依然没停，距离拉萨仅剩最后的二十公里。额头微微冒涌着细汗，脚下努力维持着每小时十二公里的速率。时间到了某个点后，不再必然是愈久愈长。时间若失去空间便不存在。时间因空间而产生了差异，似乎就没有一个相对的标准，除了你和自己，山脉与天空。

雪渐渐小了，天色廓清。心中的背景音乐逐渐被车辆声吞没，愈接近拉萨，车辆也愈来愈多，拖拉机后座堆满两层楼高的木材噗吱噗吱响着，面包车塞满大小人身呆笨地摇着短短的尾翼……你与拖拉机竞速，那些坐在木材上颠簸晃摇的女人青年小孩，无声地一直望着你。阳光逐次从云雾中拨开。

天居然晴朗，阳光大放。你觉得冥冥中好似一场故意捉弄你的安排。最后的五公里，布达拉宫就远远矗立在群山的夹缝间，赭红的宫殿冠着鎏金的屋顶，屹立在一片白色建筑的底座上，仿佛一个小小的玩具城堡，并不是真的。你停车，摘下墨镜，揉一揉眼睛，为了再确认一次。

你不再怀疑那矗立眼前的具象，轻轻启动着嘴唇说："到了。"然后又问着自己："那是回家的路吗？"便苦笑了起来。你拿出肥皂与毛巾在路边的小河庄重地梳洗面容，这次你想用触感光洁的额头去面对这新的旧的世界，想改掉以往在路途上的蹙眉污浊，想借着冷冽的河水浸凉滚烫的心。梳子总卡在你夹杂沙尘的发际间，你狠力地一刷一刷，尽管扯下了大笔乌黑失去光泽的长发。

睽违了两年多，你终于又来到拉萨。越过拉萨河大桥，进城，布达拉宫竟悄然消失眼前，被四周的建筑物完全遮蔽。你摸不清方向，不禁着急了起来，但你不想问路，不想开口，你要憋住自己进拉萨后的第一句话。

你匆匆地穿过比过去的印象里更加拥闹的市区，穿过人群，穿过车潮，凭着一股直觉，快快地往前骑踏，仿佛一丝丝细微的召唤——“找我，找我，来找我。在山阿间，在寺庙前，在宝塔后”——你终于来到她的跟前了。

佝偻的老藏妇独自在人行道上对着布达拉宫膜拜磕头，街上人来人往，却没有一个人经过时仰头望看这座伟大的历史宫殿，也没有一个人留意过那老妇卑微的身影。你在她的身后，留伫了一会儿，便跨过马路走到对面广阔的人民广场上。

在广场上，你前后左右来回挪动，只为了期待一个令你感动的视野角度。几位摄影摊主，手上拿着一台即可拍相机，一本相簿，向你展示着那些被他们用藏族服装装扮过的游客的照片。照张相，十元。他们见你不为所动，马上变成八元，七元，五元。你点了一根烟，坐下来。早先骑踏时的激动，不知为何竟悄悄地消逝无踪。难道是因为雪停了的缘故吗？你的心情平静到让自己都觉得分外的讶异。是不是缺少了什么，难道到了就只是到了而已？

你想象自己原本会意气风发的模样，却被眼前一脸平静无常的自己推倒那样的想象。你怀疑自己在心底是不是埋藏了敏感而不可透露的深情。你又抽了两根烟，仿佛在等待什么。然而，什么也没有。

你只好拿出相机，在镜头框里看布达拉。反复照了几张宫殿的相片，皆不满意。你转而决定照自己。你将Panasonic（松下）脚架立好（朋友都在背后讨论你会在哪里放弃，说你无法到达），将Olympus（奥林巴斯）相机锁紧架板上（等会该住哪里，晚餐该吃什么，要打电话给妈妈报平安，姊姊的生日过了……），你站定后想故作意气风发的姿态，却僵硬痴傻地微笑，一手还拉着不断松滑的裤头（你的人生因此而改变了吗？他妈的，一旁几位摄影摊主居然敢偷笑你）。

自拍了几张，你也皆不满意，于是便牵着车一起入镜（该振臂欢呼吗？不要不要，那样更傻）。人生到底不能像拍照一样，喊卡就卡，说重来就重来。你试了几次后就不再玩，败兴地接受了自己本来的丑态，也甘愿承认了的确没有什么能激动你的心情。从出发至到达，你默默细数着近五十个骑车的日子。“最后”是怎样的心情，最后你知道了只有最后才能回答你。一个永远巍巍立在山脉上的城市，标高三六五八米，她到底是不是你的终点呢？

最后的最后，稀疏的人潮散去，你仍伫立在四处无人的广场中央等待，等待视野慢慢被黑暗逼退，在这一个遥远遥远的地方，终于——终于你肯放心地大哭一场。

选自广西师范大学出版社《转山》

《转山》是这几年来震动我的本土书写。因为内容的能量，因为作者的诚实与质朴。二十四岁年轻人挑战自我的壮游，高潮迭起，谢旺霖写来却是一路的自问自答。他把自己赤裸裸地展示，让我们看到他的脆弱，他的眼泪，他的奋起与毅力，使我们跟着他拼搏，为他紧张，为他欢呼。这是谢旺霖的第一本书，开始只是平实的记事写景，到了最后几章，成熟的布局经营，交响乐似地释放出庞大的感动。《转山》宣告一位杰出作家的诞生。

——台湾作家、舞蹈创作家　林怀民

张弥曼

古脊椎动物学家，从事比较形态学、古鱼类学及生物进化论等研究，为我国乃至世界古生物研究做出了巨大贡献。

没有你，万般精彩皆枉然（节选）

［英］杰拉尔德·达雷尔

我看过无数次日出日落，在大地上，森林与高山被笼罩在蜜色的光芒之中；在大海里，一团五彩云朵被添上一道殷红，在无垠的大洋中起起落落。我看过无数次月亮，满月如同金币，寒月好似冰屑般洁白，新月则宛如雏天鹅的羽毛。我看过大海平静如画，颜色如闪光的绸缎，或蓝如翠鸟，或通透如玻璃，或乌黑褶皱，泛起泡沫，沉重又凶残地翻滚着。

我感受过从南极直吹过来的风，冰冷、哭号如同走失的孩童；

感受过如同爱人呼吸般轻柔温暖的风；感受过掺杂着苦涩咸味和海草死亡气息的风；感受过弥漫着森林大地肥沃、潮湿的土壤味道和千万种花香的风。烈风搅动得大海不停翻腾起沫，微风吹得海水像小猫一样轻拍海岸。

我见识过宁静：新井底部寒冷又朴实的宁静；深洞中愤恨而冷酷的宁静；炎热迷离的午后，万物被烈日催眠、平息的宁静；美妙音乐终止后的宁静。

我听过夏日蝉鸣，那声音如芒在背。我听过树蛙在无数翡翠色的萤火虫点亮的森林中，演奏着如同巴赫管弦乐般繁复的旋律。我听过食肉鹦鹉在飞跃格雷冰川时的叫声，像老人蹒跚走向大海时的呻吟。我听过交配的海狗向它们光滑的金色妻子叫喊着，如同街头小贩发出声嘶力竭的叫卖声。我听过响尾蛇清脆却不连贯的警告声，成群结队的蝙蝠刺耳的尖叫声，马鹿在齐膝的紫石楠中发出的嘶吼声。我听过狼群在冬夜对月长嚎，红吼猴的咆哮撼动森林。我听过珊瑚群中异彩斑斓的鱼群发出各种各样的呢喃声。

我见过蜂鸟如同宝石一般围绕着开红花的树闪烁，如陀螺一般嗡鸣作响。我见过飞鱼如水银一般穿越蓝色海浪，用鱼尾在海面上划出银色痕迹。我见过琵鹭像朱红的旗帜从鸟巢飞入空中的鸟群。我见过焦油般漆黑的鲸鱼，在矢车菊般蓝色的海洋中停留，用气息创造了一个凡尔赛宫的喷泉。我观看过蝴蝶浮现、停顿，又颤动，阳光把它们的翅膀熨得平整舒展。我观看过火焰一样的老虎在长草中交配。我曾被愤怒的渡鸦俯冲攻击，它们如同魔鬼的爪牙黑暗、顺滑。我曾躺在温润如奶、柔顺如丝的水中，任一群海豚在我身边嬉戏。我曾遇到过无数生灵，看过无数美景……然而——

这一切却未与你共度。

这是我的损失。

这一切我都想与你共度。

这才会是我的收获。

为了有你一分钟的陪伴，我把这一切都放弃，为你的笑，你的声音，你的眼睛、头发、嘴唇、身体，尤其是你善良又令人惊喜的心，那是只有我有权利开发的宝藏。

（叶文　译）

这段文字来自英国著名物种学家杰拉尔德·达雷尔1978年7月31日写给未婚妻的一封信。达雷尔一生饱含对大自然和万物生灵的热情，他六岁时立志建造属于自己的动物园，从二十多岁起就开始将脚步踏向世界的各个角落。正如这封信中所写，他在路上看到过各种各样的景色，听到过纷繁各异的声音，置身于不同季节的陆地和海洋，他想将这一切美好分享给自己的爱人，也同样分享给读到这封信的人们，让这些如宝藏般的美丽风景永留心中。

——编者

父　亲

Father

“我看见他戴着黑布小帽，穿着黑布大马褂，深青布棉袍，蹒跚地走到铁道边，慢慢探身下去……他肥胖的身子向左微倾，显出努力的样子。这时我看见他的背影，我的泪很快地流下来了。”

这一幕发生在1917年，那时候朱自清在北京大学读书，父亲到南京浦口火车站去送他。之后数年的时间里，父子俩摩擦不断，最终失和。直到有一天，已经在清华大学任教的朱自清收到了父亲从扬州写来的一封信，信中说：“举箸提笔，诸多不便，大约大去之期不远矣。”收到了这封信之后，朱自清才提笔写下了《背影》。后来听家人说，老父亲逐字逐句读完了《背影》之后，流下了眼泪。

记得，或记不得；说得，或说不得，父亲都在那里，那是一个我们一生下来就能看到的人，可是要真正读懂他，可能需要我们用掉一生的时间。

大亮患有先天性唐氏综合征，四岁的时候还不会说话，走路也走不稳。那时候我度日如年，觉得这小孩太折磨人了，就想把他送走。天还不怎么亮，我像做贼一样，抱着他出去，把他放下。一转身，我觉得我这个父亲做得挺失败的。我扭过头去，还是把他抱回来了。就在那个时候，我暗暗下定决心，以后再也不能抛弃他。我一步一步教他，几百遍几千遍，现在他自己能够独立地上学、做家务活，还懂得感恩。

父亲象征着力量，象征着爱。作为一个父亲，不管孩子出现什么样的挫折，我们都要坚持，都要默默地陪伴他。我要朗读一段纪伯伦的《论孩子》献给他。

你们的孩子并不是你们的孩子，他们是生命对自身的渴求的儿女。他们借你们而来，却不是因你们而来。尽管他们在你们身边，却并不属于你们。

朗读者　戴小斌（唐氏综合征患儿父亲）

（本期节目于 2018 年 6 月 23 日播出）

惠英红

香港女演员，三次金像奖最佳女主角奖获得者，代表作《心魔》《幸运是我》等。

父亲的手

林少华

父亲病倒了。突然之间。脑溢血。急救室。我坐在他的病床前。他闭目合眼，昏迷不醒。但他的手仍在动，似乎只有手是清醒的。我握住他的手，叫了声“爸爸……”他的手明显回握了我一下。我再叫一声，他又回握了一下。我低头看着我手中的他的手。毕竟父子，他的手和我的手差不多。不是典型的男人的手。手掌不宽、不厚。手指不粗。手背没有老人斑。青色的血管在又白又薄的皮肤下十分清晰。整只手暖暖的、软软的。我看着、攥着、抚摸着。

我忽然察觉，我还是第一次接触父亲的手——自懂事以来的半个世纪时间里我居然从未接触过父亲的手！我感到惊愕。事情怎么会是这个样子呢？因是父子，见面或分别固然不至于握手，但此外就没有接触的机会吗？没有，没有，是没有。我疏远了父亲的手。想到这里，我心疼地把父亲的一只手捧在怀里，注视着，摩挲着，眼睛随之模糊起来……

尽管生活工作在乡下，但父亲这双手几乎没做过农活，更没做过家务，也不会，甚至侍弄房前屋后的小菜园都不太会。但我必须承认父亲是个很聪明也很努力的人。父亲解放初期只念到初一就工作了，由乡供销社到县供销总社后来转到人民公社即现今的镇政府。同样这双手，却打得一手好算盘，写得一手好钢笔字和好毛笔字，写得一手好文章，下得一手好象棋。别说十里八村，即便在整个县当时都是有些名气的。可惜他脾气不好。同样一句话，从他口中出来往往多了棱角，尤其让领导听起来不大舒坦。所谓手巧不如口巧，也是由于这个原因，他一辈子都没升上去。

我继续搜寻记忆，搜寻父亲的手在父子感情之间留下的痕迹。记得大学三年级那年初夏我得了急性黄疸型肝炎，住在长春偏离市中心的传染病医院里。“文革”尚未结束，物资奇缺，连白糖都凭票供应，平时喝口糖水都不容易。而对肝炎患者来说，糖是最基本的营养品。一天中午，我在医院病床上怅怅地躺着。几个病友都睡了，我睡不着，想自己的病情，想耽误的课，想入党申请能否通过。正想着，门轻轻地开了。进来的竟是父亲。依旧那身半旧的蓝布衣裤，依旧那个塑料提包，依旧那副清瘦的面容。

我爬起身，父亲在床沿坐下。父亲平时就沉默寡言，这时也没多说什么。只是简单问了问病情，然后一只手拉开提包，另一只手从中掏出一包用黄纸包的白糖，又一个一个小心摸出二十个煮鸡蛋，最后从怀里摸出二十元钱放在我眼前的褥单上。父亲一个月四十七元五，母亲没工作。八口之家，两地分居。作为长子，我当然知道这二十元钱意味什么。我说钱我不要。父亲没作声，一只手把钱按在褥单上。而后打量了一下病房，又往窗外树上看了片刻，说："我得走了，你好好养病。"说着，拎起完全空了的塑料提包。我望着他走出门的单薄的身影，鼻子有些发酸。我家在长春东边，他工作所在的公社在长春北边，各相距一百里——父亲是从百里外的家赶来，又赶去百里外的公社的。他在那里做公社党委宣传委员。

我更紧地握着自己从不曾握过的父亲的手。我知道，这是第一次，也是最后一次——这双手再不会为我做什么了。是的，父亲是个不善于用话语表达自己正面感情，尤其对子女感情的人，这双手也就给了我更多的回忆。时间迅速向后推进，也就在一年半以前，父母在我所在的青岛生活了两年。两人的身体都还好，我就在市区较为热闹的地段租了房子给他们单住。每星期去看望一两次。客厅有个不很长的长沙发，父亲总是坐在沙发一头看电视、看报。我去的时候也坐在长沙发上，有时坐在另一头，有时坐在稍离开他的中间位置。一次无意之间，我发现原本父亲靠着的靠垫正一点一点往我这头移动。细看，原来他用一只手悄悄推着靠垫。我佯装未见，任凭靠垫移到我的身旁。显然，父亲是让我靠这靠垫。但他没有说，也没有直接递给我，而是用手慢慢推移，生怕我察觉……

如今，父亲的手永远地去了，去了三四个月了。化为青烟，化为灰烬，留在了一千多公里外的故乡一座荒山坡上。那里已经飘雪了，风越来越冷。

世界上还会有一双男性的手为我从塑料提包里一个一个摸出煮鸡蛋、一点一点往我身旁推靠垫吗?

作为大学中的教授、翻译家，林少华观察世界的两只眼睛就是“文化乡愁”和“社会良知”。“失去良知，知识分子无非是有知识的俗物，教授无非是有教授职称的市侩而已。”在教书、翻译之余，林少华将自己的精神诉求，发而为随笔和杂文，“追求大学校园里缺少的东西——追求大学之道、为师之道、为学之道”。

“缺少爱心，缺少悲悯情怀，缺少对大自然的敬畏，缺少环保意识。”生活在“诗意正在失去”的时代，林少华的忧虑，正是知识分子的一种担当，洞察历史与现实的一种睿智。

——作家、媒体人　柳已青

徐国义

国家游泳队教练，培养了徐嘉余、叶诗文、傅园慧等运动员，有“金牌教练”之称。

人生即燃烧（节选）

王　蒙

这本漫谈人生哲学的小书快要结束的时候，我产生了一种担心：我是不是讲得太消极太老庄了？无为呀，等待呀，不这个不那个呀，快乐健康而又放松呀，这会把读者特别是青年读者带到什么地方去呢?

是的，我侧重于讲不要做那些不该做的事了，我对于应该做什么除了学习以外都谈得比较松弛。然而有一点是明确的，无为可能对某些人是关键，因为他为各种煽动、混乱、愚蠢和野蛮、自私、狂躁占据得太多了。但是我们的目的不是无为而是有为，不是消极而是积极，不是否定此生而是更好地使用和受用此生，不是一味等待而是主动创造，这是没有疑问的。

也可以换一种说法，无为呀等待呀无术呀自然呀，都是为了扫清道路，清理困扰，而后能够投入地做一些有意义、有成就、有滋味、有光彩的事情。

从生命个体来说，我们能够支配的关键的岁月不过那么几十年，然后再无第二次机会。对于人的一生来说，那才是机不可失，时不再来。生命由于它的短暂和不可逆性、一次性而弥足珍贵而神奇而美丽。虚度这样的生命，辜负这样的生命，这是多么愚蠢多么罪过！一个人丢了一百块钱人民币都会心痛，那么丢失了生命中的有所作为的可能，不是更心痛吗？

在儿童时期，人们的差异并不太多，大家都在同一条起跑线上。此后呢，差得就愈来愈远了，有的光阴虚度，深悔蹉跎；有的怨天尤人，郁郁不乐；有的东跑西颠，一事无成；有的委委琐琐，窝窝囊囊；有的胡作非为，头破血流……有几个人成功？有几个人满意？有几个人老后能够不叹息：少壮不努力，老大徒伤悲！

而人生的不同的类型不同的结局，大体上是青年时期就可以看出点端倪来的。青年时代，谁不愿意投入生活、投入爱情、投入学习、投入事业、投入社会、投入人间？

即使生活还相当艰难，爱情还隐隐约约，学习还道路方长，社会还明明暗暗，人间还有许多不平，你也要投入，你也要尽力尽情尽兴尽一切可能，努力去争取一切可以争取到也应该争取到的，以使你能够得到智慧和光明，得到成绩和价值。我并不笼统地赞成古人立大志的说法，但你总该希望自己对社会对人群对国家民族人类多做出一点贡献，至少是确实竭尽了全力，就是说至少是充分燃烧了，充分发了热发了光，充分享用了使用了弘扬了你的有生之年。一个人就是一个能源，人的一生就是燃烧，就是能量的充分释放。能量应该发挥出来，燃烧愈充分愈好。从无光热，不燃而去，未免是一个遗憾；而刚一冒烟儿，就息工熄灭了，能不痛苦吗？

人生就是生命的一次燃烧，它可能发出美轮美奂的光彩，可能发出巨大的热能，温暖无数人的心，它也可能光热有限，却也有一分热发一分光发一分电，哪怕只是点亮一两个灯泡，也还照亮了自己的与邻居的房屋，燃烧充分，不留遗憾。而如果你一直欲燃未燃，如果你受了潮或者发生了霉变，那就不但燃烧不好，而且留下大量的一氧化碳与各种硫化物碳化物，发出奇奇怪怪的噪声，带来对人类环境的污染，乃至成为社会的公害，这实在是非常非常遗憾的。

也许你不能留名青史，但至少应该对得起自己的这仅有的几十年。也许你未能立德立功立言，但至少是充分发挥出了自己一生的能量。也许你的诸种努力未能奏效，例如从事艺术创作但未能被社会所承认，经商却始终未能成功，从军但终于打了败仗，但是最后“结账”的那一天，你至少可以说我已尽力了，你的失败如楚霸王垓下之战，非战之罪也。我始终不赞成以成败论英雄，我也无能帮助读者乃至我自己着着皆胜。但是至少心里应该有数，你是有志有为而且选择了正确的道路，但终因条件不具备未能大获全胜呢，还是你上来就不成样子，无志气，无作为，不学习，不努力，意志薄弱，心胸狭窄，企图侥幸，却又愤愤不平，终于一事无成。如果是前者，我愿向你致以悲壮的敬意，我还愿意把你的故事写下来，让读者为之洒一掬清泪。如果是后者，谁能纠正？谁能弥补？谁能同情？

我的长篇小说《活动变人形》中的主人公倪吾诚，在他的生命到了后期末期之时，他突然说：“我的生活的黄金时代还没有开始呢。”这实在太恐怖了。一个人的成就有大有小，然而你应该尽力。尽力尽情尽兴尽一切可能了，这就是黄金时代，这就是人生的滋味，这就是人生的意义价值，这就是辉煌，燃烧的辉煌，奉献的辉煌。你尽了力，你就能享受到你尽力后的一切可能性，哪怕是“天亡我也，非战之罪也”的悲壮感和英雄主义。你享受到了尽力本身带来的乐趣，尽了力至少能得到一种充实感成就感，你也就赢得了，必然赢得了，首先不是别人，而是你自己的尊敬和满意。比如你是一枚炮弹，被尽力发射出去了，而且爆炸了，即使没有完全命中目标，也是快乐的。你是一粒树种，落到了地上，吸足了水分养分，长成了树苗，长成了大树，即使没能长到更大就被雷击所毁，你也可以感到某种骄傲。你的形象是一株树的最好的纪念碑，你的被毁至少是一次大雷雨的见证，是一个悲剧性的事件。人生是一个过程，是一个时间段，是一次能量释放反应，重在参与，重在投入，重在尽力。胜固可喜，败亦犹荣，只要尽了力，结账时候的败者，流出的眼泪也是滚烫的与有分量的。而没有尽力，蹉跎而过，那可真是欲哭无泪了！

选自人民文学出版社《王蒙自述：我的人生哲学》

王蒙是一个丰富的、复杂的人，对中国当代文学的影响是综合性的，不单是小说方面，还有诗歌、散文、比较文学以及古典文学研究，表现在齐头并进的多个方面及前沿地带。他作为前辈给我的突出感觉是学习，这看上去是一个简单的词，但其实不然。贾平凹在一个场合说过：我是一个农民。王蒙就说如果任何人都给自己一个定义的话，我想我自己是一个学生。这句话给我的印象特别深刻，让我对他充满敬意，因为这绝不是虚假的谦虚。这要比他说自己是一个学者来得真切。历经苦难后永不言败的激情、活力、情感、智慧、燃烧，这些词用在他身上并不过分，这些都是令人感佩的。

——作家、中国作协主席　铁凝

王佩民

烈士王孝和的小女儿，出生于父亲牺牲后的第二十二天，一直在书信和照片间寻找父亲的踪影。

先 父

刘亮程

一

我比年少时更需要一个父亲，他住在我隔壁，夜里我听他打呼噜，很费劲地喘气。看他弓腰推门进来，一脸皱纹，眼皮耷拉，张开剩下两颗牙齿的嘴，对我说一句话。我们在一张餐桌上吃饭，他坐上席，我在他旁边，看着他颤巍巍伸出一只青筋暴露的手，已经抓不住什么，又抖抖地勉力去抓住。听他咳嗽，大口喘气——

这就是数年之后的我自己。一个父亲，把全部的老年展示给儿子。一如我把整个童年、青年带回到他眼前。

在一个家里，儿子守着父亲老去，就像父亲看着儿子长大成人。这个过程中儿子慢慢懂得老是怎么回事。父亲在前面蹚路。父亲离开后儿子会知道自己四十岁时该做什么，五十岁、六十岁时要考虑什么。到了七八十岁，该放下什么，去着手操劳什么。

可是，我没有这样一个老父亲。

我活得比你还老的时候，身心的一部分仍旧是一个孩子。我叫你爹，叫你父亲，你再不答应。我叫你爹的那部分永远地长不大了。

多少年后，我活到你死亡的年龄：三十七岁。我想，我能过去这一年，就比你都老了。作为一个女儿的父亲，我会活得更老。那时想起年纪轻轻就离去的你，就像怀想一个早夭的儿子。你给我童年，我自己走向青年、中年。

我的女儿只看见过你的坟墓。我清明带着她上坟，让她跪在你的墓前磕头，叫你爷爷。你这个没福气的人，没有活到她张口叫你爷爷的年龄。如果你能够，在那个几乎活不下去的年月，想到多少年后，会有一个孙女附在耳边轻声叫你爷爷，亲你胡子拉碴的脸，或许你会为此活下去。但你没有。

二

留下五个儿女的父亲，在五条回家的路上。一到夜晚，村庄的五个方向有你的脚步声。狗都不认识你了。五个儿女分别出去开门,看见不同的月色星空。他们早已忘记模样的父亲,一脸漆黑,站在夜色中。

多年来儿女们记住的,是五个不同的父亲。或许根本没有一个父亲。所有对你的记忆都是空的。我们好像从来就没有过你。只是觉得跟别人一样应该有一个父亲,尽管是一个死去的父亲。每年清明我们上坟去看你,给你烧纸,烧烟和酒。边烧边在坟头吃喝说笑。喝剩下的酒埋在你的头顶。临走了再跪在墓碑前叫声父亲。

我们真的有过一个父亲吗?

当我们谈起你时,几乎没有一点共同的记忆。我不知道五岁便失去你的弟弟记住的那个父亲是谁。当时还在母亲怀中哇哇大哭的妹妹记住的,又是怎样一个父亲。母亲记忆中的那个丈夫跟我们又有什么关系。你死的那年我八岁,大哥十一岁,最小的妹妹才八个月。我的记忆中没有一点你的影子。我对你的所有记忆是我构想的。我自己创造了一个父亲,通过母亲、认识你的那些人。也通过我自己。

如果生命是一滴水,那我一定流经了上游,经过我的所有祖先,爷爷奶奶、父亲母亲,就像我迷茫中经过的无数个黑夜。我浑然不觉的黑夜。我睁开眼睛。只是我不知道我来到世上那几年里,我看见了什么。我的童年被我丢掉了。包括那个我叫父亲的人。

我真的早已忘了,这个把我带到世上的人。我记不起他的样子,忘了他怎样在我记忆模糊的幼年,教我说话,逗我玩,让我骑在他的脖子上，在院子里走。我忘了他的个头，想不起家里仅存的一张照片上，那个面容清瘦的男人曾经跟我有过什么关系。他把我拉扯到八岁，他走了。可我八岁之前的记忆全是黑夜，我看不清他。

我需要一个父亲，在我成年之后，把我最初的那段人生讲给我。就像你需要一个儿子，当你死后，我还在世间传播你的种子。你把我的童年全带走了，连一点影子都没留下。

我只知道有过一个父亲。在我前头，隐约走过这样一个人。

我的有一脚踩在他的脚印上，隔着厚厚的尘土。我的有一声追上他的声。我吸的有一口气，是他呼出的。

你死后我所有的童年之梦全破灭了。剩下的只是生存。

三

我没见过爷爷，他在父亲很小时便去世了。我的奶奶活到七十八岁。那是我看见的唯一一个亲人的老年。父亲死后她又活了三年，或许是四年。她把全部的老年光景示意给了母亲。我们的奶奶，那个老年丧子的奶奶，我已经想不起她的模样，记忆中只有一个灰灰的老人，灰白头发，灰旧衣服，弓着背，小脚，拄拐，活在一群未成年的孙儿中。她给我们做饭，洗碗。晚上睡在最里边的炕角。我仿佛记得她在深夜里的咳嗽和喘息，记得她摸索着下炕，开门出去。过一会儿，又进来，摸索着上炕。全是黑黑的感觉。有一个早晨，她再没有醒来，母亲做好早饭喊她，我们也大声喊她。她就睡在那个炕角，弓着身，背对我们，像一个熟睡的孩子。

母亲肯定知道奶奶的更多细节，她没有讲给我们。我们也很少问过。仿佛我们对自己的童年更感兴趣。童年是我们自己的陌生人。我们并不想看清陪伴童年的那个老人。我们连自己都无法弄清。印象中奶奶只是一个遥远的亲人，一个称谓。她死的时候，我们的童年还没有结束。她什么都没有看见，除了自己独生儿子的死，她在那样的年月里，看不见我们前途的一丝光亮。我们的未来向她关闭了。她对我们的所有记忆是愁苦。她走的时候，一定从童年领走了我们，在遥远的天国，她抚养着永远长不大的一群孙儿孙女。

四

在我八岁，你离世的第二年，我看见十二岁时的光景：个头稍高一些，胳膊长到锨把粗，能抱动两块土块，背一大捆柴从野地回来，走更远的路去大队买东西——那是我大哥当时的岁数。我和他隔了四年，看见自己在慢慢朝一捆背不动的柴走近，我的身体正一碗饭、一碗水地长到能背起一捆柴、一袋粮食。

然后我到了十六岁，外出上学。十九岁到安吉小镇工作。那时大哥已下地劳动，我有了跟他不一样的生活，我再不用回去种地。

可是，到了四十岁，我对年岁突然没有了感觉。路被尘土蒙蔽。我不知道四十岁以后的下一年我是多大。我的父亲没有把那时的人生活给我看。他藏起我的老年，让我时刻回到童年。在那里，他的儿女永远都记得他收工回来的那些黄昏，晚饭的香味飘在院子。我们记住的饭菜全是那时的味道。我一生都在找寻那个傍晚那顿饭的味道。已经忘了是什么饭，一家人围坐在桌旁，筷子摆齐，等父亲的脚步声踩进院子，等他带回一身尘土，在院门外拍打。

有这样一些日子，父亲就永远是父亲了，没有谁能替代他。我们做他的儿女，他再不回来我们还是他的儿女。一次次，我们回到有他的年月，回到他收工回来的那些傍晚，看见他一身尘土，头上落着草叶。他把铁锨立在墙根，一脸疲惫。母亲端来水让他洗脸，他坐在土墙的阴影里，一动不动，好像叹着气，我们全在一旁看着他。多少年后，他早不在人世，我们还在那里一动不动看着他。我们叫他父亲，声音传不过去。盛好饭，碗递不过去。

五

你死去后我的一部分也在死去。你离开的那个早晨我也永远地离开了，留在世上的那个我究竟是谁。

父亲，只有你能认出你的儿子。他从小流落人世，不知家，不知冷暖饥饱。只有你记得我身上的胎记，记得我初来人世的模样和眼神，记得我第一眼看你时，紧张陌生的表情和勉强的一丝微笑。

我一直等你来认出我。我像一个父亲看儿子一样，一直看着我从八岁长到四十岁。这应该是你做的事情。你闭上眼睛不管我了。我是否已经不像你的儿子。我自己拉扯大自己。这个四十岁的我到底是谁。除了你，是否还有一双父亲的眼睛，在看着我。

我在世间待得太久了。谁拍打过我头上的土。谁会像擦拭尘埃一样，拭去我的年龄、皱纹，认出最初的模样。当我淹没在熙攘人群中，谁会在身后喊一声：呔，儿子。我回过头，看见我童年时的父亲，我满含热泪，一步步向他走去，从四十岁，走到八岁。我一直想把那个八岁的我从童年领出来。如果我能回去，我会像一个好父亲，拉着那个八岁孩子的手，一直走到现在。那样我会认识我，知道自己走过了怎样一条路。

现在，我站在四十岁的黄土梁上，望不见自己的老年，也看不清远去的童年。

我一直等你来认出我，告诉我辈分，一一指给我母亲兄弟。他们一样急切地等着我回去认出他们。当我叫出大哥时，那个太不像我的长兄一脸欢喜，他被辨认出来。当我喊出母亲时，我一下喊出我自己，一个四十岁的儿子，回到家里，最小的妹妹都三十岁了。我们有了一个后父。家里已经没你的位置。

你在世间只留下名字。我为怀念你的名字把整个人生留在世上。我的身体承受你留下的重负，从小到大，你不去背的一捆柴我去背回来，你不再干的活儿我一件件干完。他们说我是你儿子，可是你是谁，是我怎样的一个父亲。我跟你走掉的那部分一遍遍地喊着父亲。我留下的身体扛起你的铁锨。你没挖到头的一截水渠我得接着挖完，你垒剩的半堵墙我们还得垒下去。

六

如果你在身旁，我可能会活成另外一个人。你放弃了教养我的职责。没有你我不知道该听谁的。谁有资格教育我做人做事。我以谁为榜样一岁岁成长。我像一棵荒野中的树，听由了风、阳光、雨水和自己的性情。谁告诉过我哪个枝丫长歪了。谁曾经修剪过我。如果你在，我肯定不会是现在的样子。尽管我从小就反抗你，听母亲说，我自小就不听你的话，你说东，我朝西。你指南，我故意向北。但我最终仍长得跟你一模一样。没有什么能改变你的旨意。我是你儿子，你孕育我的那一刻我便再无法改变。但我一直都想改变，我想活得跟你不一样。我活得跟你不一样时，内心的图景也许早已跟你一模一样。

早年认识你的人，见了我都说：你跟你父亲那时候一模一样。

我终究跟你一样了。你不在我也没活成别人的儿子。

可是，你那时坚持的也许我早已放弃，你舍身而守的，我或许已不了了之。没有你我会相信谁呢?！你在时我连你的话都不信。现在我想听你的，你却一句不说。我多想让你吩咐我干一件事，就像早年，你收工回来，叫我把你背来的一捆柴码在墙根。那时我那么的不情愿，码一半，剩下一半。你看见了，大声呵斥我。我再动一动，码上另一半，仍扔下一两根，让你看着不舒服。

可是现在，谁会安排我去干一件事呢?！我终日闲闲。半生来我听过谁的半句话。我把谁放在眼里，心存佩服。

父亲，我现在多么想你在身边，喊我的名字，说一句话，让我去门外的小店买一盒火柴，让我快一点。我干不好时你瞪我一眼，甚至骂我一顿。

如今我多么想做一件你让我做的事情，哪怕让我倒杯水。只要你吭一声，递个眼神，我会多么快乐地去做。

父亲，我如今多想听你说一些道理，哪怕是老掉牙的，我会毕恭毕敬倾听，频频点头。你不会给我更新的东西。我需要那些新东西吗？

父亲，我渴求的仅仅是你说过千遍的老话。我需要的仅仅是能够坐在你身旁，听你呼吸，看你抽烟的样子，吸一口，深咽下去，再缓缓吐出。我现在都想不起你是否抽烟，我想你时完全记不起你的样子。不知道你长着怎样一双眼睛，蓄着多长的头发和胡须，你的个子多高，坐着和走路是怎样的架势。还有你的声音，我听了八年，都没记住。我在生活中失去你，又在记忆中把你丢掉。

七

你短暂落脚的地方，无一不成为我长久的生活地。有一年你偶然途经，吃过一顿便饭的沙湾县城，我住了二十年。你和母亲进疆后度过第一个冬天的乌鲁木齐，我又生活了十年。没有谁知道你的名字，在这些地方，当我说出我是你的儿子，没有谁知道。四十年前，在这里拉过一冬天石头的你，像一粒尘土埋在尘土中。

只有在故乡金塔，你的名字还牢牢被人记住。我的堂叔及亲戚们，一提到你至今满口惋惜。他们说你可惜了。一家人打柴放牛供你上学。年纪轻轻做到县中学校长、团委书记。

要是不去新疆，不早早死掉，也该做到县长了。

他们谈到你的活泼性格，能弹会唱，一手好毛笔字。在一个叔叔家，我看到你早年写在两片白布上的家谱，端正有力的小楷。墨迹浓黑，仿佛你刚刚写好离去。

他们听说我是你儿子时，那种眼神，似乎在看多少年前的你。在那里我是你儿子。在我生活的地方你是我父亲。他们因为我而知道你，但你不在人世。我指给别人的是我的后父，他拉扯我们长大成人。他是多么的陌生，永远像一个外人。平常我们一起干活儿。吃饭，张口闭口叫他父亲。每当清明，我们便会想起另一个父亲，我们准备烧纸、祭食去上坟，他一个人留在家，无所事事。不知道他死后，我们会不会一样惦念他。他的祖坟在另一个村子，相距几十公里，我们不可能把他跟先父埋在一起，他有自己的坟地。到那时，我们会有两处坟地要扫，两个父亲要念记。

八

埋你的时候，我的一个远亲姨父掌事。他给你选了玛纳斯河边的一块高地，把你埋在龙头，前面留出奶奶的位置。他对我们说，后面这块空地是留给我们的。我那时多小，一点不知道死亡的事，不知道自己以后也会死，这块地留给我们干什么。

我的姨父料理丧事时，让我们、让他的儿子们站在一旁，将来他死了，我们会知道怎样埋他。这是做儿子的必须要学会的一件事，就像父母懂得怎样生养你，你要学会怎样为父母送终。在儿子成年后，父母的后事便成了时时要面对的一件事，父母在准备，儿女们也在准备，用很多年、很多个早晨和黄昏，相互厮守，等待一个迟早会来到的时辰，它来了，我们会痛苦，伤心流泪，等待的日子全是幸福。

父亲，你没有让我真正当一次儿子，为你穿寿衣，修容，清洗身体，然后，像抱一个婴儿一样，把你放进被褥一新的寿房。我那时八岁，看见他们把你装进棺材。我甚至不知道死亡是怎么回事。在我的记忆中埋你的墓坑是一个长方的地洞，他们把你放进去，棺材头上摆一碗米饭，插上筷子，我们趴在坑边，跟着母亲大声哭喊，看人们一锨锨把土填进去。我一直认为你从另一个出口走了。他们堵死这边，让你走得更远。多少年来我一直想你会回来，有一天突然推开家门，看见你稍稍长大几岁的儿女，衣衫破旧，看见你清瘦憔悴的妻子，拉扯五个儿女艰难度日。看见只剩下一张遗像的老母亲。你走的时候，会想到我们将活成怎样。我成年以后，还常常想着，有一天我会在一条异乡的路上遇见你，那时你已认不出我，但我一定会认出你，领你回家。一个丢掉又找回来的老父亲，我们需要他的时候他离去了。等我长大，过上富裕日子，他从远方流浪回来，老得走不动路。他给我一个赡养父亲的机会。也给我一个料理死亡的机会。这是父亲应该给儿子的，你没有给我。你早早把死亡给了别人。

九

我将在黑暗中孤独地走下去，没有你引路。四十岁以后的寂寞人生，衰老已经开始，我不知道自己在年老腰疼时，怎样在深夜独自忍受，又在白天若无其事，一样干活儿说话。在老得没牙时，喝不喜欢的稀粥，把一块肉含在口中，慢慢地嚼。我身体迟早会老到这一天。到那时，我会怎样面对自己的衰老。父亲，你是我的骨肉亲人，你的每一丝疼痛我都能感知。衰老是一个缓慢到来的过程，也许我会像接受自己长个子、生胡须一样，接受脱发、骨质增生，以及衰老带来的各种病痛。

但是，你忍受过的病痛我一定能坦然忍受。我小时候，有大哥，有母亲和奶奶，引领我长大。也有我单独寂寞的成长。我更需要你教会我怎样衰老和死亡。

如果你在身旁，我会早早知道，自己的腿在多大年龄变老，走不动路。眼睛在哪一年秋天花去。这一年到来时，我会有时间给自己准备老花镜和拐杖。我会在眼睛彻底失明前，记住回家的路和那些常用物件的位置。我会知道你在多大年龄开始为自己准备后事，吩咐你的大儿子，准备一口好棺材，白松木的，两条木凳支起，放在草棚下。着手还外欠的债。把你一生交往的好朋友介绍给儿子，你死后无论我走到哪，遇到什么难事，认识你的人会说，这是你的后人。他们中的某个人，会伸手帮我一把。

可是，没有一个叫父亲的人，白发飘飘，把我向老年引。我不知道老是什么样子。我的腿不把酸痛告诉我。我的腰不把弯曲告诉我。我的皮肤不把皱纹告诉我。我老了我不知道。就像我年少时，不知道自己是一个孩子。我去沙漠砍柴，打土块，背猪草。干大人的活儿。没人告诉我是个孩子。父亲离开的那一年我们全长大了，从最小的妹妹，到我。你剩给我们的全是大人的日子。我的童年不见了。

直到有一天，我背一大捆柴回家，累了在一户人家墙根歇息，那家的女人问我多大了，我说十三岁。她说，你还是个孩子，就干这么重的活儿。我羞愧地低下头，看见自己细细的腿和胳膊，露着肋骨的前胸和独自长大的一双脚。你都死去多少年了，我以为自己早长大了，可还小小的，个子不高，没有多少劲。背不动半麻袋粮食。

如果寿命跟遗传有关，在你死亡的年龄，我会做好该做的事。如果我活过你的寿数，我就再无遗憾。我的儿女们，会有一个长寿的父亲。他们会比我活得更长久。有一个老父亲在前面引领，他们会活得自在从容。

现在，我在你没活过的年龄，给你说出这些。我说的时候，我能感觉到你在听。我也在听，父亲。

写于 2002 年底

改于 2003 年底

选自人民文学出版社《一片叶子下生活》

真是很少读到这么朴素、沉静而又博大、丰富的文字了。我真是很惊讶作者是怎么在黄沙滚滚的旷野里，同时获得了对生命和语言如此深刻的体验。在这片垃圾遍地、精神腐败、互相复制的沙漠上，读到农民刘亮程的散文，真有来到绿洲的喜悦和安慰。

——作家　李锐

李彦宏

全球最大中文搜索引擎“百度”的创始人，2018 年《时代周刊》（亚洲版）封面人物。

爱

[爱尔兰] 罗伊 · 克里夫特

我爱你
不只因为你的样子，
还因为
和你在一起时我的样子。

我爱你，
不只因为

你做成了什么样的事，

还因为

为了你我能做成的事。

我爱你，

因为我的一部分

由你呼唤而出；

我爱你，

因为你的手

穿过我充盈的心房

还略过了

你不禁

依稀可见的

所有傻事，弱点，

你的手向着亮光

绘出了

一切属于我的美丽

别人从未看到过的

距离太远难以觅到的美丽。

我爱你，因为

你在帮助我

让我生命中无用的废物

不是小酒馆
而是庙宇；
让我日复一日的
工作
不是责备抱怨
而是一首歌。

我爱你，
因为你做的
比任何信条能做到的
要多得多
让我变成好人，
也比任何命运能做到的
要多得多
让我愉悦。
你做到这一切
没有触碰，
没有言语，
没有信号。
你做到这一切
因为你是你。
也许，这
毕竟是

朋友的意义。

（梅特　译）

这首诗的作者到底是谁，存在一定的争议，比较多的人认为它的作者是爱尔兰人罗伊·克里夫特。关于这位作家的生平记载非常少，甚至有人认为他是美国人，大约生于 1905 年，卒于 1980 年，1979 年出版过一本二十八页的诗歌选集。这首诗经常出现在婚礼的誓词当中，但它诠释的爱的真谛其实存在于所有的关系里：因为你，我找到真实的自己；因为你，我变成了更好的人；我爱你，所以更爱我自己。

——编者

魏世杰

生于1941年，为我国的核武器研究奉献了二十六年，也是家庭的顶梁柱，凭一己之力承担起照顾生病的妻子和儿女的责任。

工作与时日（节选）

［美］拉尔夫·瓦尔多·爱默生

第三个萦绕我们的幻觉是，岁月无价，不论一年、十年或一个世纪都值得珍惜。不过有这样一句古老的法语谚语：“上帝每时每刻都在工作。”我们一直在寻求漫长的生活，但生活深不可测，或只是在重要时刻才有意义。让衡量时间不再是机械行为，而是精神行为吧。生命不必很长。洞察的时刻、美好的人际关系、一个微笑、一个眼神——它们才是真正的永恒。生命会到达顶点，会聚集浓缩。荷马说：“众神仅在某一天将理性的一部分分享给人类。”

我与诗人华兹华斯的观点相同，他认为：“生活中没有真正的幸福，只有在智慧和美德中才能找到快乐。”我也同意普林尼的观点：“当我们快乐做事时，生命也在不断被拉长。”我同样欣赏格劳孔的见解，他说：“生命的衡量尺度，噢！苏格拉底，就是你演说与聆听你演说中的智慧。”

告诉我恒星之间距离有多远的人只能充实我的知识。如何理解时日可以衡量一个人。我们不会用心聆听一个纯粹诗人的诗，也不会理睬一个地道数学家的问题。然而，如果一个人既熟悉事物的几何构造，又懂得它们的乐趣与华彩所在，那他的诗句就真挚而动人，他的数学问题就有音乐性。我认为最博学的人就是这样的，而不是那些只专注于挖掘被埋葬的王朝的人，譬如辛努塞尔特与托勒密王朝、天狼星时代、奥林匹克时代。最博学的人能阐明特殊的理论。除了虔诚，他能解开隐藏于其他所有事物上、连接无趣的人与事的纽带吗？人们总认为这过去的十五分钟是时间，不是永恒，是次要的，只是希望或回忆。也就是说，是如何能获得幸福与幸福能带来什么，而不是幸福本身。他能否与人平等相处？阐述道理的人引导我们从卑微与等待施舍的生活走向富裕和稳定。他让自己身处之地有尊严可言。落魄、有好奇心、平庸、流动、善模仿的美国，勤奋的希腊、罗马、英国和德国，他们都将脱掉满是灰尘的靴子，脱去有光泽的旅行者的帽子，安静地坐在家里，脸上洋溢着深层的喜悦。世上不存在如此景象，历史上也没有这般时刻，将来没有第二次平等机会。现在，让诗人们放声歌唱吧！让艺术尽情蔓延吧！

我还有一个观点。生活只有充满魔力和音乐，有完美的时机与谐和，而我们不仔细剖析它时，才是美好的。你必须尊重生活，认真地把自己当成一天来活，而不能像一个大学教授般质问它。世界如同难解的谜语——包括所有据说的、已知的和在做的事，我们不可逐字逐句地解读它，而应该和蔼亲切地对待它。我们必须准确理解所有事物。你必须用心聆听鸟儿的歌声，而不是试着用名词或动词描述歌声。我们不能节制、顺从些吗？我们不能让早晨就是早晨吗？

宇宙中的一切都是间接而行的，没有直线。我清楚地记得一位外籍学者的拜访带给年轻的我的快乐。他说："海岛上的原始人在快乐地冲浪，脚踏轮子飞奔而来，接着又畅游回去，在几个小时内重复这愉悦的时光。而我们人类的生活是由转变组成的。没有放弃就不会成功。天文学如同间谍活动。我不敢出门欣赏星星和月亮，因为它们似乎在监督我的工作，会问我完成了多少行多少页作业。不过我告诉过你，在百丽岛情况就大不相同。那里只吸引热爱同一个目标的人。只填补时间是真正的幸福。上帝啊！填充我的时间吧！那样一来，我就不会说'我生命中的一个小时已经过去了'，而是'我真切地过了一个小时'。"

我们不喜欢做作的人，虽然他们有一定的文学才能或职业功绩，但他们为了钱写诗，倡导某种事业，执行某项策略，或者在意志的强烈推动下，设法朝某个独特的方向漠然地转变能力。不，世界上做得最好的——天才的作品——是一文不值的。杰作不需要痛苦的努力，只是思想的自然流露。莎士比亚让他的哈姆莱特如鸟儿构筑穴巢一般。诗词是在睡梦和清醒之间不负责任地完成的。幻想如此定义自己：

> 人们总是在落日的余晖中，
> 用半睁的双眼去
> 窥视，我就是如此！

大师们为快乐而绘画，并且知道幸福不会离他们而去。他们不可能以冷血抒发热爱。杰出的英语抒情诗人写的歌曲洋溢着欢乐。这是盛开的力量之花。法国女人的信中这样说："迷人的意外，更迷人的存在。"诗人的诗如歌曲一般悦耳。一首歌曲只有在自由与高雅的环境中，才能成为真正的歌曲。如果歌者出于责任唱歌或不得不唱歌时，我宁愿他沉默不语。只有不在乎睡觉的人才不会失眠，不过于注重写或说的人往往写得最好、说得最好。

科学也遵循同样的规则。专家通常是一些爱好者。他们在不知不觉中就能完成关于蚯蚓、蝌蚪或蜘蛛腿的学术论文，他像专业学者那样仔细观察，他夸张地对着显微镜，就这样，他的研究报告完成了，接着审阅、印刷，然后他又回到日常远离科学的生活中。但是对牛顿而言，科学如呼吸一样简单。他用平日系鞋带所用的智慧计算月亮的重量。他的生活简单，充满智慧和神秘。阿基米德也是如此——他如同天空一样保持不变。林奈、富兰克林对人亲切而平等，没有高傲，而他们的成就却有益于全人类，他们永远为人们纪念。

当我们揭去时光的幻想面纱，找寻岁月的意义为何时，我们就开始寻求每个时刻的品质，完全放下了对时间长度的追逐。我们生活的意义不是表面的延伸，而是对生命深度的探索。我们进入永恒，时间只是永恒那翩翩飞舞的表面现象。的确，缓慢的思想加速和增力使得我们的生活看上去漫长而无尽头。我们称之为时间；但是，当加速与深入起了作用时，它需要一个更高的名字。

有些人不需要太多经历。多年以后，他们会说，我们早就知道这所有的一切；他们爱恨分明；明辨亲密与敌对的关系；他们不像其他人一样那么在乎外在条件；他们喜欢独处，享受自我；他们善于发号施令，却不愿被命令支配；他们自己存在，自我帮助；他们努力成为自己。现在的他们是伟大的，他们不是天才，或者毫不介意这一点——天资只是一种工具：是一种特性，是哲学能获得的最高名称。

英雄们是如何做到这些或那些的并不重要，关键的是，他们是什么。这将表现在他的每一个动作中或语言里。此时，时间与特性合而为一。

古希腊传说里宙斯与阿波罗之争有力地证明了特性超越天资。太阳神向众神挑战，说："谁能超越射箭射得最远的阿波罗？"宙斯回答："我能。"阿瑞斯摇摇头盔里的签，阿波罗抽到第一个。于是他张开弓箭，射向最西方。宙斯站起来，一大步走完这段距离，说："我应该射向哪里？已经没有空间了。"因此射手的奖章颁给了没有发箭的宙斯。

这是每个认真的人最盼望的过程。从人类的工作到取得成功的喜悦；从对作品的尊敬到对他身处时间的神秘元素的疑惑；从评估每小时产量的经济到极度繁荣的经济，尊重我们的工作质量与权利，或忠实于我们身边流逝的东西；然后来到思想深处，寻找它的普遍性，或在永恒而不是时间中寻找它的根源。然后它流于特性中，这种特性珍视每一时刻，让我们在任何条件下都变得伟大，也是我们对自由和力量的唯一定义。

（埃依　译）

爱默生最大的成就在散文。他的散文与培根的一样，警句格言层见叠出。然而爱默生的随笔在其他很多方面跟培根的大相径庭，它不像培根随笔那样短小严密，而是像密西西比河水滚滚而来，有一发不可收的磅礴气势，使人想起惠特曼的诗。爱默生写道：“上帝说话的时候，他应当传达的不是一件事，而是所有的事。”所以他的文章大有吐尽自己一切观点的架势。他的文章充满了激情。

——翻译家　蒲隆

城 市

C i t y

城市是人类伟大的发明，它容纳一切生活的轨迹。在城市里，每一条街、每一栋楼的背后，都藏匿着一片天地。城市的城，是指用一片墙围起来的地域，市则是指交易，这是城市最原始的形态。而随着城市的发展，城市早已各自有了各自的模样、各自的性格和命运。

对海明威来说，城市就是他眼里如同一场流动的盛宴般的巴黎；而对于老舍来说，城市是永远无法割舍的北平的天空；上海则赋予了张爱玲最华丽的伤感。每个人心中都有一座城，它可能是此时此刻我们生活的这座城市，也可能是我们已经离开了的那座城市，也可能是我们向往的一座城市，而无论是念念不忘，还是心向往之，我们都在寻找一个既能够安身，也能够安心的地方。

一群人和一座城之间相互包容、相互给予、相互创造、相互成就。在城市的边界被无限拓展的时候，也留下了所有关于生长的故事。诚如亚里士多德所说："人们为了活着聚集在城市，也将为了更好的生活而继续聚集下去。"

走进
朗读亭

Reading
Pavilion

上海是中国共产党的诞生地，它见证了很多历史上光辉的第一，让上海人的血脉中传承着红色基因。上海电影制片厂是伴随着中华人民共和国的诞生而成立的，里面有一批优秀的演员。我从少年到青年，在银幕上看到过很多他们塑造的英雄人物；在银幕下，他们也真的是共产党员。我就是受了他们的影响，让我看清楚了自己，未来该走怎么样的一条路。我已经八十多岁了，就算是不睡觉，为党工作的时间也不会太长了。我一定要珍惜，珍惜这份无上的荣耀。

今天我想把敬爱的习近平总书记写给我的一封信读给大家听，以此让我们共学共勉。

牛犇同志：你好！得知你在耄耋之年加入了中国共产党，实现了自己的夙愿，我为此感到高兴。你把党当作母亲，把入党当成神圣的事情，六十多年矢志不渝追求进步，决心一辈子跟党走，这份执着的坚守令人感动。

朗读者　牛犇（著名表演艺术家，2018 年以八十三岁高龄入党）

（本期节目于 2018 年 7 月 7 日播出）

王洛勇

因主演百老汇名剧《西贡小姐》成为西方音乐剧界的顶尖明星，被称为“百老汇华裔第一人”。

简·爱（节选）

［英］夏洛蒂·勃朗特

“过来跟我说声早安。”他说。我高高兴兴地走上前去。这回我得到的已不再只是一句冷淡的招呼，甚至也不再只是握一握手，而是拥抱和接吻。受到他这样的热爱和爱抚，似乎显得十分自然，十分亲切。

“简，你看上去容光焕发，而且笑盈盈的，很漂亮，”他说，“今天早上的确很漂亮。难道这就是我那个苍白的小精灵吗？这就是我那颗会摇身一变的小芥子末吗？这个脸带笑靥、嘴唇鲜红、有光滑的褐色头发和发亮的褐色眼睛、满脸喜洋洋的小姑娘？”（读者，我的眼睛是绿色的，不过你得原谅他这个错觉，因为我猜想在他眼里它们大概有了不同的颜色。）

“这是简·爱，先生。”

“很快就要成为简·罗切斯特啦，”他补充说，“再过四个星期，简妮特，一天也不多了。你听清了吗？”

我听清了，却还不能完全明白它的含义。它使我头都晕了。这种感受，这种对我做出的宣告，是一种跟喜悦极不相同的远为强烈的东西——一种叫人震惊、发呆的东西，我觉得，这几乎近于恐惧。

“你脸上发红，现在又发白了，简，这是为什么？”

“是因为你给了我一个新的名字——简·罗切斯特，而它听起来那么古怪。”

“不错，罗切斯特太太，”他说，“小罗切斯特太太——费尔法克斯·罗切斯特年轻的新娘。”

“这绝不可能，先生，这听起来都不大像是真的。世上的人从来不会享受到完全的幸福。我也不见得生来就跟我的同类会有不同的命运，幻想这样的幸运会落到我的头上那简直是神话，是白日做梦。”

“这我能够而且一定会让它成为现实的。我今天就开始。今天早晨我已经写了封信给我在伦敦银行里的代理人，叫他给我送来托他保管的一些珠宝——历代桑菲尔德女主人的传家宝。我希望再过一两天就能把它们统统倒在你的裙兜里，因为假如我要娶的是一个贵族女儿，我能给她的一切特权和关心，我也一定都要献给你。”

“唉，先生！别提什么珠宝啦！我不喜欢听人家谈起它们。简·爱戴上珠宝，听上去都显得既不自然又挺古怪。我宁愿不要它们。”

“我要亲自把钻石项链戴在你的脖子上，把头饰套在你的额头上，它一定会很相配的，简，因为大自然至少把它的贵人标记盖在了你这额头上。同时我还要在这双纤秀的手腕上套上手镯，在这些仙女般的手指上戴满戒指。”

“别这样，别这样，先生！想想别的话题，讲讲别的事情，换个调子。别把我当个美人似的跟我说话，我只是你那相貌平常、像个贵格会教徒的家庭教师。”

“你在我眼里是个美人，而且是正合我心意的美人——又娇小又潇洒。”

“你是说，又矮小又不起眼吧。先生，你不是在凭空幻想，就是在有心奚落。看在上帝分上，别挖苦人吧！”

“我还要叫全世界的人都承认你是个美人。”他还是这样说下去，我听着越来越对他说话的调子心里嘀咕起来，因为我觉得他不是在盲目自欺，就是在存心欺骗我，“我要让我的简一身绸缎和花边，她要头发上插上玫瑰花，我还要在我最心爱的头上蒙上珍贵无比的面纱。”

“那你就会认不出我来了，先生，我会不再是你的简·爱，而是一只穿着花花绿绿小丑衣服的猴子，一只披着别人羽毛的八哥鸟。这样我还不如看着你，罗切斯特先生，满身戏装打扮，而我自己也身披贵妇长袍更好些。我决不说你漂亮，先生，尽管我十分爱你。太爱你了，绝不会来假意奉承你，你也别来奉承我。”

可是他不顾我的极力反对，还是接着这个话头继续说下去："今天我就要带着你坐马车上米尔科特去，你得给自己挑选一些衣着。我跟你说过我们再过四个星期就结婚。婚礼不张扬，就在下坡那儿的那个教堂里举行，完了以后马上就带你进城。在那儿稍微耽搁一阵，我就要带着我的宝贝去太阳多一点的地方，到法国葡萄园和意大利平原上去。她会见到古往今来各种有明文记载的著名文物，也会尝到大城市生活的风味。那时她只要跟别人公平地比较一下，就会学会看重自己了。”

“我要去出门游历？而且是跟你一起吗，先生？”

“你要在巴黎、罗马和那不勒斯住住，还要在佛罗伦萨、威尼斯和维也纳。凡是我跋涉过的土地都要让你去重新涉足，凡是我脚踏过的地方，也要让你留下仙女般的脚印。十年前，我差不多发疯似的跑遍了欧洲，伴随着我的只有憎恶、痛恨和愤怒。如今我要身心健康、面目一新地重游旧地，由一位真正的天使给我安慰做伴。”

他说这样的话我不由朝他发笑。“我可不是个天使，”我断然地说，“而且到死也不想做，我就是我。罗切斯特先生，你既不要指望也不能强求我身上有什么天国里的东西，因为你决得不到它，正像我也决不会从你身上得到它一样。我压根儿就不那样指望。”

“那你指望我会怎么样呢？”

“在一个短时间里你也许会像你现在这样，一个很短的时间，然后你就会冷漠下来，接着会喜怒无常，再接着又会严厉无情，那时我就要煞费苦心才能讨你欢喜。不过等你真正跟我待惯了，你说不定又会重新喜欢我的——我是说，**喜欢**我，而不是**爱**我。我看你的爱情再过六个月，或者还不到，就会化为泡影。我在男人们写的书里看到，一个丈夫的热爱最长就能维持这样一段时间。不过话虽如此，我希望作为一个朋友和伴侣，永远不会变得叫我亲爱的主人十分讨厌。”

“讨厌！重新喜欢你！我想我倒真会一再重新喜欢你的，而且我会叫你承认我不光是**喜欢**，而是**爱**着你——真诚、热烈、永不变心地爱着你。”

“你不会反复无常吗，先生？”

“对那些只凭容貌取悦于我的女人，一旦我发现她们既无灵魂又没心肝，看到她们露出了平庸、浅薄，也许还加上愚钝、粗俗和性情暴躁的苗头的时候，我倒真会是个十足的魔鬼的。可是对于清澈的目光、流利的口齿，对于那种热情如火的心灵，既多情又稳重，既温顺又坚定的宁折不弯的性格，我却永远是温柔而忠实的。”

“你遇到过这样的性格吗，先生？你爱过这样一个人吗？”

“我现在就在爱着。”

“可是在我以前呢？当然，假如我在哪一方面确实够得上你那难以达到的标准的话。”

“我从没遇见过能跟你相比的人，简。你叫我高兴，又让我为你倾倒，你看上去顺从，我喜欢你给人的柔顺感。每当我把那柔软的一束丝线绕到我的手指上时，它就引起一阵快感，从手臂一直传到了我心里。我受到了感染，我被完全征服。而这种感染我觉得说不出的甜蜜，我所遭受的这种征服比我赢得的任何胜利都更为迷人。你干吗微笑，简？你脸上那副神秘莫测的样子是什么意思？”

“我是在想，先生（请你原谅我这种想法，这是不由自主的），我是在想赫克里斯、参孙和迷住他们的美女①……”

“你想起了这个，你这小妖精……”

“嘘，先生！你现在讲这话可并不比那两位先生的所作所为更聪明。不过，当初他们如果结了婚，他们也肯定会求婚时百依百顺，一当了丈夫就反过来变得恶狠狠。我怕你也会一样。我不知道一年以后，要是我向你求一件你不方便或者不高兴替我做的事，你会怎样回答我。”

“现在就求我做点什么吧，简妮特，哪怕是最琐屑的小事。我渴望听到你求我……”

“真的，我会求的，先生，我现在就有个请求。”

“说吧！不过你要是用那样的神气抬起头来含笑仰望着，那我就会还没弄清你到底要什么就发誓一定给你了。那样我就可能会上了你的当。”

① 赫克里斯（Hercules）是希腊神话中的大力士，因爱上了吕底亚女王翁斐尔，情愿跟她的女侍在一起为她纺了三年羊毛。参孙（Samson）是《圣经》中的大力士，被情人大利拉哄骗剪去头发，因而失掉了神力。

“没那回事，先生，我只不过是要你别叫人送珠宝来，别给我戴上玫瑰花，要是那样你还不如给你那块平平常常的手绢上镶上一条金边更好些。”

“我还不如去‘给纯金镀金’更好些。这我知道。那么说，我就同意你的请求，暂时先这样吧。我撤销我已经给银行代理人发出的指令。可是你还没要求过什么呢，你只是请求取消一个礼物。再试试吧。”

“那好，先生，请满足我在某件事上大大激发起来的好奇心。”

他显得不安起来。“什么？什么？”他连忙说，“好奇心可是个危险的请求理由，幸亏我方才没发誓答应每一个要求……”

（吴钧燮　译）

选自人民文学出版社《简·爱》

我们翻开《简·爱》……作者牵着我们的手，迫使我们沿着她走过的路，使我们见她之所见，她片刻也不离开我们，也不允许我们忘掉她的存在。最后，我们被夏洛蒂·勃朗特的天赋、激情和愤慨浸得满满的……是她心里的那红红的、一阵阵闪亮的火焰点亮了她的书页。

——英国作家　弗吉尼亚·吴尔夫

王　坚

2008 年加入阿里巴巴集团，阿里云创始人，被人们称为“近十年来中国最好的首席技术官”。

进入空气稀薄地带（节选）

［美］乔恩·克拉考尔

第六章
珠峰大本营　1996 年 4 月 12 日　海拔 5360 米

情况越看似不可能，对登山者的要求越高，当所有压力释放之后，血液的流动便越加畅快淋漓。那些可能的危险不过是磨炼人的感知力和控制力。也许这就是所有高危险运动存在的根本原因吧：你刻意提高努力的难度，并全神贯注于其中，这样仿佛就能驱赶心中烦人的琐事。这是生活的一个缩影，所不同的是：日常生活中所犯的错误，还有机会改正、弥补，但在山上，在那特定的时间里，你的一举一动将攸关生死。

——阿尔瓦雷斯（A. Alvarez）

摘自《野蛮的上帝：自杀的人文研究》

(*The Savage God: A Study of Suicide*)

第七章

1号营地 1996年4月13日 海拔5940米

有一种人，越是做不到的对他们就越有吸引力。通常这种人不是专家：他们的雄心壮志和幻想力强到足以扫除那些谨慎人士的疑虑。决心和信念是他们最强大的武器。说得客气点，这种人叫怪人，说得不好听，那就是疯子……

珠峰吸引着属于它的这种人。他们不是那种一点登山经验都没有的人——当然，他们当中没有一个人的经验可以使攀登珠峰成为一种合情合理的目标。这种人有三个共同特征：自信、坚决和耐力。

——沃尔特·昂斯沃思（Walt Unsworth）

摘自《珠穆朗玛峰》(*Everest*)

从小我就有远大的抱负和坚定的决心。如果没有它们，或许现在我会过得更快乐一些。我想得很多，并且总会像梦想家一样冒出些“遥不可及”的想法。远方的山峰总是使我着迷，让我对它们魂牵梦绕。我不敢保证锲而不舍就能够实现目标，但我心志高远，每次受挫只会让我更加坚决，一定要实现自己的梦想，至少是诸多梦想中的一个。

——厄尔·登曼（Earl Denman）

摘自《独上珠峰》（*Alone to Everest*）

第十一章
珠峰大本营　1996 年 5 月 6 日　海拔 5360 米

登山的魅力就在于它使人际关系变得更加单纯，个人交情被淡化而沟通协作得以增强（就如同战争），其他因素（山脉、挑战）则取代人际关系本身。探险充满了神奇吸引力，它所蕴含的那种坚忍不拔和无拘无束的随性生活理念，是对我们文化中固有的追求舒适与安逸的生活态度的一味“解药”。它标志着一种年少轻狂式的拒绝……拒绝怨天尤人、拒绝意志薄弱、拒绝复杂的人际关系、拒绝所有的弱点、拒绝缓慢而乏味的生活。

一流的登山者……会被深深打动，甚至会流下热泪，但只为那些曾经志同道合如今死得其所的山友。阅读布尔、约翰·哈林、博纳蒂、博宁顿以及哈斯顿等人的作品，会体味到一种令人惊奇的相似基调：某种冷漠，驾驭一切的冷漠。也许这正是极限攀登的意义所在：用哈斯顿的话说，就是当你到达某一高度时，“如果困难出现，就要战斗到底。如果你训练有素，你会生还；若非如此，大自然将把你收为己有”。

——戴维·罗伯茨（David Roberts）

摘自《犹豫的时刻》（*Moments of Doubt*）

当黑暗笼罩营地之际，向导发给每个人氧气瓶、流量调节阀和面罩：在接下来的攀登过程中，我们将呼吸这种压缩气体。

自 1921 年英国人首次携带氧气装备前往珠峰起，依靠氧气瓶攀登的做法就引起了激烈的争论（不轻易相信任何事物的夏尔巴人把这种笨重的氧气瓶戏称为“英国空气”）。最初，对瓶装氧气最激烈的批评者是乔治·马洛里，他认为使用氧气瓶“违反体育精神，因此也违背英国精神”。但此后不久事实就证明，在海拔 7620 米以上的“死亡地带”，没有氧气的支持，人体极易受到高山肺水肿、高山脑水肿、体温降低、冻伤以及其他一系列致命危险的袭击。当马洛里在 1924 年第三次前往珠峰时，他开始相信没有氧气的支持是无法到达山顶的。他放弃了原来的主张，并开始使用氧气。

减压舱里的试验证明，将人体从海平面猛然拉至氧气含量只有三分之一的珠峰峰顶，人体会在几分钟内失去知觉并很快死亡。但一些富有理想主义精神的登山者却坚持认为，具有卓越身体素质的天才运动员在经历了一段较长时间的环境适应期后，可以在不使用氧气瓶的情况下登上山顶。纯粹主义者则将这一观点上升至逻辑的极限高度，他们认为使用氧气无异于欺骗。

早在二十世纪七十年代，著名的提洛尔人登山家莱因霍尔德·梅斯纳尔作为无氧攀登的倡导者宣称，他将用“无欺骗手段”来攀登珠峰，否则，就根本不会进行攀登。其后不久，他和老搭档奥地利人彼得·哈伯勒以对诺言的兑现震惊了世界登山界：1978 年 5 月 8 日下午 1 点，他们经南坳和东南山脊路线，在不借助任何氧气装备的情况下登上了珠峰。这一事件被一些登山者认为是第一次真正意义上的征服珠峰。

然而梅斯纳尔和哈伯勒的历史伟绩并未赢得各界人士的赞美之声，特别是夏尔巴人的首肯。大多数夏尔巴人拒绝相信西方人能胜任如此壮举，因为这对于最强壮的夏尔巴人来说都是难以企及的。很多人怀疑，梅斯纳尔和哈伯勒借助了藏于衣服内的小型氧气瓶。丹增诺盖和其他一些著名的夏尔巴人还签署了一份请愿书，要求尼泊尔政府对那次攀登的真伪进行官方调查。

但事实证明，无氧攀登是不可反驳的事实。两年后，梅斯纳尔堵住了所有怀疑者的嘴。这一次他单人无氧从中国西藏一侧登上珠峰，整个过程没有借助夏尔巴人或其他任何人的帮助。当他在浓云和飞雪中于 1980 年 8 月 20 日下午 3 点到达山顶时①，梅斯纳尔说：“我一直处于极度痛苦中；在我一生中从未有过如此的疲惫。”在记录那次攀登的书《透明的

① 梅斯纳尔是从北坳横切到北壁路线登顶的，这也是人类历史上第一个单人无氧登顶珠峰。

地平线》(The Crystal Horizon) 中，他描述了在挣扎着爬完最后几米并最终登顶的情景：

当我休息时，除了呼吸让喉咙感到烧灼外，我感觉不到生命的存在……我几乎走不动了。没有绝望，没有幸福，没有焦虑。我还没有失去对感情的控制，事实上已不再有感情了。我拥有的就只剩下意志。而每挪动几米，意志便在无止境的疲惫中消逝殆尽。然后我的思维一片空白。我让自己倒下，躺在那里。我犹豫不决，不知过了多长时间，然后再向前挪动几步。

当梅斯纳尔回到文明社会以后，他的登顶被认为是有史以来最伟大的攀登壮举。

(张洪楣　译)

选自浙江人民出版社《进入空气稀薄地带》

珠峰实现了无数人的梦想，也埋葬了无数人的生命。对于曾经成功登上珠峰的人来说，这本书中惊心动魄、生死离别的情节和场面一点都没有夸张的成分。《进入空气稀薄地带》对任何一位喜爱户外登山运动的人来说都是一本经典读物，登山之前读过这本书也许能挽救您的一条命，

它会让您懂得如何来面对突如其来的危险，认识到人在大山面前是渺小的，生命在大山中是脆弱的，认识到探险不等于冒险。

——探险家　金飞豹

刚开始登山的时候，我常常在踏上旅程之前温习这本书，警诫自己，无论前面的路看起来多么容易，都不可放松警惕；无论自己多么渴望登顶，也一定要记住，比登顶更重要的是安全下山。《进入空气稀薄地带》是每个热衷登山的人必读的书。对于登山者，比身体素质、攀登技术更重要的是心理素质。不论你的角色是专业向导、领队、经验丰富的登山高手，还是初入门的新手，都能从这本书中学到应当以怎样的态度对待登山。

——第一位征服“7+2”的华人女性　王雷

刘亮程

自称“扛着铁锹抬头看天”的“老农民”，鲁迅文学奖散文杂文奖获得者，代表作《一个人的村庄》等。

故　乡

鲁　迅

我冒了严寒，回到相隔二千余里，别了二十余年的故乡去。

时候既然是深冬；渐近故乡时，天气又阴晦了，冷风吹进船舱中，呜呜的响，从篷隙向外一望，苍黄的天底下，远近横着几个萧索的荒村，没有一些活气。我的心禁不住悲凉起来了。

阿！这不是我二十年来时时记得的故乡？

我所记得的故乡全不如此。我的故乡好得多了。但要我记起他的美丽，说出他的佳处来，却又没有影像，没有言辞了。仿佛也就如此。于是我自己解释说:故乡本也如此,——虽然没有进步,也未必有如我所感的悲凉,这只是我自己心情的改变罢了,因为我这次回乡,本没有什么好心绪。

我这次是专为了别他而来的。我们多年聚族而居的老屋,已经公同卖给别姓了,交屋的期限,只在本年,所以必须赶在正月初一以前,永别了熟识的老屋,而且远离了熟识的故乡,搬家到我在谋食的异地去。

第二日清早晨我到了我家的门口了。瓦楞上许多枯草的断茎当风抖着,正在说明这老屋难免易主的原因。几房的本家大约已经搬走了,所以很寂静。我到了自家的房外,我的母亲早已迎着出来了,接着便飞出了八岁的侄儿宏儿。

我的母亲很高兴,但也藏着许多凄凉的神情,教我坐下,歇息,喝茶,且不谈搬家的事。宏儿没有见过我,远远的对面站着只是看。

但我们终于谈到搬家的事。我说外间的寓所已经租定了,又买了几件家具,此外须将家里所有的木器卖去,再去增添。母亲也说好,而且行李也略已齐集,木器不便搬运的,也小半卖去了,只是收不起钱来。

“你休息一两天,去拜望亲戚本家一回,我们便可以走了。”母亲说。

“是的。”

“还有闰土,他每到我家来时,总问起你,很想见你一回面。我已经将你到家的大约日期通知他,他也许就要来了。”

这时候,我的脑里忽然闪出一幅神异的图画来:深蓝的天空中挂着一轮金黄的圆月，下面是海边的沙地，都种着一望无际的碧绿的西瓜，其间有一个十一二岁的少年，项带银圈，手捏一柄钢叉，向一匹猹尽力的刺去，那猹却将身一扭，反从他的胯下逃走了。

这少年便是闰土。我认识他时，也不过十多岁，离现在将有三十年了；那时我的父亲还在世，家景也好，我正是一个少爷。那一年，我家是一件大祭祀的值年。这祭祀，说是三十多年才能轮到一回，所以很郑重；正月里供祖像，供品很多，祭器很讲究，拜的人也很多，祭器也很要防偷去。我家只有一个忙月（我们这里给人做工的分三种：整年给一定人家做工的叫长年；按日给人做工的叫短工；自己也种地，只在过年过节以及收租时候来给一定的人家做工的称忙月），忙不过来，他便对父亲说，可以叫他的儿子闰土来管祭器的。

我的父亲允许了；我也很高兴，因为我早听到闰土这名字，而且知道他和我仿佛年纪，闰月生的，五行缺土，所以他的父亲叫他闰土。他是能装弶捉小鸟雀的。

我于是日日盼望新年，新年到，闰土也就到了。好容易到了年末，有一日，母亲告诉我，闰土来了，我便飞跑的去看。他正在厨房里，紫色的圆脸，头戴一顶小毡帽，颈上套一个明晃晃的银项圈，这可见他的父亲十分爱他，怕他死去，所以在神佛面前许下心愿，用圈子将他套住了。他见人很怕羞，只是不怕我，没有旁人的时候，便和我说话，于是不到半日，我们便熟识了。

我们那时候不知道谈些什么，只记得闰土很高兴，说是上城之后，见了许多没有见过的东西。

第二日，我便要他捕鸟。他说：

“这不能。须大雪下了才好。我们沙地上，下了雪，我扫出一块空地来，用短棒支起一个大竹匾，撒下秕谷，看鸟雀来吃时，我远远地将缚在棒上的绳子只一拉，那鸟雀就罩在竹匾下了。什么都有：稻鸡，角鸡，鹁鸪，蓝背……”

我于是又很盼望下雪。

闰土又对我说：

“现在太冷，你夏天到我们这里来。我们日里到海边检贝壳去，红的绿的都有，鬼见怕也有，观音手也有。晚上我和爹管西瓜去，你也去。”

“管贼么？”

“不是。走路的人口渴了摘一个瓜吃，我们这里是不算偷的。要管的是獾猪，刺猬，猹。月亮地下，你听，啦啦的响了，猹在咬瓜了。你便捏了胡叉，轻轻地走去……”

我那时并不知道这所谓猹的是怎么一件东西——便是现在也没有知道——只是无端的觉得状如小狗而很凶猛。

“他不咬人么？”

“有胡叉呢。走到了，看见猹了，你便刺。这畜生很伶俐，倒向你奔来，反从胯下窜了。他的皮毛是油一般的滑……”

我素不知道天下有这许多新鲜事：海边有如许五色的贝壳；西瓜有这样危险的经历，我先前单知道他在水果店里出卖罢了。

“我们沙地里，潮汛要来的时候，就有许多跳鱼儿只是跳，都有青蛙似的两个脚……”

阿！闰土的心里有无穷无尽的希奇的事，都是我往常的朋友所不知道的。他们不知道一些事，闰土在海边时，他们都和我一样只看见院子里高墙上的四角的天空。

可惜正月过去了，闰土须回家里去，我急得大哭，他也躲到厨房里，哭着不肯出门，但终于被他父亲带走了。他后来还托他的父亲带给我一包贝壳和几支很好看的鸟毛，我也曾送他一两次东西，但从此没有再见面。

现在我的母亲提起了他，我这儿时的记忆，忽而全都闪电似的苏生过来，似乎看到了我的美丽的故乡了。我应声说：

“这好极！他，——怎样？……”

“他？……他景况也很不如意……”母亲说着，便向房外看，“这些人又来了。说是买木器，顺手也就随便拿走的，我得去看看。”

母亲站起身，出去了。门外有几个女人的声音。我便招宏儿走近面前，和他闲话：问他可会写字，可愿意出门。

“我们坐火车去么？”

“我们坐火车去。”

“船呢？”

“先坐船，……”

“哈！这模样了！胡子这么长了！”一种尖利的怪声突然大叫起来。

我吃了一吓，赶忙抬起头，却见一个凸颧骨，薄嘴唇，五十岁上下的女人站在我面前，两手搭在髀间，没有系裙，张着两脚，正像一个画图仪器里细脚伶仃的圆规。

我愕然了。

“不认识了么？我还抱过你咧！”

我愈加愕然了。幸而我的母亲也就进来，从旁说：

“他多年出门，统忘却了。你该记得罢，”便向着我说，“这是斜对门的杨二嫂，……开豆腐店的。”

哦，我记得了。我孩子时候，在斜对门的豆腐店里确乎终日坐着一个杨二嫂，人都叫伊“豆腐西施”。但是擦着白粉，颧骨没有这么高，嘴唇也没有这么薄，而且终日坐着，我也从没有见过这圆规式的姿势。那时人说：因为伊，这豆腐店的买卖非常好。但这大约因为年龄的关系，我却并未蒙着一毫感化，所以竟完全忘却了。然而圆规很不平，显出鄙夷的神色，仿佛嗤笑法国人不知道拿破仑，美国人不知道华盛顿似的，冷笑说：

“忘了？这真是贵人眼高……”

“那有这事……我……”我惶恐着，站起来说。

“那么，我对你说。迅哥儿，你阔了，搬动又笨重，你还要什么这些破烂木器，让我拿去罢。我们小户人家，用得着。”

“我并没有阔哩。我须卖了这些，再去……”

“阿呀呀，你放了道台了，还说不阔？你现在有三房姨太太；出门便是八抬的大轿，还说不阔？吓，什么都瞒不过我。”

我知道无话可说了，便闭了口，默默的站着。

“阿呀阿呀，真是愈有钱，便愈是一毫不肯放松，愈是一毫不肯放松，便愈有钱……”圆规一面愤愤的回转身，一面絮絮的说，慢慢向外走，顺便将我母亲的一副手套塞在裤腰里，出去了。

此后又有近处的本家和亲戚来访问我。我一面应酬，偷空便收拾些行李，这样的过了三四天。

一日是天气很冷的午后，我吃过午饭，坐着喝茶，觉得外面有人进来了，便回头去看。我看时，不由的非常出惊，慌忙站起身，迎着走去。

这来的便是闰土。虽然我一见便知道是闰土，但又不是我这记忆上的闰土了。他身材增加了一倍；先前的紫色的圆脸，已经变作灰黄，而且加上了很深的皱纹；眼睛也像他父亲一样，周围都肿得通红，这我知道，在海边种地的人，终日吹着海风，大抵是这样的。他头上是一顶破毡帽，身上只一件极薄的棉衣，浑身瑟索着；手里提着一个纸包和一支长烟管，那手也不是我所记得的红活圆实的手，却又粗又笨而且开裂，像是松树皮了。

我这时很兴奋，但不知道怎么说才好，只是说：

"阿！闰土哥，——你来了？……"

我接着便有许多话，想要连珠一般涌出：角鸡，跳鱼儿，贝壳，猹，……但又总觉得被什么挡着似的，单在脑里面回旋，吐不出口外去。

他站住了，脸上现出欢喜和凄凉的神情；动着嘴唇，却没有作声。他的态度终于恭敬起来了，分明的叫道：

"老爷！……"

我似乎打了一个寒噤；我就知道，我们之间已经隔了一层可悲的厚障壁了。我也说不出话。

他回过头去说："水生，给老爷磕头。"便拖出躲在背后的孩子来，这正是一个廿年前的闰土，只是黄瘦些，颈子上没有银圈罢了。"这是第五个孩子，没有见过世面，躲躲闪闪……"

母亲和宏儿下楼来了，他们大约也听到了声音。

"老太太。信是早收到了。我实在喜欢的了不得，知道老爷回来……"闰土说。

"阿，你怎的这样客气起来。你们先前不是哥弟称呼么？还是照旧：迅哥儿。"母亲高兴的说。

"阿呀，老太太真是……这成什么规矩。那时是孩子，不懂事……"闰土说着，又叫水生上来打拱，那孩子却害羞，紧紧的只贴在他背后。

"他就是水生？第五个？都是生人，怕生也难怪的；还是宏儿和他去走走。"母亲说。

宏儿听得这话，便来招水生，水生却松松爽爽同他一路出去了。母亲叫闰土坐，他迟疑了一回，终于就了坐，将长烟管靠在桌旁，递过纸包来，说：

"冬天没有什么东西了。这一点干青豆倒是自家晒在那里的，请老爷……"

我问问他的景况。他只是摇头。

"非常难。第六个孩子也会帮忙了，却总是吃不够……又不太平……什么地方都要钱，没有定规……收成又坏。种出东西来，挑去卖，总要捐几回钱，折了本；不去卖，又只能烂掉……"

他只是摇头；脸上虽然刻着许多皱纹，却全然不动，仿佛石像一般。他大约只是觉得苦，却又形容不出，沉默了片时，便拿起烟管来默默的吸烟了。

母亲问他，知道他的家里事务忙，明天便得回去；又没有吃过午饭，便叫他自己到厨下炒饭吃去。

他出去了；母亲和我都叹息他的景况：多子，饥荒，苛税，兵，匪，官，绅，都苦得他像一个木偶人了。母亲对我说，凡是不必搬走的东西，尽可以送他，可以听他自己去拣择。

下午，他拣好了几件东西：两条长桌，四个椅子，一副香炉和烛台，一杆抬秤。他又要所有的草灰（我们这里煮饭是烧稻草的，那灰，可以做沙地的肥料），待我们启程的时候，他用船来载去。

夜间，我们又谈些闲天，都是无关紧要的话；第二天早晨，他就领了水生回去了。

又过了九日，是我们启程的日期。闰土早晨便到了，水生没有同来，却只带着一个五岁的女儿管船只。我们终日很忙碌，再没有谈天的工夫。来客也不少，有送行的，有拿东西的，有送行兼拿东西的。待到傍晚我们上船的时候，这老屋里的所有破旧大小粗细东西，已经一扫而空了。

我们的船向前走，两岸的青山在黄昏中，都装成了深黛颜色，连着退向船后梢去。

宏儿和我靠着船窗，同看外面模糊的风景，他忽然问道：

"大伯！我们什么时候回来？"

"回来？你怎么还没有走就想回来了。"

"可是，水生约我到他家玩去咧……"他睁着大的黑眼睛，痴痴的想。

我和母亲也都有些惘然，于是又提起闰土来。母亲说，那豆腐西施的杨二嫂，自从我家收拾行李以来，本是每日必到的，前天伊在灰堆里，掏出十多个碗碟来，议论之后，便定说是闰土埋着的，他可以在运灰的时候，一齐搬回家里去；杨二嫂发见了这件事，自己很以为功，便拿了那狗气杀（这是我们这里养鸡的器具，木盘上面有着栅栏，内盛食料，鸡可以伸进颈子去啄，狗却不能，只能看着气死），飞也似的跑了，亏伊装着这么高底的小脚，竟跑得这样快。

老屋离我愈远了；故乡的山水也都渐渐远离了我，但我却并不感到怎样的留恋。我只觉得我四面有看不见的高墙，将我隔成孤身，使我非常气闷；那西瓜地上的银项圈的小英雄的影像，我本来十分清楚，现在却忽地模糊了，又使我非常的悲哀。

母亲和宏儿都睡着了。

我躺着，听船底潺潺的水声，知道我在走我的路。我想：我竟与闰土隔绝到这地步了，但我们的后辈还是一气，宏儿不是正在想念水生么。我希望他们不再像我，又大家隔膜起来……然而我又不愿意他们因为要一气，都如我的辛苦展转而生活，也不愿意他们都如闰土的辛苦麻木而生活，也不愿意都如别人的辛苦恣睢而生活。他们应该有新的生活，为我们所未经生活过的。

我想到希望，忽然害怕起来了。闰土要香炉和烛台的时候，我还暗地里笑他，以为他总是崇拜偶像，什么时候都不忘却。现在我所谓希望，不也是我自己手制的偶像么？只是他的愿望切近，我的愿望茫远罢了。

我在朦胧中，眼前展开一片海边碧绿的沙地来，上面深蓝的天空中挂着一轮金黄的圆月。我想：希望是本无所谓有，无所谓无的。这正如地上的路；其实地上本没有路，走的人多了，也便成了路。

一九二一年一月。

选自人民文学出版社《呐喊》

过去的三个月中的创作我最佩服的是鲁迅的《故乡》……我觉得这篇《故乡》的中心思想是悲哀那人与人中间的不了解、隔膜。造成这不了解的原因是历史遗传的阶级观念……作者对于将来却不曾绝望："然而我又不愿意他们因为要一气，都如我的辛苦展转而生活，也不愿意他们都如闰土的辛苦麻木而生活，也不愿意都如别人的辛苦恣睢而生活。他们应该有新的生活，为我们所未经生活过的。"我很盼望这"新生活"的理想也因为"走的人多了，也便成了路"。

——作家　茅盾

孟 非

相亲交友类节目《非诚勿扰》主持人，风格亲民而观点犀利。

围城（节选）

钱锺书

那天是旧历四月十五，暮春早夏的月亮原是情人的月亮，不比秋冬是诗人的月色，何况月亮团圆，鸿渐恨不能去看唐小姐。苏小姐的母亲和嫂子上电影院去了，用人们都出去逛了，只剩她跟看门的在家。她见了鸿渐，说本来自己也打算看电影去的，叫鸿渐坐一会，她上去加件衣服，两人同到园里去看月。她一下来，鸿渐先闻着刚才没闻到的香味，发现她不但换了衣服，并且脸上唇上都加了修饰。苏小姐领他到六角小亭子里，两人靠栏杆坐了。

他忽然省悟这情势太危险，今天不该自投罗网，后悔无及。他又谢了苏小姐一遍，苏小姐又问了他一遍昨晚的睡眠，今天的胃口，当头皎洁的月亮也经不起三遍四遍的赞美，只好都望月不作声。鸿渐偷看苏小姐的脸，光洁得像月光泼上去就会滑下来，眼睛里也闪活着月亮，嘴唇上月华洗不淡的红色变为滋润的深暗。苏小姐知道他在看自己，回脸对他微笑，鸿渐要抵抗这媚力的决心，像出水的鱼，头尾在地上拍动，可是挣扎不起。他站起来道："文纨，我要走了。"

苏小姐道："时间早呢，忙什么？还坐一会。"指着自己身旁，鸿渐刚才坐的地方。

"我要坐远一点——你太美了！这月亮会作弄我干傻事。"

苏小姐的笑声轻腻得使鸿渐心里抽痛："你就这样怕做傻子么？坐下来，我不要你这样正襟危坐，又不是礼拜堂听说教。我问你这聪明人，要什么代价你才肯做傻子？"转脸向他顽皮地问。

鸿渐低头不敢看苏小姐，可是耳朵里、鼻子里，都是抵制不了的她，脑子里也浮着她这时候含笑的印象，像漩涡里的叶子在打转："我没有做傻子的勇气。"

苏小姐胜利地微笑，低声说："Embrasse-moi（吻我）！"说着一壁害羞，奇怪自己竟有做傻子的勇气，可是她只敢躲在外国话里命令鸿渐吻自己。鸿渐没法推避，回脸吻她。这吻的分量很轻，范围很小，只仿佛清朝官场端茶送客时的把嘴唇抹一抹茶碗边，或者从前西洋法庭见证人宣誓时的把嘴唇碰一碰《圣经》，至多像那些信女们吻西藏活佛或罗马教皇的大脚指，一种敬而远之的亲近。吻完了，她头枕在鸿渐肩膀上，像小孩子甜睡中微微叹口气。鸿渐不敢动，好一会，苏小姐梦醒似的坐直了，笑说："月亮这怪东西，真教我们都变了傻子了。"

"并且引诱我犯了不可饶赦的罪！我不能再待了。"鸿渐这时候只怕苏小姐会提起订婚结婚，跟自己讨论将来的计划。他不知道女人在恋爱胜利快乐的时候，全想不到那些事的，要有了疑惧，才会要求男人赶快订婚结婚，爱情好有保障。

"我偏不放你走——好，让你走，明天见。"苏小姐看鸿渐脸上的表情，以为他情感冲动得利害，要失掉自主力，所以不敢留他了。鸿渐一溜烟跑出门，还以为刚才唇上的吻，轻松得很，不当作自己爱她的证据。好像接吻也等于体格检验，要有一定斤两，才算合格似的。

苏小姐目送他走了，还坐在亭子里。心里只是快活，没有一个成轮廓的念头。想着两句话："天上月圆，人间月半"，不知是旧句，还是自己这时候的灵感。今天是四月半，到八月半不知怎样。"孕妇的肚子贴在天上"，又记起曹元朗的诗，不禁一阵厌恶。听见女用人回来了，便站起来，本能地掏手帕在嘴上抹了抹，仿佛接吻会留下痕迹的。觉得剩余的今夜只像海水浴的跳板，自己站在板的极端，会一跳冲进明天的快乐里，又兴奋，又战栗。

方鸿渐回家，锁上房门，撕了五六张稿子，才写成下面的一封信：

文纨女士：

我没有脸再来见你，所以写这封信。从过去直到今夜的事，全是我不好。我没有借口，我无法解释。我不敢求你谅宥，我只希望你快忘记我这个软弱、没有坦白的勇气的人。因为我真心敬爱你，我愈不忍糟蹋你的友谊。这几个月来你对我的恩意，我不配受，可是我将来永远作为宝贵的回忆。祝你快乐。

鸿渐悔得一晚没睡好，明天到银行叫专差送去。提心吊胆，只怕还有下文。十一点钟左右，一个练习生来请他听电话，说姓苏的打来的，他腿都软了，拿起听筒，预料苏小姐骂自己的话，全行的人都听见。

苏小姐声音很柔软："鸿渐么？我刚收到你的信，还没有拆呢。信里讲些什么？是好话我就看，不是好话我就不看；留着当了你面拆开来羞你。"

鸿渐吓得头颅几乎下缩齐肩，眉毛上升入发，知道苏小姐误会这是求婚的信，还要撒娇加些波折，忙说："请你快看这信，我求你。"

"这样着急！好，我就看。你等着，不要挂电话——我看了，不懂你的意思。回头你来解释罢。"

"不，苏小姐，不，我不敢见你——"不能再遮饰了，低声道，"我另有——"怎么说呢？糟透了！也许同事们全在偷听——"我另外有——有个人。"说完了如释重负。

“什么？我没听清楚。”

鸿渐摇头叹气，急得说抽去了脊骨的法文道：“苏小姐，咱们讲法文。我——我爱一个人，——爱一个女人另外，懂？原谅，我求你一千个原谅。”

选自人民文学出版社《围城》

钱锺书是中国现代文学中非常重要的作家，是一位对中国古典文学和西方文学都有非常深造诣的学者。今天我们能看到将近六万页的中文和外文的读书笔记传下来，也就意味着他不光天赋高，而且非常勤奋。他作为学者型的作家写小说，非常注意把学问熔铸到文笔里去，因此有人说，《围城》可以做到无一字无来历，这是《围城》甚至超越《儒林外史》的一个方面。

——中国海洋大学文新学院副教授　张治

黄永玉

生于1924年，长于湖南凤凰。他画木刻画、设计邮票、写作、登上时尚杂志封面、开豪车……堪称全中国最有趣的老头。

我的文学生涯

黄永玉

这小说，一九四五年写过。抗战胜利，顾不上了。

解放后回北京，忙于教学、木刻创作、开会、下乡，接着一次次令人战栗的“运动”，眼前好友和尊敬的前辈相继不幸；为文如预感将遭遇覆巢之危，还有甚么叫做“胆子”的东西能够支撑？

重新动笔，是一个九十岁人的运气。

我为文以小鸟作比，飞在空中，管甚么人走的道路！自小捡拾路边残剩度日，谈不上挑食忌口，有过程，无章法；既是局限，也算特点。

文化功力无新旧，只有深浅之别。硬作类比，徒增茧缚，形成笑柄。稍学“哲学”，小识“范畴”，即能自明。

我常作文学的“试管”游戏。家数虽小，亦足享回旋之乐。

平日不欣赏发馊的“传统成语”，更讨厌邪恶的“现代成语”。它麻木观感，了无生趣。文学上我依靠永不枯竭的、古老的故乡思维。

这次出版的《无愁河的浪荡汉子》第一部，写我在家乡十二年生活；正在写的“抗战八年”是第二部；解放后这几十年算第三部。人已经九十了，不晓得写不写得完？写不完就可惜了，有甚么办法？谁也救不了我。

二〇一三年六月二日于万荷堂

选自人民文学出版社《无愁河的浪荡汉子》

这些年，黄永玉几乎全身心投入写作自传体长篇小说《无愁河的浪荡汉子》，这部作品从一个意义上未尝不可以看作既是沈从文“文革”中开了个头的黄家家史和地方志作品的延续，也是更早以前《一个传奇的本事》的延续。沈从文抗战后写《一个传奇的本事》，本为介绍黄永玉的

木刻，写的主要却是黄永玉的父母和家乡的历史事情，关于黄永玉倒没有怎么叙述。那么，接下来——这中间隔了好几十年——黄永玉就自己来写自己。这漫长的写作过程，同时也是与表叔漫长的对话过程。他一次又一次无限遗憾地表示，要是表叔能看到，会出现什么样的情景。他想象表叔会加批注，会改，批注和改写会很长很长，长过他自己的文字。写作，也是唤回表叔与自己对话的方式。要是沈从文看到黄永玉的文章，这个假设，却有着极其现实的重要性，不是对于已逝的人，而是对于活着的人，对于活着还要写作的人。

——复旦大学教授、文学评论家　张新颖

太阳下的风景（节选）

黄永玉

从十二岁出来，在外头生活了将近四十五年，才觉得我们那个县城实在是太小了。不过，在天涯海角，我都为它而骄傲，它就应该是那么小，那么精致而严密，那么结实。它也实在是太美了，以致以后的几十年我到哪里也觉得还是我自己的故乡好；原来，有时候，还以为可能是自己的偏见。最近两次听到新西兰的老人艾黎说："中国有两个最美的小城，第一是湖南凤凰，第二是福建长汀……"他是以一个在中国生活了将近六十年的老朋友说这番话的，我真是感激而高兴。

我那个城，在湘西靠贵州省的山洼里。城一半在起伏的小山坡上，有一些峡谷，一些古老的森林和草地，用一道精致的石头城墙上上下下地绣起一个圈来圈住。圈外头仍然那么好看，有一座大桥，桥上层叠着二十四间住家的房子，晴天里晾着红红绿绿的衣服，桥中间是一条有瓦顶棚的小街，卖着奇奇怪怪的东西。桥下游的河流拐了一个弯，有学问的设计师在拐弯的地方使尽了本事，盖了一座万寿宫，宫外左侧还点缀一座小白塔。于是，成天就能在桥上欣赏好看的倒影。

城里城外都是密密的、暗蓝色的参天大树，街上红石板青石板铺的路，路底有下水道，蔷薇、木香、狗脚梅、桔柚，诸多花果树木往往从家家户户的白墙里探出枝条来。关起门，下雨的时候，能听到穿生牛皮钉鞋的过路人丁丁丁地从门口走过。还能听到庙中建筑四角的"铁马"风铎丁丁当当的声音，下雪的时候，尤其动人，因为经常一落即有二尺来厚。

最近我在家乡听到一个苗族老人这么说，打从县城对面的"累烧坡"半山下来，就能听到城里"哄哄哄"的市声，闻到油炸粑粑的香味道。实际上那距离还在六七里之遥。

城里多清泉，泉水从山岩石缝里渗透出来，古老的祖先就着石壁挖了一眼一眼壁炉似的竖穹，人们用新竹子做成的长勺从里头将水舀起来。年代久远，泉水四周长满了羊齿植物，映得周围一片绿，想起宋人赞美柳永的话："有井水处必有柳词"，我想，好诗好词总是应该在这种地方长出来才好。

……

从文表叔许许多多回忆，都像是用花朵装点过的，充满了友谊的芬芳。他不像我，我永远学不像他，我有时用很大的感情去咒骂、去痛恨一些混蛋。他是非分明，有泾渭，但更多的是容忍和原谅。所以他能写那么好的小说。我不行，愤怒起来，连稿纸也撕了，扔在地上践踏也不解气。但我们都是故乡水土养大的子弟。

十八岁那年，他来到北京找他的舅舅——我的祖父。那位老人家当时在帮熊希龄搞香山慈幼院的基本建设工作，住在香山，论照顾，恐怕也没有多大的能力。从文表叔据说就住在城里的湖南会馆的一间十分潮湿长年有霉味的面西小亭子间里。到冬天，那里是凉快透顶的。

下着大雪，没有炉子，身上只两件夹衣，正用旧棉絮裹住双腿，双手发肿，流着鼻血在写他的小说。

敲门进来的是一位清瘦个子、穿着不十分讲究、下巴略尖而眯缝着眼睛的中年人。

"找谁？"

"请问，沈从文先生住在哪里？"

"我就是。"

"哎呀……你就是沈从文……你原来这么小。……我是郁达夫，我看过你的文章，好好地写下去……我还会再来看你。……”

听到公寓大厨房炒菜打锅边，知道快开饭了。“你吃包饭？”

“不。”

邀去附近吃了顿饭，内有葱炒羊肉片，结账时，一共约一元七角多。饭后两人又回到那个小小住处谈话。

郁达夫走了，留下他的一条浅灰色羊毛围巾和吃饭后五元钞票找回的三元二毛几分钱。表叔俯在桌上哭了起来。

……

从文表叔有时也画画，那画是一种极有韵致的妙物，但竟然不承认那是正式的作品，很快地收藏起来，但有时又很豪爽地告诉我，哪一天找一些好纸给你画些画。我知道，这种允诺是不容易兑现的。他自然是极懂画的，他提到某些画，某些工艺品高妙之处，我用了许多年才领悟过来。

他也谈音乐，我怀疑他具有音符组合的常识。但是明显地他理解音乐的深度，用文学的语言阐述得非常透彻。

“音乐，时间和空间的关系。”

他也常常说，如果有人告诉他一些作曲的方法，一定写得出非常好听的音乐来。这一点，我特别相信，那是毫无疑义的。但我的孩子却偷偷地笑爷爷吹牛，他们说：“自然咯！如果上帝给我肌肉和力气，我就会成为大力士……”

孩子们不懂的是，即使有了肌肉和力气的大力士，也不一定是个杰出的智慧的大力士。

……

契诃夫说过写小说的极好的话：

“好与坏都不要叫出声来。”

这几乎是搞文学的基本规律和诀窍，也标志了文学的深广度和难度。

从文表叔的书里从来没有——美丽呀！雄伟呀！壮观呀！幽雅呀！悲伤呀！……这些词汇的泛滥，但在他的文章里，你都能感觉到它们的恰如其分的存在。

他的一篇小说《丈夫》，我的一位从事文学几十年的，和从文表叔没见过面的前辈，十多年前读到之后，深受感动，他说：

“……这篇小说真像普希金说过的，‘伟大的俄罗斯的悲哀’。”

……

跟表叔的第三次见面是最令人难忘的了。经历的生活是如此漫长、如此浓郁，那么彩色斑斓；谁也没有料到，而恰好就把我们这两代表亲拴在一根小小的文化绳子上，像两只可笑的蚂蚱，在崎岖的道路上作着一种逗人的跳跃。

我们那个小小山城不知由于什么原因，常常令孩子们产生奔赴他乡的献身的幻想。从历史角度看来，这既不协调且充满悲凉，以致表叔和我都是在十二三岁时背着小小包袱，顺着小河，穿过洞庭去“翻阅另一本大书”的。

一九七九年十二月三十一日

（本文由董卿朗读）

乡梦不曾休

黄永玉

我为曾在那里念过书的凤凰县文昌阁小学写过一首歌词，用外国古老的名歌配在一起，于是孩子们就唱起来了。昨天听侄儿说，我家坡下的一个八九岁的女孩抱着弟弟唱催眠曲的时候，也哼着这支歌呢！

歌词有两句是：

无论走到哪里，

都把你想望。

这当然是我几十年来在外面生活对于故乡的心情。也希望孩子们长大到外头工作的时候，不要忘记养育过我们的深情的土地。

我有时不免奇怪，一个人怎么会把故乡忘记呢？凭什么把她忘了呢？不怀念那些河流？那些山岗上的森林？那些长满羊齿植物遮盖着的井水？那些透过嫩绿树叶的雾中的阳光？你小时的游伴？唱过的歌？嫁在乡下的妹妹？……未免太狠心了。

故乡是祖国在观念和情感上最具体的表现。你是放在天上的风筝，线的另一端就是牵系着心灵的故乡的一切影子。唯愿是因为风而不是你自己把这根线割断了啊！……

家乡的长辈和老师们大多不在了，小学的同学也已剩下不几个，我生活在陌生的河流里，河流的语言和温度却都是熟悉的。

我走在五十年前（半个世纪，天哪！）上学的石板路上，沿途嗅闻着曾经怀念过的气息，听一些温暖的声音。我来到文昌阁小学，我走进二年级的课堂，坐在自己的座位上。

“黄永玉，六乘六等于几？”

我慢慢站了起来。

课堂里空无一人。

一九八二年六月十九日于凤凰

（本文由董卿朗读）

谢　谢

Gratitude

“我惨淡无神地提着书包，抱着绝望的心情走进最末一家书店。书架上那本书的位置换了另外的书，心整个沉下了。正在这时，一个耳朵架着铅笔的店员走过来了……一本书触着我的胳膊，轻轻地送到我的面前：‘请看吧，我多留了一天没有卖。’啊，我接过书害羞得不知应当如何对他表示我的感激，他却若无其事地走开了。”

这是《城南旧事》的作者林海音写的一篇散文，讲述的是她小时候爱看书，又没钱买书，只能偷偷地到书店里去蹭书看，时常会被驱赶。直到有一天她遇到了一位好心的店员，把她喜欢的那本书一直留着没有卖。这件小事，让她难以忘怀。二十年后，她提笔写下了这篇《窃读记》。

“谢谢”的背后，有时候是恩重如山的相助，有时候是不动声色的善良。它教会我们，应该如何去爱这个世界。就像林海音在这篇文章的最后所写的：“记住，你是吃饭长大，读书长大，也是在爱里长大的！”

走进朗读亭

Reading Pavilion

我的名字叫麦兜，谢谢春田花花幼儿园的陈老师，教会我朗读这篇小故事——《你，要比我多吃》，送给我妈妈。

他们都说，我长得跟妈妈一模一样。一样的眼圈，一样的鼻鼻，一样的尾尾。只是，妈妈的眼圈比我大，鼻孔比我宽，尾尾比我的长，看上去是一模一样，不过是加大码。妈妈说，到我长大，我才是一个加大大大码。

这一夜，妈妈的大手拉着我的小手外出吃饭——很美味的豉油鸡。我吃得很快，妈妈吃得很慢。我吃了大半边，她吃了小半边。有点不好意思啊，妈妈！妈妈说："不要紧，你还在发育，要比我多吃。"于是我长肉，长大，妈妈却比从前缩小了，褶皱的脸，下塌的鼻子，收缩的尾巴。我们始终很相像，不过我是加大大大码，妈妈是加小小小码。

这一夜，我拉着妈妈的手带她外出吃饭——弄得很好的豉油鸡。我慢慢地吃，妈妈吃得更慢更慢，之后停下来了。她说："不打紧，我老了，你要比我多吃。"

谢谢您，妈妈。

朗读者　麦兜

（麦家碧、谢立文创作麦兜读本）

（本期节目于 2018 年 7 月 14 日播出）

马伊琍

知名女演员，在《奋斗》《北上广不相信眼泪》《我的前半生》等电视剧中塑造了精彩的现代都市独立女性形象。

我们仨（节选）

杨　绛

三里河寓所，曾是我的家，因为有我们仨。我们仨失散了，家就没有了。剩下我一个，又是老人，就好比日暮途穷的羁旅倦客；顾望徘徊，能不感叹“人生如梦”“如梦幻泡影”？

但是，尽管这么说，我却觉得我这一生并不空虚；我活得很充实，也很有意思，因为有我们仨。也可说：我们仨都没有虚度此生，因为是我们仨。

“我们仨”其实是最平凡不过的。谁家没有夫妻子女呢？至少有夫妻二人，添上子女，就成了我们三个或四个五个不等。只不过各家各个样儿罢了。

我们这个家，很朴素；我们三个人，很单纯。我们与世无求，与人无争，只求相聚在一起，相守在一起，各自做力所能及的事。碰到困难，锺书总和我一同承当，困难就不复困难；还有个阿瑗相伴相助，不论什么苦涩艰辛的事，都能变得甜润。我们稍有一点快乐，也会变得非常快乐。所以我们仨是不寻常的遇合。

现在我们三个失散了。往者不可留，逝者不可追；剩下的这个我，再也找不到他们了。我只能把我们一同生活的岁月，重温一遍，和他们再聚聚。

……

自从迁居三里河寓所，我们好像跋涉长途之后，终于有了一个家，我们可以安顿下来了。

我们两人每天在起居室静静地各据一书桌，静静地读书工作。我们工作之余，就在附近各处"探险"，或在院子里来回散步。阿瑗回家，我们大家掏出一把又一把的"石子"把玩欣赏。阿瑗的石子最多。周奶奶也身安心闲，逐渐发福。

我们仨，却不止三人。每个人摇身一变，可变成好几个人。例如阿瑗小时才五六岁的时候，我三姐就说："你们一家呀，圆圆头最大，锺书最小。"我的姐姐妹妹都认为三姐说得对。阿瑗长大了，会照顾我，像姐姐；会陪我，像妹妹；会管我，像妈妈。阿瑗常说："我和爸爸最'哥们'，我们是妈妈的两个顽童，爸爸还不配做我的哥哥，只配做弟弟。”我又变为最大的。锺书是我们的老师。我和阿瑗都是好学生，虽然近在咫尺，我们如有问题，问一声就能解决，可是我们决不打扰他，我们都勤查字典，到无法自己解决才发问。他可高大了。但是他穿衣吃饭，都需我们母女把他当孩子般照顾，他又很弱小。

他们两个会联成一帮向我造反，例如我出国期间，他们连床都不铺，预知我将回来，赶忙整理。我回家后，阿瑗轻声嘀咕：“狗窠真舒服。”有时他们引经据典的淘气话，我一时拐不过弯，他们得意说：“妈妈有点笨哦！”我的确是最笨的一个。我和女儿也会联成一帮，笑爸爸是色盲，只识得红、绿、黑、白四种颜色。其实锺书的审美感远比我强，但他不会正确地说出什么颜色。我们会取笑锺书的种种笨拙。也有时我们夫妇联成一帮，说女儿是学究，是笨蛋，是傻瓜。

我们对女儿，实在很佩服。我说：“她像谁呀？”锺书说：“爱教书，像爷爷；刚正，像外公。”她在大会上发言，敢说自己的话。“大跃进”期间，她刚做助教，因参与编《英汉小词典》（商务出版），当了代表，到外地开一个“极左”的全国性语言学大会。有人提出凡“女”字旁的字都不能用，大群“左派”都响应赞成。钱瑗是最小的小鬼，她说：“那么，毛主席词‘寂寞嫦娥舒广袖’怎么说呢？”这个会上被贬得一文不值的大学者如丁声树、郑易里等老先生都喜欢钱瑗。

钱瑗曾是教材评审委员会的审稿者。一次某校要找个认真的审稿者，校方把任务交给钱瑗。她像猎狗般嗅出这篇论文是抄袭。

她两个指头，和锺书一模一样地摘着书页，稀里哗啦地翻书，也和锺书翻得一样快，一下子找出了抄袭的原文。

一九八七年师大英语系与英国文化委员会合作建立中英英语教学项目（TEFL），钱瑗是建立这个项目的人，也是负责人。在一般学校里，外国专家往往是权威。一次师大英语系新聘的英国专家对钱瑗说，某门课他打算如此这般教。钱瑗说不行，她指出该怎么教。那位专家不服。据阿瑗形容："他一双碧蓝的眼睛骨碌碌地看着我，像猫。"钱瑗带他到图书室去，把他该参考的书一一拿给他看。这位专家想不到师大图书馆竟有这些高深的专著。学期终了，他到我们家来，对钱瑗说："Yuan, you worked me hard." 但是他承认"得益不浅"。师大外国专家的成绩是钱瑗评定的。

我们眼看着女儿在成长，有成就，心上得意。可是我们的"尖兵"每天超负荷地工作——据学校的评价，她的工作量是百分之二百，我觉得还不止。她为了爱护学生，无限量地加重负担。例如学生的毕业论文，她常常改了又责令重做。我常问她："能偷点儿懒吗？能别这么认真吗？"她总摇头。我只能暗暗地在旁心疼。

阿瑗是我生平杰作，锺书认为"可造之材"，我公公心目中的"读书种子"。她上高中学背粪桶，大学下乡下厂，毕业后又下放"四清"，九蒸九焙，却始终只是一粒种子，只发了一点芽芽。做父母的，心上不能舒坦。

锺书的小说改为电视剧，他一下子变成了名人。许多人慕名从远地来，要求一睹钱锺书的风采。他不愿做动物园里的稀奇怪兽，我只好守住门为他挡客。

他每天要收到许多不相识者的信。我曾请教一位大作家对读者来信是否回复。据说他每天收到大量的信，怎能一一回复呢。但锺书每天第一事是写回信，他称“还债”。他下笔快，一会儿就把“债”还“清”。这是他对来信者一个礼貌性的答谢。但是债总还不清；今天还了，明天又欠。这些信也引起意外的麻烦。

他并不求名，却躲不了名人的烦扰和烦恼。假如他没有名，我们该多么清静！

人世间不会有小说或童话故事那样的结局：“从此，他们永远快快活活地一起过日子。”

人间没有单纯的快乐。快乐总夹带着烦恼和忧虑。

人间也没有永远。我们一生坎坷，暮年才有了一个可以安顿的居处。但老病相催，我们在人生道路上已走到尽头了。

周奶奶早已因病回家。锺书于一九九四年夏住进医院。我每天去看他，为他送饭，送菜，送汤汤水水。阿瑗于一九九五年冬住进医院，在西山脚下。我每晚和她通电话，每星期去看她。但医院相见，只能匆匆一面。三人分居三处，我还能做一个联络员，经常传递消息。

一九九七年早春，阿瑗去世。一九九八年岁末，锺书去世。我们三人就此失散了。就这么轻易地失散了。“世间好物不坚牢，彩云易散琉璃脆”。现在，只剩下了我一人。

我清醒地看到以前当作“我们家”的寓所，只是旅途上的客栈而已。家在哪里，我不知道。我还在寻觅归途。

选自人民文学出版社《杨绛全集》第四卷

杨绛晚年的不幸际遇——丧女之痛和丧夫之痛，在《我们仨》里，有隐忍而克制的叙述，偶尔一个情感浓烈的句子跳出，无不令人深感钝痛。她写看到爱女将不久于人世时的心情："我觉得我的心上给捅了一下，绽出一个血泡，像一只饱含着热泪的眼睛"；送别阿瑗时，"我心上盖满了一只一只饱含热泪的眼睛，这时一齐流下泪来"。但是这一切并没有摧垮杨绛，她还要"打扫现场"，从"我们仨"的失散到最后相聚，杨绛先生独自一人又明澄勇敢、神清气定地走过近二十年。这是一个生命的奇迹，也是一个爱的奇迹。

——作家、中国作协主席　铁凝

丘成桐

华人数学界的领袖人物，世界公认的最具影响力的数学家之一，几乎斩获数学界所有重要奖项。

归去来辞

〔东晋〕陶渊明

归去来兮，田园将芜胡不归？既自以心为形役，奚惆怅而独悲？悟已往之不谏，知来者之可追。实迷途其未远，觉今是而昨非。舟摇摇以轻飏，风飘飘而吹衣。问征夫以前路，恨晨光之熹微。乃瞻衡宇，载欣载奔。僮仆欢迎，稚子候门。三径就荒，松菊犹存。携幼入室，有酒盈樽。引壶觞以自酌，眄庭柯以怡颜。倚南窗以寄傲，审容膝之易安。园日涉以成趣，门虽设而常关。策扶老以流憩，时矫首而遐观。云无心以出岫，鸟倦飞而知还。景翳翳以将入，抚孤松而盘桓。

归去来兮，请息交以绝游。世与我而相遗，复驾言兮焉求！悦亲戚之情话，乐琴书以消忧。农人告余以春及，将有事于西畴。或命巾车，或棹孤舟。既窈窕以寻壑，亦崎岖而经丘。木欣欣以向荣，泉涓涓而始流。羡万物之得时，感吾生之行休。

已矣乎！寓形宇内复几时，曷不委心任去留。胡为遑遑欲何之？富贵非吾愿，帝乡不可期。怀良辰以孤往，或植杖而耘耔。登东皋以舒啸，临清流而赋诗。聊乘化以归尽，乐夫天命复奚疑！

回家去吧！田园快要荒芜了，为何不回去呢？既然自己的心灵为形体所役使，为什么如此惆怅而独自伤悲？领悟到过去的错误虽然无可挽回，但未来的事还来得及弥补。确实走入了迷途大概还不远，已觉悟到现在的做法是对的，而曾经的行为是错的。船在水上轻轻飘摇，微风吹拂着衣裳。向行人打听前面的路，遗憾的是天亮得太慢。刚刚看到自己简陋的家门，我心中欢欣，奔跑过去。家童们欢快地前来迎接，孩子们守候在门前。院子里的小路快要荒芜了，松树和菊花还长在那里。我带着孩子们进了屋，美酒已经盛满了酒樽。我端起酒壶酒杯自斟自饮，观赏着庭树使我露出愉快的神色。倚着南窗而寄托我的傲世之情，深知这狭小之地更容易使我安心。每天独自在园中散步也很有乐趣，小园的门经常关闭着。拄着拐杖走走歇歇，时时抬头望着远方的天空。无心无知的白云从山中飘出，飞倦了的小鸟也知道飞回它的老窝。日光昏暗，即将落山，我流连不忍离去，手抚着孤松徘徊不已。

回家去吧！让我同外界断绝交游。他们的一切都跟我的志趣不合，还要驾车出去追求什么？跟亲戚朋友谈心使我愉悦，弹琴读书能使我忘记忧愁。农夫把春天到了的消息告诉了我，将要去村西的田地耕作。有时驾着有帷幕的小车，有时划着一条小船，既要在幽深的河谷中乘船，又要在崎岖不平的山丘上经过。树木欣欣向荣，泉水缓缓流动，我羡慕万物恰逢繁荣滋长的季节，感叹自己一生行将走到尽头。

算了吧！身体寄托在天地间还能有多少时光？为什么不随着心意自然行事？为什么心神不定，还想要有什么追求？荣华富贵不是我所求，升入仙界也没有希望。爱惜那良辰美景而独自去欣赏，要不就扶杖锄草耕种。登上东边山坡我放声长啸，傍着清清的溪流把诗歌吟唱。姑且顺随生命的自然变化，了结一生。乐天知命，还有什么可疑虑的呢？

《归去来辞》是东晋大诗人陶渊明最重要的作品。宋代的文豪欧阳修曾经表示，整个晋代都没有什么好文章，只有陶渊明的《归去来辞》可以入得了他的法眼。陶渊明的一生都是在富贵与贫贱、做官与归隐之间矛盾、纠结、交战，最终的抉择是远离官场，归隐田园。这个优雅的转身，让中国的文人墨客谈论了一千多年。

——中国人民大学国学院教授　谷曙光

郑　智

现任中国男足国家队队长，已代表中国队出战了一百多场国际 A 级赛事。

大路之歌（节选）

［美］沃尔特·惠特曼

1

我轻松愉快地走上大路，
我健康，我自由，整个世界展开在我的面前，
漫长的黄土道路可引到我想去的地方。

从此我不再希求幸福，我自己便是幸福；

从此我不再啜泣，不再踌躇，也不要求什么，

消除了家中的嗔怨，放下了书本，停止了苛酷的非难。

我强壮而满足地走在大路上。

地球，有了它就够了，

我不要求星星们更和我接近，

我知道它们所在的地位很适宜，

我知道它们能够满足属于它们的一切。

(但在这里，我仍然背负着我多年的心爱的包袱，

我背负着他们，男人和女人，我背负着他们到我所到的任何地方。

我发誓，要我离弃了他们那是不可能的，

他们满足了我的心，我也要使自己充满他们的心。)

2

你，我走着，并且四处观望着的路哟，我相信你不是这里的一切，

我相信在这里还有许多我没有法子看到的。

这里是一个兼收并蓄的深刻榜样：没有偏爱，也没有拒绝，

鬈头发的黑人、罪犯、残废者、目不识丁的人，都不被拒绝，

诞生、延请医生者的匆忙、乞丐的蹀躞、醉汉的摇摆、工匠

的哗笑之群，

逃亡的青年、富人的马车、纨绔子弟、私奔的男女，

早起赶集的人、柩车、家具往镇上的搬运又从镇上搬运回来，

他们走过，我也走过，一切都走过，一切不会受到禁止，

这里一切都会接受，一切对我都是可爱的。

3

你，给我以说话的气息的空气哟！

你们，把我的意思从空泛模糊中召唤出来并给它们以形象的物体哟！

你，在均匀的阵雨中包被了我和万物的光辉哟！

你们，路旁崎岖山洞中荒废了的小道哟！

我相信你们蕴蓄着不可视见的生命，你们对于我是这样的可爱。

你们，城市里铺着石板的街道哟！你们，地边上的边石哟！

你们，渡船，你们，码头上的舢板和桅杆，你们，木材堆积着的两岸，你们，远方的船舶哟！

你们，一排排的房子，你们，有着窗棂的前厦，你们，房顶哟！

你们，走廊和门口，你们，山墙和铁门哟！

你们，窗户，通过你们的透明的玻璃，就会看透一切，

你们，门和台阶和拱门哟！

你们，无尽的大路的灰色铺石，你们，踏平的十字路哟！

从一切接触过你们的人或物身上，我相信你们都吸收了一些

什么作为你们自己的一部分，而现在又要暗中传播给我，

在你们冷漠无情的表面上，都有古往今来一切人的遗迹，他们的灵魂我看得清楚，而且对我是可爱的。

……

9

走呀！无论你是谁都来和我同行吧！

和我同行，你们将永不会感到疲倦。

地球也永不会让你们疲倦，

地球当初是粗陋的、沉默的、不可知的，自然在当初也是粗陋和不可知的，

别退缩吧，继续前进，那里有深藏着的神圣的东西，

我敢向你发誓，那里有着神圣的东西比言语所能形容的还要美丽。

走呀！我们不要在此停留，

无论这里的储藏多么丰富，无论这里的住宅多么舒适，我们不能在此停留，

无论这里的口岸建筑得多么好，无论这里的水面多么平静，我们不要在此下锚，

无论我们周围的款待多么殷勤，我们也只做片刻的应酬。

10

走呀！那种引诱将是更大的，

我们将航过无边无际的大海，

我们将到风吹浪打的地方，到美国人的海船张起了帆飞速前进的地方。

走呀！带着力量、自由、大地、暴风雨、

健康、勇敢、快乐、自尊、好奇；

走呀！从一切的法规中走出来！

从你们的法规中，啊，你们这些盲目的和没有灵魂的神父哟！

腐臭的死尸阻塞在路上——应该赶快埋葬了。

走呀！但还得小心！

和我同行的人需要热血、肌肉、坚忍，

没有人可以做这试验，除非他或她勇敢和健全，

假使你已经耗损了你自己生命的精华，望你不必到这里来，

只有着健康和坚强的身体的人们才可以来，

这里不许有病人、纵酒者和花柳病传染者。

（我和我的同伴不用论证、比喻、诗歌来说服人，

我们用我们的存在来说服人。)

11

听呀！我将和你推诚相见，

我不给古老的光滑的奖品，只给你新的粗糙的奖品，

你必会遇到这样的日子：

你将不积蓄所谓财富一类的东西，

你将以慷慨的手分散你所获得和成就了的一切，

你刚达到你要去的那城市，还没有满足地安顿下来，你又被一种不可抗拒的叫唤，叫了开去，

你将被那些留在你后面的人讥笑和嘲弄，

你接受了爱情的招手以后，只能以别离时的热情的亲吻作为回答，

你将不让那些向你伸出了手的人紧握着你。

12

走呀！跟在伟大的同伴们之后，做他们的一员吧！

他们也在路上走着，——他们也是迅速而庄严的男人，——她们是最伟大的女人，

海的宁静和海的狂暴的欣赏者、

驾驶过许多航船的水手、走过了许多路程的旅行者、

许多远方国家的常往者、遥远的地方的常往者，

男人和女人的信托人、城市的观察者、孤独的劳动者，

望着草丛、花朵、海边上的贝壳徘徊而沉思的人，

结婚舞的舞蹈者、参加婚礼的贺客、孩子的温和的扶助者、孩子的养育者，

叛乱的兵士、守墓者、运柩夫，

四季不停的旅行者、年年不停的旅行者，他们所经过的日子，总是一年比一年新奇，

旅行者,有着自己的不同的阶段,就像和他们一起旅行的同伴，

旅行者，从潜伏的未被实现的婴孩时代迈步前进，

旅行者，快乐地走着，经过了青年、壮年和老年，

经过了丰富、无比和满足的妇人时代，

旅行者，经过了女人和男人的庄严的老年时代，

老年时代，和平、开朗，与宇宙同样广阔，

老年时代,对于可喜的行将来临的死亡解脱,感到达观、自由。

13

走呀！向着那无始无终的地方走去，

白天行走，夜里休息，要备尝艰苦，

将一切都融汇在你们所走过的旅程之中，融汇在你们所度过的白天和黑夜里，

更将它们融汇在将要开始的更崇高的途程中，

不要观看任何地方的任何东西，只看着你可以达到而且超越的东西，

不要想到任何时间，不管它多么久远，你只想到你可以达到而且越过的时间，

不要上下观望其他的道路，你只注意那伸展在你的面前等待着你的一条，无论多长，总是那伸展在你的面前等待着你的一条，

不要注意任何神或人的存在态度，只注意到你也同样可以达到的境界，

你所要占有的，只是你可以占有，可以不花劳力不付代价即可享受的一切，你食用全席，而不只是啖尝一脔，

你享受农人的最优良的农田和富人的别墅，享受着幸福的新婚者的纯洁的福祉，果园中的果实和花园中的花朵，

你从你经过的一切稠密的城市中取得所需，

以后无论你到什么地方，你都随身带着建筑和街道，

你从你遇见的人们的脑子里摄取他们的智慧，从他们的心中摄取他们的爱情，

你把你爱的人带着和你一同上路，尽管事实上你把他们留下并未带走，

你知道宇宙自身也是一条大路，是许多大路，为旅行着的灵魂所安排的许多大路。

为着让灵魂前进，一切都让开道路，

一切宗教、一切具体的东西、艺术、政府，——一切过去和

现在出现在这个地球上面，或任何地球上面的东西，在顺着宇宙的宏大的道路前进着的灵魂的队伍之前，都已退避到隐僻处和角落里去了。

男人和女人的灵魂顺着宇宙的大路前进，对于它，所有别的前进，只是一些必要的标帜和基础。

永远活着，永远前进，

一切庄严的、肃穆的、悲哀的、后退的、受了挫折的、疯狂的、骚乱的、怯弱的、不满足的、

绝望的、骄傲的、宽纵的、患有疾病的、人所欢迎的、人所拒绝的，

他们都在走，他们都在走哟！我知道他们在走，但我不知道他们要走向哪里？

但我知道他们是向着最美好的一切前进——向着一种伟大的目标前进。

无论你是谁，前进呀！男人或女人们都前进呀！

你不要躲在屋子里贪睡和虚耗光阴，虽然那屋子是你建筑的，或为你建筑的。

从黑暗的禁锢之中出来！从幕幔的后面出来吧！

申说是无用的，我知道一切，且要将一切都揭开。

我已看穿了你也不比别人好，
从人们的欢笑、跳舞、飧宴、饮啜，
从衣服和装饰的里面，从洗洁了的、修整了的面容里，
可以看出一种暗藏的、默默的厌恶和失望。

丈夫、妻子和朋友之间，对各自内心的一切也彼此讳莫如深，
另外一个自我，每个人的副本，总在闪闪躲躲隐隐藏藏，
无形，无声，通过了城市里的街道，在客厅里殷勤而有礼，
在铁道上的火车里、在汽船上、在公共会场，
在男人和女人的家里、在餐桌上、在寝室中、在无论何处，
穿着盛装、面带笑容、相貌端正，在胸膛下面藏着死，在头骨里隐着灭亡，
在呢绒和手套下面，在缎带和纸花下面，
做得非常美好，绝不说到它自己，
说着别的一切事，但绝不说到自己。

14

走呀！通过了奋斗和战争！
已经认定了的目标不能再改换。

过去的奋斗成功了么？

是谁成功的？你自己呢？你的国家呢？自然呢？

你要知道——事物的要旨是这样的，从任何一项成功，都产生出某种东西，使更伟大的斗争成为必要。

我的号召乃是战争的号召，我培植了反叛的行为，

和我同行的人，必须武装齐备，

和我同行的人常常会饮食不足，遭受贫穷，遇到强敌，为伙伴背弃。

15

走呀！大路展开来在我们的面前了！

那是安全的，——我已经试验过——我自己的两足已经试验过——别再耽延吧！

让没有写过字的纸放在桌子上不要乱写，让没有看过的书放在架上不要乱翻！

让工具放在工厂里，让金钱没有到手吧！

让学校都开着，别管那些教师的叫喊！

让说教者在教堂中说教，让律师在法庭上争辩，让法官去解释法律。

伙伴哟！我给你我的手！

我给你比黄金还宝贵的我的爱，

我在说教和解释法律以前给你我自己！
你也给我你自己么？你也来和我同行么？
在我们的一生中，我们能忠实相依而不分离么？

（楚图南　译）

选自人民文学出版社《草叶集》

读惠特曼的诗，你会有一种被电击的感觉，你会情不自禁地问：这是诗吗？这是好诗吗？惠特曼的诗风，大胆、新奇、自由、狂放，天下为怀。他写美国的路易斯安那和加利福尼亚，也写欧洲的爱尔兰和法兰西，更写亚洲的波斯和印度。《大路之歌》朗诵再三，你会有一种冲动，为篮球作一首绝句，给足球写一首史诗。

——北京大学世界传记研究中心主任　赵白生

赖声川

台湾现代剧场最早的拓荒者之一，他创作并执导的《暗恋桃花源》《宝岛一村》《如梦之梦》等作品长期受到追捧。

宝岛一村（节选）

赖声川

第二部分

小　毛　我在这边要告诉大家一件事，我二姐夫一直提醒我叫我不要说，就是他现在在民进党文宣部服务……（大家起哄）二姐夫你不要紧张，我们这儿没有人会扁你。

大　车　那可不一定！

小　毛　大家都知道，现在朱妈妈已经不再做包子了，都是我从小长大的哥儿们大车和旁边的大车嫂在做，大车嫂上来给大家看一下。大车嫂的名字是越红，她家乡在越南胡志明市，她现在中文还讲得不太好。今年也是第一次来到台湾过年，跟我们爸妈当年一样，离乡背井。我们祝福她，希望她可以跟我们的爸爸、妈妈、叔叔、阿姨一样在这里得到很多温暖。

大车嫂　（重口音）大家好，我叫越红……

（大家鼓掌。大毛带她美国丈夫上。）

大　毛　大家好久不见！

小　毛　大姐！各位，我大姐大毛，她直接从机场赶过来了。旁边的洋人是我的大姐夫。大姐，来来来，你先找个位置坐。

大　毛　（对丈夫）Hey you...My Mom, say Hi say Hi, OK...

小　毛　现在我们进行余兴节目！请大家以最热烈的掌声欢迎远从高雄来，开 piano bar，但今天特别休息一天的大辣、小辣为大家带来一首歌曲……（大辣、小辣上台，唱 *Whatever Will Be,Will Be*。）

（灯光变化。老赵从远远的方向走过来。他在自己的屋子附近，四处看看，在屋外的藤椅上坐下。他还是老样子，但变得很安静。）

（小毛带着妻女走到三连栋外，介绍给他们听。女儿跑掉，小毛妻追去。）

（小毛往赵家方向走。他看到老赵坐在椅子上，不敢相信。老赵抬头。）

（过程中大车嫂上台唱越南歌，然后小黄上台唱台语歌。）

老　赵　小毛……

小　毛　爸……

老　赵　我听说眷村要拆了。有五十多年了吧？过来以后就在这边落地生根，然后就……唉，人生就是这么快……过去了。

小　毛　爸……

老　赵　你们都是我的孩子，都是在“宝岛一村”生的，知道吗？

小　毛　知道。

老　赵　这里就是家，明白吗？

小　毛　明白。

老　赵　这边拆了，以后住哪儿？

小　毛　政府另外找了一块地，盖新的。

老　赵　大楼啊？

小　毛　对，大楼。

老　赵　那我们住几楼？

小　毛　还不知道，还没抽。

老　赵　（笑）跟当年一样，领门号码牌。

小　毛　差不多。

老　赵　那以后我们这边呢？

小　毛　这边要变成马路。

（老赵笑）

老　赵　喔，我来是要跟你说一件事。去，柱子跟梁中间有个缝，你手一钩里面有封信，给我拿下来。

小　毛　信？

（小毛进屋，到老赵指的位置一钩，拿出信。）

爸，这信是……

老　赵　（站起）这是你刚满月的时候，爸写给你的一封信。本来要等你长大以后给你，但是我忘了。我文笔不好，当时写些什么呢？

（小毛看信。老赵回忆所写的。）

“台生：你来了，我们好高兴。前面有大姐丽文、二姐丽明，你是长子，台湾生的，给你起名字叫台生。来宝岛已经七年了。本来是暂时来避难的，没想到，我们就这么住了下来，不知不觉，也过了七年了！你来了，房子有点不够住。我会想办法加盖，弄大一点。等我们比较宽裕，也想给你妈盖个厕所，让大家比较方便。

（小毛微笑）

“哎，台生，人生的遭遇哪是人能估算的？我跟你妈，两个像陌生人一样，像小孩子在扮家家酒一样，就结婚了，然后像一场梦一样，我们漂洋过海，来到一个陌生的地方，共同组织家庭，现在一下有了你们三个。台生，我没读过什么书，我只能说，生命就像个奇迹一样，我是何等幸福，能够跟你们一起走这一趟。

“台生，你今天满月！愿你此生不像我们一样颠沛流离，愿你此生不知道什么叫战争，愿你此生一切平安。父　一九五六年十一月二十六日于宝岛一村”

（老赵慢慢离去）

小　毛　爸……

（灯光变化。小毛抬头，老赵已经走远了。）

（沉默。晚会的声音渐渐进入。赵嫂一人走过来。）

妈……别冷了……

（赵嫂手里拿着工具，把自己家门牌拆下。）

赵　嫂　（看着门牌）……宝岛一村九十九号。（对着空气）汉彬，我们要搬家了。到时候我担心你找不到回家的路。我就把这门牌拆下来了，到时候就会贴在新家门上，这样你就能找到回家的路。

（赵嫂拿着门牌,往回。小毛上前扶她。小毛女儿跑出来。）

赵　孙　奶奶……奶奶……

（小毛女儿抱住赵嫂。音乐结束。）

（晚会有人起哄要拍照。二毛让大家在小舞台集合，拍照。）

二　毛　各位叔叔阿姨，我们现在来拍照。

众　人　拍照，拍照！……

（大牛、大车搬板凳。众人调位子。）

二　毛　新年要快乐！来！一、二、三……

（二毛拍照，闪光灯闪。灯光渐暗。）

话剧《宝岛一村》源于台湾知名制作人王伟忠从小到

大的眷村回忆。眷村是台湾特有的一种居住区域和族群文化。1949年后，国民党军眷大迁徙到台湾，在当地的村子落地生根，最终形成了独特的文化氛围。《宝岛一村》这部戏就诉说了眷村四个家庭三代人的故事，通过三代人从离家、想家到认同眷村为家的历程，呈现出一个大时代的一角。

——编者

吴孟超

生于1922年，从医七十年，创造了中国乃至世界医学界肝胆外科领域的无数个第一，被誉为“中国肝胆外科之父”。

念你们的名字

——寄阳明医学院大一新生

张晓风

孩子们，这是八月初的一个早晨，美国南部的阳光舒迟而透明，流溢着一种让久经忧患的人鼻酸的、古老而宁静的幸福。助教把期待已久的发榜名单寄来给我，一百二十个动人的名字，我逐一地念着，忍不住覆手在你们的名字上，为你们祈祷。

在你们未来漫长的七年医学教育中，我只教授你们八个学分的国文，但是，我渴望能教你们如何做一个人——以及如何做一个中国人。

我愿意再说一次，我爱你们的名字，名字是天下父母满怀热望的刻痕，在万千中国文字中，他们所找到的是一两个最美丽、最淳厚的字眼——世间每一个名字都是一篇简短质朴的祈祷！

“林逸文”“唐高骏”“周建圣”“陈震寰”，你们的父母多么期望你们是一个出类拔萃的孩子。“黄自强”“林进德”“蔡笃义”，多少伟大的企盼在你们身上。“张鸿仁”“黄仁辉”“高泽仁”“陈宗仁”“叶宏仁”“洪仁政”，说明了儒家传统对仁德的向往。“邵国宁”“王为邦”“李建忠”“陈泽浩”“江建中”，显然你们的父母想把你们奉献给苦难的中国。“陈怡苍”“蔡宗哲”“王世尧”“吴景农”“陆恺”，含蕴着一个古老圆融的理想。我常惊讶，为什么世人不能虔诚地细味另一个人的名字？为什么我们不懂得恭敬地省察自己的名字？每一个名字，不论雅俗，都自有它的哲学和爱心。如果我们能用细腻的领悟力去叫别人的名字，我们便能学会更多的互敬互爱，这世界也可以因此而更美好。

这些日子以来，也许你们的名字已成为乡梓邻里间一个幸运的符号，许多名望和财富的预期已模模糊糊和你们的名字联在一起，许多人用钦慕的眼光望着你们，一方无形的匾已悬在你们的眉际。有一天，“医生”会成为你们的第二个名字，但是，孩子们，什么是医生呢？一件比常人更白的衣服？一笔比平民更饱涨的月入？一个响亮荣耀的名字？孩子们，在你们不必讳言的快乐里，抬眼望望你们未来的路吧！

什么是医生呢？孩子们，当一个生命在温湿柔韧的子宫中悄然成形时，你，是第一个宣布这神圣事实的人。当那蛮横的小东西在尝试转动时，你是第一个窥得他在另一个世界的心跳的人。当他陡然冲入这世界，是你的双掌，接住那华丽的初啼。是你，用许多防疫针把成为正常的权利给了婴孩。是你，辛苦地拉动一个初生儿的船帆，让他开始自己的初航。当小孩半夜发烧的时候，你是那些母亲理直气壮打电话的对象。一个外科医生常像周公旦一样，是一个在简单的午餐中三次放下食物走入急救室的人。有时候，也许你只需为病人擦一点红汞水，开几颗阿斯匹林，但也有时候，你必须为病人切开肌肤，拉开肋骨，拨开肺叶，将手术刀伸入一颗深藏在胸腔中的鲜红心脏。你甚至有的时候必须忍受眼看血癌吞噬一个稚嫩无辜的孩童而束手无策的裂心之痛！一个出名的学者来见你的时候，可能只是一个脾气暴烈的牙痛病人；一个成功的企业家来见你的时候，可能只是一个气结的哮喘病人；一个伟大的政治家来见你的时候，也许什么都不是，他只剩下一口气，拖着一个中风后的瘫痪的身体；挂号室里美丽的女明星，或者只是一个长期失眠、神经衰弱、有自杀倾向的患者——你陪同病人经过生命中最黯淡的时刻，你倾听垂死者的最后一声呼吸，探查他的最后一槌心跳。你开列出生证明书，你在死亡证明书上签字，你的脸写在婴儿初闪的瞳仁中，也写在垂死者最后的凝望里。你陪同人类走过生、老、病、死，你扮演的是一个怎样的角色啊！一个真正的医生怎能不是一个圣者。

事实上，作为一个医者的过程正是一个苦行僧的过程，你需要学多少东西才能免于自己的无知，你要保持怎样的荣誉心才能免于自己的无行，你要几度犹豫才能狠下心拿起解剖刀切开第一具尸体，你要怎样自省，才能在千万个病人之后免于职业性的冷静和无情。在成为一个医治者之前，第一个需要被医治的，应该是我们自己。在一切的给予之前，让我们先成为“拥有”的人。

孩子们，我愿意把那则古老的“神农氏尝百草”的神话再说一遍，《淮南子》上说：“古者，民茹草饮水，采树木之实，食蠃蛖之肉，时多疾病毒伤之害，于是神农氏乃始教民播种五谷，相土地，宜燥湿肥硗高下，尝百草之滋味，水泉之甘苦，令民知所辟就，当此之时，一日而遇七十毒。”

神话常是无稽的，但令人动容的是一个行医者的投入精神，以及那种人饥己饥、人溺己溺、人病己病的同情。身为一个现代的医生当然不必一天中毒七十次，但贴近别人的痛苦，体谅别人的忧伤，以一个单纯的“人”的身份，恻然地探看另一个身罹疾病的“人”，仍是可贵的。

记得那个“悬壶济世”的故事吗？“市中有老翁卖药，悬一壶于肆头。及市罢，辄跳入壶中，市人莫之见。”——那老人的药事实上应该解释成他自己。孩子们，这世界上不缺乏专家，不缺乏权威，缺乏的是一个“人”，一个肯把自己给出去的人。当你们帮助别人时，请记得医药是有时而穷的，唯有不竭的爱能照亮一个受苦的灵魂。古老的医术中不可缺的是“探脉”，我深信那样简单的动作里蕴藏着一些神秘的象征意义，你们能否想象用一个医生敏感的指尖去探触另一个人的脉搏的神圣画面。

因此，孩子们，让我们怵然自惕，让我们清醒地推开别人加给我们的金冠，而选择长程的劳瘁。诚如耶稣基督所说：“非以役人，乃役于人。”真正伟人的双手并不浸在甜美的花汁中，它们常忙于处理一片恶臭的脓血。真正伟人的双目并不凝望最翠拔的高峰，它们常低俯下来察看一个卑微的贫民的病容。孩子们，让别人去享受“人上人”的荣耀，我只祈求你们善尽“人中人”的天职。

我曾认识一个年轻人，多年后我在纽约遇见他，他开过计程车，做过跑堂，试过各式各样的生存手段——他仍在认真地念社会学，而且还在办杂志。一别数年，恍如隔世，但最安慰的是当我们一起走过曼哈顿的市声，他无愧地说：“我还抱持着我当年那一点对人的关怀，对人的好奇，对人的执着。”其实，不管我们研究什么，可贵的仍是那一点点对人的诚意。我们可以用赞叹的手臂拥抱一千条银河，但当那灿烂的光流贴近我们的前胸，其中最动人的音乐仍是一分钟七十响的雄浑坚实如祭鼓的人类的心跳！孩子们，尽管人类制造了许多邪恶，人体还是天真的、可尊敬的、奥秘的神迹。生命是壮丽的、强悍的，一个医生不是生命的创造者——他只是协助生命神迹保持其本然秩序的人。孩子们，请记住你们每一天所遇见的不仅是人的“病”，也是病的“人”，人的眼泪、人的微笑、人的故事，孩子们，这是怎样的权利！

……

长窗外是软碧的草茵，孩子们，你们的名字浮在我心中，我浮在四壁书香里，书浮在暗红色的古老图书馆里，图书馆浮在无际的紫色花浪间，这是一个美丽的校园。客中的岁月看尽异国的异景，我所缅怀的仍是台北三月的杜鹃。孩子们，我们不曾有一个古老幽美的校园，我们的校园等待你们的足迹使之成为美丽。

孩子们，求全能者以广大的天心包覆你们，让你们懂得用爱心去托住别人。求造物主给你们内在的丰富，让你们懂得如何去分给别人。某些医生永远只能收到医疗费，我愿你们收到的更多——我愿你们收到别人的感念。

念你们的名字，在乡心隐动的清晨。我知道有一天将有别人念你们的名字，在一片黄沙飞扬的乡村小路上，或是曲折迂回的荒山野岭间，将有人以祈祷的嘴唇，默念你们的名字。

（本文由患者甜甜、海军军医大学附属东方肝胆外科医院教授沈锋、手术室护士长程月娥与吴孟超共同朗读）

晓风的智能是一种洞悉与悲悯的智能。她的爱是一种执着与坚毅的爱，她的同情是一种无私与绵远的同情，她的力量，是一种收敛自如的光芒。

——台湾作家　席慕蓉

痛

P a i n

痛苦对于我们来说，究竟意味着什么？司马迁在《报任安书》中一语道破：“文王拘而演《周易》；仲尼厄而作《春秋》；屈原放逐，乃赋《离骚》；左丘失明，厥有《国语》。”中国古代文人有多少沉郁顿挫的痛，就有多少达观不屈的逆境重生。

1849 年，俄国作家陀思妥耶夫斯基因为参加反对沙皇的革命活动而被捕，险遭枪决，最终他是戴着手铐脚镣，离开彼得堡，开始了漫长的流放生涯。但是，痛苦的牢狱生活并没有击垮他，却把他推上了文学创作的巅峰。他曾经说过一句耐人寻味的话："我怕我配不上自己所受的苦难。”我想这句话的含义是，即便在最恶劣的境遇，我们仍然有着不可被剥夺的精神的自由，可以选择以有尊严的方式面对痛苦。而这种选择本身，就彰显着人性的高贵。

痛苦，是人生的一部分，它考验着我们每一个人的品格和智慧。只有经受住考验的人，才能享受到由痛苦转换而成的财富。

走进朗读亭

Reading Pavilion

我是一名退休教师，我们的老胡同住着的年轻人是越来越少，老年人特别多，他们很多时候都感到很孤独、很寂寞。

2014 年，我和社区的老姐妹就成立了“暖心帮帮团”。我们想凭借我们低龄老人的力量，来帮助我们社区的高龄空巢老人。渐渐地，我们跟老人就已经成为亲人了。

我今天想把艾青《太阳的话》读给我们“暖心帮帮团”的团员们。

我带着金黄的花束，／我带着林间的香气，／我带着亮光和温暖，／我带着满身的露水……让你们的心像小小的木板房，／打开它们的关闭了很久的窗子，／让我把花束，把香气，把亮光，／温暖和露水撒满你们心的空间。

朗读者　葛继娣（“暖心帮帮团”团长）

（本期节目于 2018 年 7 月 21 日播出）

宁　浩

被称为“国产黑色幽默类型片的开山人物”，代表作《疯狂的石头》创造了中国低成本电影的商业奇迹。

生活的邀请函

[加拿大] 奥里亚

我不关心你怎样谋生，
只想知道你有何渴望，
是否敢追逐内心梦想。

我不关心你多大年纪，
只想知道你是否不怕自己看起来像个傻子，
去追求爱情、梦想和活着就该有的冒险。

我不关心是什么牵引着你的情绪，
只想知道你是否触碰了自己悲伤的内核，
是否因遭遇生活的种种背叛反而敞开心胸，
还是因害怕遭受更大的痛苦而封闭消沉。

我想知道你是否能面对痛苦——
我的或你自己的痛苦，
而不必躲避、隐藏、伪装或修饰。

我想知道你是否能享受快乐——
我的或你自己的快乐。
你是否能狂野舞蹈，
让你的指尖到足尖都被狂喜充满，
而不会告诫我们要谨小慎微，要务实，
要记住作为人类的种种束缚。

我不关心你讲述的故事是否真实，
只想知道你是否能为忠于自我而不怕令别人失望。
你是否能承受背叛的指责而不出卖自己的灵魂，
你是否敢抛却曾经的信念而仍值得信赖。

我想知道你是否能发现美，
即使它并非每天都存在，
你是否能因它的存在而追溯生命的起源。

我想知道你是否能坦然面对失败——
你的或者我的。
即使失败，依然可以屹立湖边，
对着银色满月放声大喊：“我可以！”

我不关心你住在何处，有多少金钱，
只想知道在一夜悲痛绝望、疲惫不堪和伤痕累累之后，
你是否能照样起床，履行应尽的义务，
养育你的孩子。

我不关心你是谁，你如何成为现在的你，
只想知道你是否愿意同我一起，
站在烈焰的中央，毫不退缩。

我不关心你在哪里受教育，或同谁一起学了什么，
只想知道当一切都背弃了你，
你的内心有什么在支撑着你前行。

我想知道你是否能够独处，

你是否真正喜欢，在空虚时刻拥有的陪伴。

（田麓一　译）

奥里亚是加拿大女诗人，1954年生于安大略省，现居多伦多。她曾患有慢性疲劳综合征，为驱赶病痛，她遵照村里老人教的习俗，将名字改为奥里亚。她曾出版过多部畅销作品，诗集《生活的邀请函》（*The Invitation*）被翻译成十多种语言。她深信沉思、冥想和独处的力量，这首诗就像一封邀请函，邀请未知的朋友与她一道，坦然地经受失败、痛苦与孤独，找寻生命的意义。

——编者

孙雪梅

曾是记者，后发起“女童保护”项目，长期致力于保护儿童远离性侵害的工作。

这些美好不会消逝

［英］狄更斯

一切纯洁的、辉煌的、美丽的，
强烈地震撼着我们年轻的心灵的，
推动着我们做无言的祷告的，
让我们梦想着爱与真理的；
在失去后为之感到珍惜的，
使灵魂深切地呼喊着的，
为了更美好的梦想而奋斗着的——

这些美好不会消逝。

羞怯地伸出援助的手，
在你的弟兄需要的时候，
伤恸、困难的时候，一句亲切的话
就足以证明朋友的真心；
轻声地祈求怜悯，
在审判临近的时候，
懊悔的心有一种伤感——
这些美好不会消逝。

在人间传递温情
尽你所能地去做；
别错失了唤醒爱的良机——
为人要坚定、正直、忠诚；
因此上方照耀着你的那道光芒
就不会消失。
天使的声音在说——
这些美好不会消逝。

（佚名　译）

（本诗由“女童保护”项目发起人孙雪梅和志愿者徐豪、权

敬、陈晓涛、安薪竹、王丽东、徐培红、郑凤鸣共同朗读)

狄更斯是小说大师。他关注儿童，特别是女童。小说家写诗，英国有传统。狄更斯之前，有司各特，之后有哈代。狄更斯的这首诗告诉我们，每个人身上都有天使，纯洁、美好、正直、真诚，在别人危难之秋，伸出援助之手。真正的伟人，灵魂干净，善于释放别人身上的天使，而不是挖空心思，制造无数的魔鬼。

——北京大学世界传记研究中心主任　赵白生

俞敏洪

新东方教育集团创始人、董事长，成功的企业家、畅销书作家、演说家。

一堆散乱的砖头

俞敏洪

小时候，父亲做的一件事情到今天还让我记忆犹新。父亲是个木工，经常帮别人建房子，每次建完房子，就会把别人废弃不要的断砖乱瓦捡回来，或一块两块，或三块五块。有时候在路上走，看见路边有砖头或石块，他也会捡起来放在篮子里带回家。久而久之，我家院子里就多出了一大堆乱七八糟的砖头碎瓦。我完全不知道这一堆东西的用处，只觉得本来就小的院子被父亲弄得没有了回旋的余地。终于有一天，父亲在院子一角的小空地上开始左右测量，开沟挖槽，我问他要做什么，他告诉我要造一间小房子。在随后的几天里，父亲和泥砌墙，用那堆乱砖左拼右凑，一间四四方方的小房子居然拔地而起，干净漂亮，和院子构成了一个和谐的整体。父亲把本来养在露天到处乱跑的猪羊赶进小房子，再把院子打扫干净，结果家里就有了全村人最羡慕的院子和猪舍。

当时我只是觉得父亲很了不起，一个人就盖了一间房子，然后就继续和其他小朋友一起，贫困但不失快乐地过我的农村生活。等到长大以后，我才逐渐发现父亲做的这件事对自己的深刻影响。从一块砖头到一堆砖头，最后变成一间小房子，父亲向我阐释了做成一件事情的全部奥秘。一块砖没有什么用，一堆砖也没有什么用，如果你心中没有一个造房子的梦想，拥有天下所有的砖头也只是占据了一堆废物；但如果只有造房子的梦想，而没有砖头，梦想也没法实现。当时我家穷得几乎连吃饭都成问题，自然没有钱去买砖，但我父亲没有放弃，日复一日捡拾砖头碎瓦，终于有了足够的砖头来造心中的房子。

在后来的日子里，这件事情中蕴藏的精神一直激励着我，成了我做事的指导思想。做事的时候，我一般都会问自己两个问题：一是做这件事情的目标是什么，因为盲目做事情就像捡了一堆砖头而不知道干什么一样，会浪费自己的生命。第二个问题是需要多少努力才能够把这件事情做成，也就是需要捡多少砖头才能把房子造好。解决了上面两个问题，剩下的就是要有足够的耐心，因为砖头不是一天就能捡够的。对于大部分人来说，生命之路足够漫长，因此我们有足够的时间把造房子的砖头慢慢攒起来。我生命中的三件事证明了这一思路的好处。第一件事是我的高考，目标明确——考上大学，第一、第二年我都没考上，那是因为砖头没有捡够。第三年我继续拼命学习，终于进了北大。第二件事是我背英语单词，目标明确——成为中国最好的英语词汇老师之一，于是我开始一个一个单词背，在背过的单词不断遗忘的痛苦中，父亲捡砖头的形象总会浮现在我眼前，最后我终于背下了两三万个单词，成了一名不错的词汇老师。第三件事是我做新东方，目标明确——要做成中国最好的英语培训机构之一，然后我就开始给学生上课，平均每天给学生上六到十个小时的课。很多老师倒下或放弃了，我没有放弃，十几年如一日地坚持着。每上一次课我就感觉多捡了一块砖头，梦想着把新东方这栋房子建起来。到今天为止我还在努力，而且已经看到了建好新东方这座房子的希望。

金字塔如果拆开了，只不过是一堆散乱的石头。日子如果没有目标地过下去，只不过是几段散乱的岁月。但如果把努力凝聚到每一日，去实现自己的某一个梦想，散乱的日子就积成了生命的永恒。

三四年前我就问过自己一个问题，这辈子如果只让你做一件事情，你想干什么？问到最后我给自己找了一个答案，至少这个答案到今天还存在，就是全力以赴用自己所

拥有的资源、学识、智慧、能力、人脉等，帮助年轻人成长和发展。

——新东方教育集团创始人　俞敏洪

谭元元

旧金山芭蕾舞团历史上最年轻且唯一的华裔首席演员，至今仍然活跃在舞台上。

海的女儿（节选）

［丹麦］安徒生

当她看到那王子的宫殿的时候，太阳还没有升起来。她庄严地走上那大理石台阶。月亮照得透明，非常美丽。小人鱼喝下那服强烈的药剂。她马上觉到好像有一柄两面都快的刀子劈开了她纤细的身体。她马上昏了，倒下来好像死去一样。当太阳照到海上的时候，她才醒过来，她感到一阵剧痛。这时有一位年轻貌美的王子正立在她的面前。他乌黑的眼珠正在望着她，弄得她不好意思地低下头来。这时她发现她的鱼尾已经没有了，而获得一双只有少女才有的、最美丽的小小白腿。可是她没有穿衣服，所以她用她浓密的长头发来掩住自己的身体。王子问她是谁，怎样到这儿来的。她用她深蓝色的眼睛温柔而又悲哀地望着他，因为她现在已经不会讲话了。他挽着她的手，把她领进宫殿里去。正如那巫婆以前跟她讲过的一样，她觉得每一步都好像是在锥子和利刀上行走。可是她情愿忍受这苦痛。她挽着王子的手臂，走起路来轻盈得像一个水泡。他和所有的人望着她这文雅轻盈的步子，感到惊奇。

现在她穿上了丝绸和细纱做的贵重衣服。她是宫里一个最美丽的人，然而她是一个哑巴，既不能唱歌，也不能讲话。漂亮的女奴隶，穿着丝绸，戴着金银饰物，走上前来，为王子和他的父母唱着歌。有一个奴隶唱得最迷人，王子不禁鼓起掌来，对她发出微笑。这时小人鱼就感到一阵悲哀。她知道，有的时候她的歌声比那种歌声要美得多！她想：

“啊！只愿他知道，为了要和他在一起，我永远牺牲了我的声音！”

现在奴隶们跟着美妙的音乐，跳起优雅的、轻飘飘的舞来。这时小人鱼就举起她一双美丽的、白嫩的手，用脚尖站着，在地板上轻盈地跳着舞——从来还没有人这样舞过。她的每一个动作都衬托出她的美。她的眼珠比奴隶们的歌声更能打动人的心坎。

大家都看得入了迷，特别是那位王子——他把她叫作他的“孤儿”。她不停地舞着，虽然每次当她的脚接触到地面的时候，她就像是在快利的刀上行走一样。王子说，她此后应该永远跟他在一起；因此她就得到了许可睡在他门外的一个天鹅绒的垫子上面。

他叫人为她做了一套男子穿的衣服，好使她可以陪他骑着马同行。他们走过香气扑鼻的树林，绿色的树枝扫过他们的肩膀，鸟儿在新鲜的叶子后面唱着歌。她和王子爬上高山。虽然她纤细的脚已经流出血来，而且也叫大家都看见了，她仍然只是大笑，继续伴随着他，一直到他们看到云块在下面移动，像一群向遥远国家飞去的小鸟为止。

在王子的宫殿里，夜里大家都睡了以后，她就向那宽大的台阶走去。为了使她那双发烧的脚可以感到一点清凉，她就站进寒冷的海水里。这时她不禁想起了住在海底的人们。

有一天夜里，她的姐姐们手挽着手浮过来了。她们一面在水上游泳，一面唱出凄怆的歌。这时她就向她们招手。她们认出了她；她们说她曾经多么叫她们难过。这次以后，她们每天晚上都来看她。有一晚，她遥远地看到了多年不曾浮出海面的老祖母和戴着王冠的海王。他们对她伸出手来，但他们不像她的那些姐姐，没有敢游近地面。

王子一天比一天更爱她。他像爱一个亲热的好孩子那样爱她，但是他从来没有娶她为皇后的思想。然而她必须做他的妻子，否则她就不能得到一个不灭的灵魂，而且会在他结婚的头一个早上就变成海上的泡沫。

“在所有的人中，你是最爱我的吗？”当他把她抱进怀里吻她前额的时候，小人鱼的眼睛似乎在这样说。

“是的，你是我最亲爱的人！”王子说，“因为你在一切人中有一颗最善良的心。你对我是最亲爱的，你很像我某次看到过的一个年轻女子，可是我永远再也看不见她了。那时我是坐在一艘船上——这船已经沉了。巨浪把我推到一个神庙旁的岸上。有几个年轻女子在那儿做祈祷。她们最年轻的一位在岸旁发现了我，因此救了我的生命。我只看到过她两次：她是我在这世界上能够爱的唯一的人，但是你很像她，你几乎代替了她留在我的灵魂中的印象。她是属于这个神庙的，因此我的幸运特别把你送给我。让我们永远不要分离吧！”

“啊，他却不知道我救了他的生命！”小人鱼想，“我把他从海里托出来，送到神庙所在的一个树林里。我坐在泡沫后面，窥望是不是有人会来。我看到那个美丽的姑娘——他爱她胜过于爱我。”这时小人鱼深深地叹了一口气——她哭不出声来。“那个姑娘是属于那个神庙的——他曾说过。她永不会走向这个人间的世界里来——他们永不会见面了。我是跟他在一起，每天看到他的。我要照看他，热爱他，为他献出我的生命！”

现在大家在传说王子快要结婚了，他的妻子就是邻国国王的一个女儿。他为这事特别装备好了一艘美丽的船。王子在表面上说是要到邻近王国里去观光，事实上他是为了要去看邻国君主的女儿。他将带着一大批随员同去。小人鱼摇了摇头，微笑了一下。她比任何人都能猜透王子的心事。

“我得去旅行一下！”他对她说过，“我得去看一位美丽的公主：这是我父母的命令，但是他们不能强迫我把她作为未婚妻带回家来！我不会爱她的。你很像神庙里的那个美丽的姑娘，而她却不像。如果我要选择新嫁娘的话，那么我就要先选你——我亲爱的、有一双能讲话的眼睛的哑巴孤女。”

于是他吻了她鲜红的嘴唇，摸抚着她的长头发，把他的头贴到她的心上，弄得她的这颗心又梦想起人间的幸福和一个不灭的灵魂来。

“你不害怕海吗，我的哑巴孤儿？”他问。这时他们正站在那艘华丽的船上：它正向邻近的王国开去。他和她谈论着风暴和平静的海，生活在海里的奇奇怪怪的鱼，和潜水夫在海底所能看到的东西。对于这类的故事，她只是微微地一笑，因为关于海底的事儿她比谁都知道得清楚。

在月光照着的夜里，大家都睡了，只有掌舵人立在舵旁。这时她就坐在船边上，凝望着下面清亮的海水。她似乎看到了她父亲的王宫。她的老祖母头上戴着银子做的皇冠，正高高地站在王宫顶上；她透过激流朝这条船的龙骨瞭望。不一会儿，她的姐姐们都浮到水面上来了，她们悲哀地望着她，苦痛地扭着她们白净的手。她向她们招手，微笑，同时很想告诉她们，说她现在一切都很美好和幸福。不过这时船上的一个侍者忽然向她这边走来。她的姐姐们马上就沉到水里；侍者以为自己所看到的那些白色的东西，不过只是些海上的泡沫。

第二天早晨，船开进邻国壮丽皇城的港口。所有教堂的钟都响起来了，号笛从许多高楼上吹来，兵士们拿着飘扬的旗子和明晃的刺刀在敬礼。每天都有一个宴会。舞会和晚会在轮流举行着，可是公主还没有出现。人们说她在一个遥远的神庙里受教育，学习皇家的一切美德。最后她终于到来了。

小人鱼迫切地想要看看她的美貌。她不得不承认她的美了，她从来没有看见过比这更美的形体。她的皮肤是那么细嫩，洁白；在她黑长的睫毛后面是一对微笑的、忠诚的、深蓝色的眼珠。

“就是你！”王子说，“当我像一具死尸躺在岸上的时候，救活我的就是你！”于是他把这位羞答答的新嫁娘紧紧地抱在自己的怀里。“啊，我太幸福了！”他对小人鱼说，“我从来不敢希望的最好的东西，现在终于成为事实了。你会为我的幸福而高兴吧，因为你是一切人中最喜欢我的人！”

小人鱼把他的手吻了一下。她觉得她的心在碎裂。他举行婚礼后的头一个早晨就会带给她灭亡，就会使她变成海上的泡沫。

教堂的钟都响起来了，传令人骑着马在街上宣布订婚的喜讯。每一个祭台上，芬芳的油脂在贵重的油灯里燃烧。祭司们挥着香炉，新郎和新娘互相挽着手来接受主教的祝福。小人鱼这时穿着丝绸，戴着金饰，托着新嫁娘的披纱，可是她的耳朵听不见这欢乐的音乐，她的眼睛看不见这神圣的仪式。她想起了她要灭亡的早晨，和她在这世界已经失去了的一切东西。

在同一天晚上，新郎和新娘来到船上。礼炮响起来了，旗帜在飘扬着。一个金色和紫色的皇家帐篷在船中央架起来了，里面陈设得有最美丽的垫子。在这儿，这对美丽的新婚夫妇将度过他们这清凉和寂静的夜晚。

风儿在鼓着船帆。船在这清亮的海上，轻柔地航行着，没有很大的波动。

当暮色渐渐垂下来的时候，彩色的灯光就亮起来了，水手们愉快地在甲板上跳起舞来。小人鱼不禁想起她第一次浮到海面上来的情景，想起她那时看到的同样华丽和欢乐的场面。她于是旋舞起来，飞翔着，正如一只被追逐的燕子在飞翔着一样。大家都在喝彩，称赞她，她从来没有跳得这么美丽。快利的刀子似乎在砍着她的细嫩的脚，但是她并不感觉到痛，因为她的心比这还要痛。

她知道这是她看到他的最后一晚——为了他，她离开了她的族人和家庭，她交出了她美丽的声音，她每天忍受着没有止境的苦痛，然而他却一点儿也不知道。这是她能和他在一起呼吸同样空气的最后一晚，这是她能看到深沉的海和布满了星星的天空的最后一晚。同时一个没有思想和梦境的永恒的夜在等待着她——没有灵魂，而且也得不到一个灵魂的她。一直到半夜过后，船上的一切还是欢乐和愉快的。她笑着，舞着，但是她心中怀着死的思想。王子吻着自己的美丽的新娘；新娘抚弄着他的乌亮的头发。他们手挽着手到那华丽的帐篷里去休息。

船上现在是很安静的了。只有舵手站在舵旁。小人鱼把她洁白的手臂倚在舷墙上，向东方凝望，等待着晨曦的出现——她知道，头一道太阳光就会叫她灭亡，她看到她的姐姐们从波涛中涌现出来了。她们是像她自己一样的苍白。她们美丽的长头发已经不在风中飘荡了——因为它已经被剪掉了。

"我们已经把头发交给了那个巫婆，希望她能帮助你，使你今后不至于灭亡。她给了我们一把刀子。拿去吧，你看，它是多么快！在太阳出来以前，你得把它插进那个王子的心里去。当他的热血流到你脚上时，你的双脚将会又连到一起，成为一条鱼尾，那么你就可以恢复人鱼的原形，你就可以回到我们这儿的水里来；这样，在你没有变成无生命的咸水泡沫以前，你仍旧可以活过你三百年的岁月。快动手！在太阳出来以前，不是他死，就是你死了！我们的老祖母悲恸得连她的白发都落光了，正如我们的头发在巫婆的剪刀下落掉一样。刺死那个王子，赶快回来吧！快动手呀！你没有看到天上的红光吗？几分钟以后，太阳就出来了，那时你就必然灭亡！"

她们发出一个奇怪的、深沉的叹息声，于是她们便沉入浪涛里去了。

小人鱼把那帐篷上紫色的帘子掀开，看到那位美丽的新娘把头枕在王子的怀里睡着了。她弯下腰，在王子清秀的眉毛上亲了一吻，于是她向天空凝视——朝霞渐渐地变得更亮了。她向尖刀看了一眼，接着又把眼睛掉向这个王子；他正在梦中喃喃地念着他的新嫁娘的名字。他思想中只有她存在。刀子在小人鱼的手里发抖。但是正在这时候，她把这刀子远远地向浪花里扔去。刀子沉下的地方，浪花就发出一道红光，好像有许多血滴溅出了水面。她再一次把她迷糊的视线投向这王子，然后她就从船上跳到海里，她觉得她的身躯在融化成为泡沫。

现在太阳从海里升起来了。阳光柔和地、温暖地照在冰冷的泡沫上，因为小人鱼并没有感到灭亡。她看到光明的太阳，同时在她上面飞着无数透明的、美丽的生物。透过它们，她可以看到船上的白帆和天空的彩云。它们的声音是和谐的音乐，可是那么虚无缥缈，人类的耳朵简直没有办法听见，正如地上的眼睛不能看见它们一样。它们没有翅膀，只是凭它们轻飘的形体在空中浮动。小人鱼觉得自己也获得了它们这样的形体，渐渐地从泡沫中升起来。

“我将向谁走去呢？”她问。她的声音跟这些其他的生物一样，显得虚无缥缈，人世间的任何音乐都不能和它相比。

“到天空的女儿那儿去呀！”别的声音回答说，“人鱼是没有不灭的灵魂的，而且永远也不会有这样的灵魂，除非她获得了一个凡人的爱情。她的永恒的存在要依靠外来的力量。天空的女儿也没有永恒的灵魂，不过她们可以通过善良的行为而创造出一个灵魂。我们飞向炎热的国度里去，那儿散布着病疫的空气在伤害着人民，我们可以吹起清凉的风，可以把花香在空气中传播，我们可以散布健康和愉快的精神。三百年以后，当我们尽力做完了我们可能做的一切善行以后，我们就可以获得一个不灭的灵魂，就可以分享人类一切永恒的幸福了。你，可怜的小人鱼，像我们一样，曾经全心全意地为那个目标而奋斗；你忍受过痛苦；你坚持下去了；你已经超升到精灵的世界里来了。通过你的善良的工作，在三百年以后，你就可以为你自己创造出一个不灭的灵魂。”

小人鱼向上帝的太阳举起了她光亮的手臂，她第一次感到要流出眼泪。

在那条船上，人声和活动又开始了。她看到王子和他美丽的新娘在寻找她。他们悲悼地望着那翻腾的泡沫，好像他们知道她已经跳到浪涛里去了似的。在冥冥中她吻着这位新嫁娘的前额，她对王子微笑。于是她就跟其他的空气中的孩子们一道，骑上玫瑰色的云块，升入天空里去了。

“这样，三百年以后，我们就可以升入天国！”

“我们也许还不须等那么久！”一个声音低语着，“我们无形无影地飞进人类的住屋里去，那里面生活着一些孩子。每一天如果我们找到一个好孩子，如果他给他父母带来快乐、值得他父母爱他的话，上帝就可以缩短我们考验的时间。当我们飞过屋子的时候，孩子是不会知道的。当我们幸福地对着他笑的时候，我们就可以在这三百年中减去一年；但当我们看到一个顽皮和恶劣的孩子而不得不伤心地哭出来的时候，那么每一颗眼泪就使我们考验的日子多加一天。”

（叶君健　译）

选自人民文学出版社《安徒生童话故事集》

安徒生的成就在于他把童话提到了一个新的高度，使它成为一个重要的文学品种。他充分利用童话的特点，使他的作品具有一种一般成人文学中比较欠缺的东西，那就

是丰富的幻想、天真烂漫的构思和朴素的幽默感。《海的女儿》是个具有沉重悲剧性的爱情故事，我们为它动人的情节而感动，但却容易忽略它里面蕴藏着的安徒生对人间的爱，对人这种高等动物的热切希望。

——翻译家、儿童文学家　叶君健

王智量

生于 1928 年，俄语翻译家，历经二十余年翻译了普希金的长诗《叶甫盖尼 · 奥涅金》。

门　槛

[俄] 屠格涅夫

梦

我看见一幢巨大的楼房。

下面墙上是一道敞开的狭门，门里——阴森黑暗。高高的门槛前站立着一个姑娘……一个俄罗斯姑娘。

那望不透的黑暗散发出寒气；随着冰冷的气流，从大楼深处传出一个缓慢、重浊的声音。

“噢，是你呀，你想跨过这道门槛，你可知道，是什么在等待着你吗？”

“知道。”姑娘回答。

“寒冷、饥饿、憎恨、嘲笑、轻蔑、委屈、监牢、疾病，还有死亡本身？”

“知道。”

“彻底的隔绝、孤独？”

“知道……我准备好了。我能忍受一切痛苦、一切打击。”

“不仅敌人的打击——而且是亲人的、朋友的打击？”

“对……即使是他们的打击。”

“好。你准备去牺牲？”

“对。”

“去做无名的牺牲？你会死掉——而没有人……甚至没有人知道，他满怀尊敬所纪念着的人是谁！……”

“我既不需要感激，也不需要怜惜。我不需要名声。”

“你准备去犯罪？”

“我也准备去犯罪。”

姑娘埋下了她的头……

那声音没有马上重新提出问题。

“你知道吗，”她终于又说话了，“你可能放弃你现在的信仰，你可能认为你是受了骗，是白白毁掉了自己年轻的生命？”

“这我也知道。反正我想要进去。”

“进来吧！”

姑娘跨过了门槛——于是一张重重的帘子在她身后落下。

“傻瓜！”有人从后面咬牙切齿地骂她。

“圣女！”从某个地方传来这一声回答。

1878 年 5 月

（王智量　译）

六十高龄的屠格涅夫，老骥伏枥，而壮心未已，心头仍不时涌现出一阵阵的创作冲动。然而他已经没有精力再写出大部的作品了，只能把脑海中浮现的一个个思想和形象，信笔随时简略扼要地记录下来。日积月累，在 1878 年至 1882 年前后五年左右的时间里，形成一部好似一盘散珠碎玉似的优美的诗集。它就是《散文诗》。而《门槛》是《散文诗》中最为杰出的篇章之一，是世界文学中难得的一篇短小精悍的珍品。“门槛”象征着一种间隔、一种阻碍、一种困难。整个跨越这“门槛”的故事因此便象征着一种越过间隔、冲破阻碍、克服困难的斗争精神，象征一种征服一切艰难险阻的主动性、毅力、决心和觉悟。

——翻译家　王智量

十 年

Decades

在我们人生的刻度上，有多少个十年？屈指可数；而在历史的长河里，十年只是沧海一粟。苏轼曾经写下“十年生死两茫茫，不思量，自难忘”，那是时间对爱情的一份追忆；曹雪芹在穷困潦倒的时候坚持著书，才有了《红楼梦》“字字看来皆是血，十年辛苦不寻常”，那是时间对艺术的一份馈赠；路遥在《平凡的世界》里以十年为跨度，抒写了命运跟随时代的变迁，那是时间对社会的一份洗礼。

我们曾经想校对时间，到最后才会发现，在所有的批评当中，最正确、最伟大、最天才的，是时间。十年，既有世事浮沉，又有农夫悲欢；既有鸿篇巨制，又有青鞋布袜。正所谓“日月忽其不淹兮，春与秋其代序”，一代又一代人，一个又一个十年，铺就了我们今天的“黄金时代”。

十年在古代，仿佛是很久很久的事情，而十年在今天，又仿佛是很快的事情。别说十年，四十年都是弹指一挥间。从 1978 年到 2018 年，中国站在了改革开放四十周年的新起点上，时代的脉搏从来没有像今天这样如此强劲，也从来没有像今天这样如此扣人心弦。在一个又一个辉煌十年的背后，是一张张普普通通却可敬可亲的中国人的面孔，他们用奋斗，用拼搏，将自己的命运和国家的发展紧紧地联系在了一起。

我们是一群来自全国各地的志愿者，我们最重要的工作是保护深圳海域的珊瑚礁。珊瑚是受法律保护的动物，是海底的一个基础生态链。珊瑚礁在深圳曾经有过一段非常辉煌的时期，现在却岌岌可危。改变我们人类对海洋过度索取的态度，这是我们工作的根本。我们要让下一代人理解，用什么样的方式对待海洋是正确的。种珊瑚，种人心。我们用行动激发大家参与进来，为自己家门口的海底做一点点事情，让我们的珊瑚礁生态恢复过来。我要朗读法国作家儒勒·凡尔纳《海底两万里》的片段。

这真是一片奇妙又少见的海底森林，生长的都是高大的木本植物，小树上丛生的枝杈都笔直伸向洋面。没有枝条，没有叶脉，像铁杆一样。在这像温带树林一般高大的各种不同的灌木中间，遍地生长着带有生动花朵的各色珊瑚。

朗读者　夏嘉祥（潜爱大鹏公益组织秘书长）

（本期节目于 2018 年 7 月 28 日播出）

迟福林

中国（海南）改革发展研究院院长，亲自参与、亲眼见证了海南三十年的改革与发展。

登高峰　颂椰树

许士杰

当你卸下了肩上的重担，轻松地漫步在风和日暖、空气清新的春郊，突然接受了一个十分艰巨而又分外光荣的任务时，心情是什么样？兴奋抑或担忧？

我接受了来海南参与建省、办大经济特区的任务，心情是复杂的，既极为兴奋又浮想联翩。

海南岛对我来说并不陌生。我曾到那里搞过调查研究，后来又在那里工作了七年，后期碰到“文化大革命”，被打倒在地，爬起来后离开了。那里有听惯了的蕉风椰雨，有亲切诚恳的眼睛，有敞开心怀的喁语，也有阴晴风雨，冷暖炎凉。但无论如何，我忘不了那耸立在村头路边、昂首云天、无私奉献的椰子树。

离开十六年，黑发变斑白之后，又到那里工作。过去种过小株密植的高产试验田，现在是去做另一种性质的“试验田”。我不会因未能像过去那样带着钢尺去量株行距而怅然，却因可以大胆试验而心情十分愉快。

现在，既不是去量株行距，也不是去春郊漫步，而是去爬一个山峰。出发的地方，不是山腰，而是谷底。虽然，远远望去，那苍翠的山头环绕着一抹淡淡的白云，美丽极了。但从低卑的山谷爬到那高耸的山峰，道路修长，且不平坦，某些地段是相当陡峭的，不可能一鼓作气冲上去，而要做相当长期的艰苦努力。汗水湿透衣背是不用说的了，中间可能还要喘口气，找个地方小憩。

目标很明确，道路也清晰，虽不笔直，但有路标指引，错不了。何况，登山的是一大伙，不是孤立的，后面还有密麻麻的一大群。信心当然十足，时间却不短暂。原来走在前头，会不会掉队落后，这很难说。我想，脚力尚好，也不蒙头转向，还不至于。

有雄心，不转向，又不需再上下而求索。但，既然道路修长，时间不短，我会在适当的时候，退出带头登高的行列，坐在路旁，当啦啦队，为继续前进者鼓劲，助威。

于是，我想，多从登山的实践中，摸索其规律，总结些经验，为后来者省点不必要的白费劲，提高点前进的速度。也想把队伍调整好，使这支登山队，步伐整齐，较为顺利地登上高峰。

在思考，在实践，在尽力而为。

在遍地是英姿飒爽、高耸云霄的椰子树的海南岛，无论是长途的旅行者，登峰的爬山者，当你口渴力疲时，得到一个椰子，削去那碧绿的外衣，找到那硬壳上的芽孔，插下一根管子，吸下清澈香甜的椰子水，一股甘美的清流，滋润了干渴的心田，疲劳为之顿消，精力因之充沛。

于是，我想，椰子树可能是鼓舞二十三年红旗不倒的精神力量，也是我们学习的榜样。

椰子树，从头到脚，从生前到死后，把全身无私地奉献给人间。我望到那满山遍野凌云挺拔的椰子树时，心情为之激荡不已，受到鼓舞，为之歌唱。于是作了一首《椰颂》，既以励己，也以励人。

玉立凌云飘秀发，
临风飒爽更多姿。
甘供琼露滋宾客，
愿献碧衣作幄帷。
香骨精雕倍眷恋，
柔丝织梦更相思。
挺身抗暴卫村落，
殷切频歌改革词。

原载1988年4月5日《光明日报》

许士杰书记是一个文人，又是一个改革家。他写的《登高峰　颂椰树》今天看来仍然有很多启示，谨以此篇献给许书记，献给所有的天涯追梦人，献给改革新时代的奋斗者。

——中国（海南）改革发展研究院院长　迟福林

唐家三少

中国网络作家的代表人物，公认的最勤奋、最高产的作家，被称为“网文之王”。

笑傲江湖（节选）

金　庸

这时岳灵珊出招越来越快，令狐冲瞧着她婀娜的身形，想起昔日同在华山练剑的情景，渐渐地神思恍惚，不由得痴了，眼见她一剑刺到，顺手还了一招。不想这一招并非恒山派剑法。岳灵珊一怔，低声道:“青梅如豆！”跟着还了一剑，削向令狐冲额间。令狐冲也是一呆，低声道：“柳叶似眉。”

他二人于所拆的恒山剑法，只知其式不知其名，适才交换的这两招，却不是恒山剑法，而是两人在华山练剑时共创的“冲灵剑法”。“冲”是令狐冲，“灵”是岳灵珊，是二人为了好玩而共同钻研出来的剑术。

令狐冲的天分比师妹高得多，不论做什么事都喜不拘成法，别创新意，这路剑法虽说是二人共创，十之八九却是令狐冲想出来的。当时二人武功造诣尚浅，这路剑法中也并没什么厉害招式，只是二人常在无人处拆解，练得却十分纯熟。令狐冲无意间使了一招“青梅如豆”，岳灵珊便还了一招“柳叶似眉”。两人原无深意，可是突然之间，脸上都是一红。令狐冲手上不缓，还了一招“雾中初见”，岳灵珊随手便是一招“雨后乍逢”。这套剑法，二人在华山已不知拆过了多少遍，但怕岳先生、岳夫人知道后责骂，从不让第三人知晓，此刻却情不自禁，在天下英雄之前使了出来。

这一接上手，顷刻间便拆了十来招，不但令狐冲早已回到了昔日华山练剑的情景之中，连岳灵珊心里，也渐渐忘却了自己此刻是已嫁之身，是在数千江湖汉子之前，为了父亲的声誉而出手试招，眼中所见，只是这个倜傥潇洒的大师哥，正在和自己试演二人合创的剑法。

令狐冲见她脸上神色越来越柔和，眼中射出喜悦的光芒，显然已将适才给父亲打了记耳光的事淡忘了，心想：“今天我见她一直郁郁不乐，容色也甚憔悴，现下终于高兴起来了。唉，但愿这套冲灵剑法有千招万招，一生一世也使不完。”自从他在思过崖上听得岳灵珊口哼福建小调以来，只有此刻，小师妹对他才像从前这般相待，不由欢喜无限。

又拆了二十来招，岳灵珊长剑削向他左腿，令狐冲左足飞起，踢向她剑身。岳灵珊剑刃一沉，砍向他足面。令狐冲长剑急攻她右腰，岳灵珊剑锋斜转，当的一声，双剑相交，剑尖震起。二人同时挺剑急刺向前，同时疾刺对方咽喉，出招迅疾无比。

瞧双剑去势，谁都没法挽救，势必要同归于尽，旁观群雄都忍不住惊叫。却听得铮的一声轻响，双剑剑尖竟在半空中抵住了，溅出星星火花，两柄长剑弯成了弧形，跟着二人左手推出，双掌相交，同时借力飘了开去。这一下变化谁都料想不到，这两把长剑竟有如此巧法，居然在疾刺之中，会在半空中相遇而剑尖相抵，这等情景，便有数千数万次比剑，也难得碰到一次，而他二人竟然在生死系于一线之际碰到了。

殊不知双剑如此在半空中相碰，在旁人是数千数万次比剑不曾遇上一次，他二人却是练了数千数万次要如此相碰，而终于练成了的。这招剑法必须二人同使，两人出招的方位力道又须拿捏得分毫不错，双剑才会在迅疾互刺的一瞬之间剑尖相抵，剑身弯成弧形。这剑法以之对付旁人，自无半分克敌制胜之效，在令狐冲与岳灵珊，却是一件又艰难又有趣的玩意。二人练成招数之后，更进一步练得剑尖相碰，溅出火花。

当他二人在华山上练成这一招时，岳灵珊曾问，这一招该当叫作什么。令狐冲道："你说叫什么好？"岳灵珊笑道："双剑疾刺，简直是不顾性命，叫作'同归于尽'吧？"令狐冲道："同归于尽，倒似你我有不共戴天之仇似的，还不如叫作'你死我活'！"岳灵珊啐道："为什么我死你活？你死我活才对。"令狐冲道："我本来说是'你死我活'。"岳灵珊道："你啊我啊的缠夹不清，这一招谁都没死，叫作‘同生共死’好了。”令狐冲拍手叫好。岳灵珊一想“同生共死”这四字太过亲热，一撒剑，掉头便跑了。

旁观群雄见二人在必死之境中逃了出来，实是惊险无比，手中无不捏了把冷汗，连那一声喝彩也都忘了。那日在少林寺中，岳不群与令狐冲拔剑动手，为了劝他重归华山门下，也曾使过几招“冲灵剑法”，但这一招却没使过。岳不群虽曾在暗中窥看二人练剑，得知冲灵剑法的招式，却并未花下心血时间去练这招既无聊又无用的“同生共死”。因此连方证、冲虚、左冷禅等人见到这一招时，也都大吃一惊。盈盈心中的惊骇，更不在话下。

只见他二人在半空中轻身飘开，俱是嘴角含笑，姿态神情，便似裹在一团和煦的春风之中。两人挺剑再上，随即又斗在一起。二人在华山创制这套剑法时，师兄妹间情投意合，互相依恋，因之剑招之中，也是好玩的成分多，而凶杀的意味少。此刻二人对剑，不知不觉之间，都回想到从前的情景，出剑转慢，眉梢眼角，渐渐流露出昔日青梅竹马的柔情。这与其说是“比剑”，不如说是“舞剑”，而“舞剑”两字，又不如“剑舞”之妥帖，这“剑舞”却又不是娱宾，而是为了自娱。

突然间人丛中“嘿”的一声，有人冷笑。岳灵珊一惊，听得出是丈夫林平之的声音，心中一寒：“我和大师哥这么打法，那可不对。”长剑一圈，自下而上，斜斜撩出一剑，势劲力疾，姿式美妙已极，却是华山派“玉女剑十九式”中的一式。

林平之那一声冷笑，令狐冲也听见了，眼见岳灵珊立即变招，来剑毫不容情，再不像适才使冲灵剑法那样充满了缠绵之意。他胸口一酸，种种往事，霎时间都涌向心头，想起自己给师父罚去思过崖面壁思过，小师妹每日给自己送饭，一日大雪，二人竟在山洞共处一宵；又想起小师妹生病，二人相别日久，各怀相思之苦，但便在此时，不知如何，林平之竟讨得了她的欢心，自此之后，两人之间隔膜日深一日；又想起那日小师妹学得师娘所授的“玉女剑十九式”后，来崖上与自己试招，自己心中酸苦，出手竟不容让……

这许许多多念头，都是一瞬之间在他脑海中电闪而过，便在此时，岳灵珊长剑已撩到他胸前。令狐冷脑中混乱，左手中指弹出，铮的一声轻响，正好弹在她长剑之上。岳灵珊把捏不住，长剑脱手飞出，直射上天。

令狐冲一指弹出，暗叫一声“糟糕”！只见岳灵珊神色苦涩，似乎勉强要笑，却哪里笑得出来？当日令狐冲在思过崖上，便是以这么一弹，将她宝爱的“碧水剑”弹入深谷之中，二人由此而生芥蒂，不料今日又旧事重演。这些日子来，他有时静夜自思，早知那日所以弹去岳灵珊的长剑，其实是自己在喝林平之的醋，激情汹涌，难以克制，自不免自怨自艾。岂知今日听得林平之的冷笑之声，眼见岳灵珊神态立变，自己又旧病复发。当日在思过崖上，他一指已能将岳灵珊手中长剑弹脱，此刻身上内力，与其时相去不可道里计，但见那长剑直冲上天，一时竟不落下。

他心念电转：“我本要败在小师妹手里，哄得她欢喜。现下我却弹去了她的长剑，那是故意在天下英雄之前削她面子，难道我竟以这等卑鄙手段，去报答小师妹待我的情义？”一瞥之间，只见那长剑正自半空中向下射落，当即身子一晃，叫道：“好恒山剑法！”似是竭力闪避，其实却是将身子往剑尖凑将过去，噗的一声响，长剑从他左肩后直插了进去。令狐冲向前一扑，长剑竟将他钉在地下。

这一下变故来得突兀无比，群雄发一声喊，无不惊得呆了。

金庸是新派武侠小说家中的泰山北斗。他的代表作《笑傲江湖》创作于 1967 年，虽然名为《笑傲江湖》，却又是金庸笔下最不自由的江湖。嵩山比武的情节在整部小说中十分重要，因为它关系到整个武林的兴衰成败，唯一可以力挽狂澜的令狐冲，却又心心念念他的小师妹岳灵珊，故意输了比赛，让人读了以后既伤怀又感动。

——中国人民大学国学院教授　谷曙光

吉　吉

优秀的女登山家，2008 年北京奥运会珠峰火炬传递的第一棒火炬手。

爱　人

迟子建

爱人是两粒团聚在人间的尘埃，让家升起烟火；
爱人是两片汇集在天边的流云，共穿一件彩衣；
爱人是两朵并蒂的莲花，一样地心事透明；
爱人是两只情深意笃的白鹤，生生世世相守。
爱人是你走累时，一块可以歇脚的石头；
爱人是你悲伤时，一条可以擦拭泪痕的手帕；
爱人是你无人喝彩时，悄悄向你竖起的大拇指；

爱人是你落魄时，不离不弃的影子。

爱人是对镜梳妆时，心疼你鬓角白发的人；

爱人是浪迹天涯时，让你心头一热的乡音；

爱人是月夜下，能与你纵马驰骋的人；

爱人是废墟中，仍然呼唤着你乳名的人。

爱人是一枚切开的石榴，你流泪，他也心酸；

爱人是未被开启的贝壳，双双把甘美包裹；

爱人是雨夜的一盏台灯，使你看到枕畔的星光；

爱人是霜晨的一条棉被，让你的美梦不会被寒冷撕破。

爱人是惆怅时，能伴你起舞的夜曲；

爱人是孤独时，来你窗前歌唱的燕子；

爱人是远行时，在你耳旁千叮咛万嘱咐的人；

爱人是归航时，站在岸边向你含泪招手的人。

爱人是跋涉时，能拔除你脚底荆棘的人；

爱人是歇息时，轻轻拉着你手入睡的人；

爱人是你遭到误解时，射向谗言的锋利的箭；

爱人是永诀后，能用温馨回忆照亮你余生的人。

爱人啊——

就是彼此的天堂！

2009 年

迟子建执着于“人生有爱”“人间有情”，她以丰沛的创作实践一直在书写“温暖”和“爱”。迟子建的世界里永远都有温暖烛照，即使是身处最卑微之处，她也要倔强地为读者和自己点起微火。迟子建以自己对这块土地的热爱使读者相信这里的美好，以自己对世界的良善理解使读者相信人间的温良。

——天津师范大学文学院教授、评论家　张莉

林　鸣

“新世界七大奇迹”之一——港珠澳大桥岛隧工程项目总工程师，过去十多年间将全部心血倾注其中。

我喜欢出发

汪国真

我喜欢出发。

凡是到达了的地方，都属于昨天。哪怕那山再青，那水再秀，那风再温柔。太深的流连便成了一种羁绊，绊住的不仅有双脚，还有未来。

怎么能不喜欢出发呢？没见过大山的巍峨，真是遗憾；见了大山的巍峨没见过大海的浩瀚，仍然遗憾；见了大海的浩瀚没见过大漠的广袤，依旧遗憾；见了大漠的广袤没见过森林的神秘，还是遗憾。世界上有不绝的风景，我有不老的心情。

我自然知道，大山有坎坷，大海有浪涛，大漠有风沙，森林有猛兽。即便这样，我依然喜欢。

打破生活的平静便是另一番景致，一种属于年轻的景致。真庆幸，我还没有老。即便真老了又怎么样，不是有句话叫老当益壮吗?

于是，我还想从大山那里学习深刻，我还想从大海那里学习勇敢，我还想从大漠那里学习沉着，我还想从森林那里学习机敏。我想学着品味一种缤纷的人生。

人能走多远?这话不是要问两脚而是要问志向；人能攀多高?这事不是要问双手而是要问意志。于是，我想用青春的热血给自己树起一个高远的目标。不仅是为了争取一种光荣，更是为了追求一种境界。目标实现了，便是光荣；目标实现不了，人生也会因这一路风雨跋涉变得丰富而充实；在我看来，这就是不虚此生。

是的，我喜欢出发，愿你也喜欢。

可以说，二十世纪八十年代是一个充满激情、理想与浪漫的年代，诗歌对青年人的影响远远超过小说等文学形式。在无数写诗的青年人中，汪国真能够脱颖而出，完全在于他的诗本身的魅力。汪国真用他的诗轻轻叩开了年轻读者的心扉，让他们从他的诗中获得了一种对自我和生活

的感悟与发现。在二十世纪九十年代初期，说“有华人的地方，就有汪国真的诗”绝不为过。那是一个属于汪国真的时代，长达二十五年的时间里，汪国真的诗歌不断被出版社出版、再版，诗集发行量创新诗出现以来中国诗集作品中的发行量之最。

——编剧、导演　窦欣平

陈佳洱

生于 1934 年，与“两弹一星”等国家战略紧密相连，中国加速器物理的领军人物。

我的信念

[法] 玛丽 · 居里

生活对于任何一个男女都非易事，我们必要有坚韧不拔的精神；最要紧的，还是我们自己要有信心。我们必须相信，我们对一件事情是有天赋的才能，并且，无论付出任何代价，都要把这件事情完成。当事情结束的时候，你要能够问心无愧地说：“我已经尽我所能了。”

有一年的春天里，我因病被迫在家里休息数周，我注视着我的女儿们所养的蚕，结着茧子。这使我极感兴趣，望着这些蚕固执地、勤奋地工作着，我感到我和它们非常相似，像它们一样，我总是耐心地集中在一个目标。我之所以如此，或许是因为有某种力量在鞭策着我——正如蚕被鞭策着去结它的茧子一般。

在近五十年来，我致力于科学的研究，而研究基本上是对真理的探讨。我有许多美好快乐的回忆。少女时期我在巴黎大学，孤独地过着求学的岁月；在那整个时期中，我丈夫和我专心致志地，像在梦幻之中一般，艰辛地在简陋的书房里研究，后来我们就在那儿发现了镭。

我在生活中永远追求安静的工作和简单的家庭生活。为了实现这个理想，我一直竭力保持宁静的环境，以免受人事的侵扰和盛名的喧扰。

我深信在科学方面，我们是有对事而不是对人的兴趣。当皮埃尔·居里和我决定是否应在我们的发现上取得经济上的利益时，我们都认为这违反我们的纯粹研究观念。因而我们没有申请镭的专利，也就抛弃了一笔财富。我坚信我们是对的。诚然，人类需要寻求现实的人——他们在工作中，获得最大的报酬。但是，人类也需要梦想家——他们在一件忘我事业的进展中受到了强烈的吸引，使他们没有闲暇，也无热诚去谋求物质上的利益。我的唯一奢望是在一个自由国家中，以一个自由学者的身份从事研究工作。我从没有视这种权益为理所当然的，因为在二十四岁以前，我一直居住在被占领和蹂躏的波兰。我估量过法国自由的代价。

我并非生来就是一个性情温和的人。我很早就知道，许多像我一样敏感的人，哪怕只是受了一言半语的呵责，便会过分懊恼，他们会尽量隐藏自己的敏感。从我丈夫温和沉静的性格中，我获益匪浅。当他猝然长逝以后，我便学会了逆来顺受。我年纪渐老了，也愈会欣赏生活中的种种琐事，如栽花、植物、建筑，对诵诗和眺望星辰，也有一点兴趣。

我一直沉醉于世界的优美之中，我所热爱的科学，也不断给我展示崭新的远景。我认定科学本身就具有伟大的美。一位从事研究工作的科学家，不仅是一个技术人员，他还是一个小孩，在大自然的景色中，他好像迷醉于神话故事一般。这种魅力，就是使我终生能够在实验室里埋头工作的主要原因了。

（剑捷　译）

居里夫人是一位杰出的科学家，曾两度摘取诺贝尔奖的桂冠。很多人在儿童时代就听过她的故事，她的影响早已超出科学领域，她的名字也逐渐成为一种精神象征。居里夫人一生清贫，科学研究大都是在极其简陋的条件下完成的。她从无热诚去谋求物质上的利益，即使功成名就之后，金钱与荣誉如潮水般涌来，她也毫不在意。《我的信念》是一篇动人的独白，如她本人一般散发着理想主义的光辉。

我们看到一个沉醉于科学魅力的居里夫人，她专注忘我，平静愉快。

——编者

认识到自己的无知

[法] 蒙田

世上许多弊端，或者说得更大胆，世上所有弊端的产生都在于我们害怕暴露自己的无知，我们被迫接受自己无法驳斥的事。我们谈到一切事物都对照教条和禁令。在罗马法庭的文件里，就是证人亲眼目睹的事情，法官根据确凿无疑的案情做出的判决，也是以这样的形式拟文："我认为"。有人非要把可能的事说成确定的事，就会使我对可能的事也不想听。我喜欢这些字眼："也许""在某种情况下""据说""我认为"诸如此类缓和语气、减轻唐突的话。

我若教育孩子，就会让他们养成这样回答的习惯，不是决定式的，而是询问式的："这什么意思？我不明白。可能是这样。真有这回事吗？"宁可他们六十岁时还保持学徒的模样，不要十岁时装出博学之士的派头，像他们现在这样。谁要治愈无知，先要承认无知。彩虹女神伊里斯是奇术师陶玛斯的女儿。惊异是一切哲学的根本，探索是进步的基础，无知则是死胡同。从中也可看出，有一种强烈探索愿望的无知，在荣誉与勇气方面绝不输于追求学问，理解这样的无知并不比理解学问更少学问。

我们与生俱来的无知，经过我们长期的探索，得到了肯定和证明。真正有知识的人的成长过程，就像麦穗的成长过程：麦穗空的时候，麦子长得很快，麦穗骄傲地高高昂起；但是，当麦穗成熟饱满时，它们开始谦虚，垂下麦芒。同样的，人经过一切尝试和探索后，在一大堆洋洋洒洒的学问知识中，找不到一点扎实有分量的东西，发现的只是过眼烟云，也就不再自高自大，老老实实承认人的天然地位。

（马振骋　译）

（本文由浙江大学数学系教授蔡天新朗读）

蒙田从不把自己的作品看作传世之作，他在《告读者》的开篇就已指出：他写此书的目的是奉献给自己的亲友，以便他们日后能够重温他的为人和个性的一些特征，由此而获得对他更全面、更真切的了解。蒙田也不把自己的作

品看作定型之作，他总认为自己是在不断探索，不断尝试，也不断改变自己。

——翻译家　黄建华

哥德巴赫猜想（节选）

徐　迟

要想懂得哥德巴赫猜想是怎么一回事，只需把早先在小学三年级里就学到过的数学再来温习一下。那些12345，个十百千万的数字，叫作正整数。那些可以被2整除的数，叫作偶数。剩下的那些数，叫作奇数。还有一种数，如2、3、5、7、11、13等等，只能被1和它本数，而不能被别的整数整除的，叫作素数。除了1和它本数以外，还能被别的整数整除的，这种数如4、6、8、9、10、12等等就叫作合数。一个整数，如能被一个素数所整除，这个素数就叫作这个整数的素因子。如6，就有2和3两个素因子。如30，就有2、3和5三个素因子。好了，这暂时也就够用了。

1742年，哥德巴赫写信给欧拉时，提出了：每个不小于6的偶数都是两个素数之和。例如，6=3+3。又如，24=11+13等等。有人对一个一个的偶数都进行了这样的验算，一直验算到了三亿三千万之数，都表明这是对的。但是更大的数目，更大更大的数目呢？猜想起来也该是对的。猜想应当证明。要证明它却很难很难。

整个十八世纪没有人能证明它。

整个十九世纪也没有能证明它。

到了二十世纪的二十年代，问题才开始有了点儿进展。

很早以前，人们就想证明，每一个大偶数是两个“素因子不太多的”数之和。他们想这样子来设置包围圈，想由此来逐步、逐步证明哥德巴赫这个命题一个素数加一个素数(1+1)是正确的。

1920 年，挪威数学家布朗，用一种古老的筛法（这是研究数论的一种方法）证明了：每一个大偶数是两个“素因子都不超过九个的”数之和。布朗证明了：九个素因子之积加九个素因子之积（9+9)，是正确的。这是用了筛法取得的成果。但这样的包围圈还很大，要逐步缩小之。果然，包围圈逐步地缩小了。

1924 年，数学家拉德马哈尔证明了（7+7）；1932 年，数学家爱斯斯尔曼证明了（6+6）；1938 年，数学家布赫斯塔勃证明了（5+5）；1940 年，他又证明了（4+4)。1956 年，数学家维诺格拉多夫证明了(3+3)。1958 年，我国数学家王元又证明了(2+3)。包围圈越来越小，越接近于（1+1）了。但是，以上所有证明都有一个弱点，就是其中的两个数没有一个是可以肯定为素数的。

早在 1948 年，匈牙利数学家兰恩易另外设置了一个包围圈。开辟了另一战场，想来证明：每个大偶数都是一个素数和一个“素因子都不超过六个的”数之和。他果然证明了（1+6)。

但是，以后又是十年没有进展。

1962 年，我国数学家、山东大学讲师潘承洞证明了（1+5），前进了一步；同年，王元、潘承洞又证明了（1+4）。1965 年，布赫斯塔勃、维诺格拉多夫和数学家庞皮艾黎都证明了（1+3）。

1966 年 5 月，像一颗璀璨的信号弹升上了数学的天空，陈景润在中国科学院的刊物《科学通报》第十七期上宣布他已经证明了（1+2）。

自从陈景润被选调到数学研究所以来，他的才智的蓓蕾一朵朵地烂漫开放了。在圆内整点问题、球内整点问题、华林问题、三维除数问题等等之上，他都改进了中外数学家的结果。单是这一些成果，他那贡献就已经很大了。

但当他已具备了充分依据，他就以惊人的顽强毅力，来向哥德巴赫猜想挺进了。他废寝忘食，昼夜不舍，潜心思考，探测精蕴，进行了大量的运算。一心一意地搞数学，搞得他发呆了。有一次，自己撞在树上，还问是谁撞了他？他把全部心智和理性统统奉献给这道难题的解题上了，他为此而付出了很高的代价。他的两眼深深凹陷了。他的面颊带上了肺结核的红晕。喉头炎严重，他咳嗽不停。腹胀、腹痛，难以忍受。有时已人事不知了，却还记挂着数字和符号。他跋涉在数学的崎岖山路，吃力地迈动步伐。在抽象思维的高原，他向陡峭的巉岩升登，降下又升登！善意的误会飞入了他的眼帘。无知的嘲讽钻进了他的耳道。他不屑一顾；他未予理睬。他没有时间来分辩；他宁可含垢忍辱。餐霜饮雪，走上去一步就是一步！他气喘不已，汗如雨下。时常感到他支持不下去了。但他还是攀登。用四肢，用指爪。真是艰苦卓绝！多少次上去了摔下来。就是铁鞋，也早该踏破了。人们嘲笑他穿的是通风透气不会得脚气病的一双鞋子。不知多少次发生了可怕的滑坠！几乎粉身碎骨。他无法统计他失败了多少次。他毫不气馁。他总结失败的教训，把失败接起来，焊上去，做登山用的尼龙绳子和金属梯子。吃一堑，长一智。失败一次，前进一步。失败是成功之母，成功由失败堆垒而成。他越过了雪线，到达雪峰和现代冰川，更感缺氧的严重了。多少次坚冰封山，多少次雪崩掩埋！他就像那些征服珠穆朗玛峰的英雄登山运动员，爬啊，爬啊，爬啊！恶毒的诽谤，恶意的诬蔑像变天的乌云和九级狂风。而热情的支持为他拨开云雾，明朗的阳光又温暖了他。他向着目标，不屈不挠；继续前进，继续攀登。战胜了第一台阶的难以登上的峻峭；出现在难上加难的第二台阶绝壁之前。他只知攀登，在千仞深渊之上；他只管攀登，在无限风光之间。一张又一张运算的稿纸，像漫天大雪似的飞舞，铺满了大地。数字、符号、引理、公式、逻辑、推理，积在楼板上，有三尺深。忽然化为膝下群山，雪莲万千。他终于登上了攀登顶峰的必由之路，登上了（1+2）的台阶。

他证明了这个命题，写出了厚达二百多页的长篇论文。

选自人民文学出版社《哥德巴赫猜想》

（本文由中山大学天文与空间科学研究院院长李淼朗读）

宣传陈景润，为知识分子正名，从而树立一个典型的新时期知识分子形象，在当时的环境下，是具有突破性意义的。在“四人帮”刚倒台不久，中央还没有提出彻底否定“文化大革命”的时候,《猜想》就敢于为知识分子说话，是开风气之先的。据我所知，八十年代初期中央有关领导在一次全国性的内部会议中专门提到,打倒“四人帮”之后，在中国的思想解放潮流中,《哥德巴赫猜想》起到了突破和推动作用。这个评价很高。我记得徐迟在八十年代初期编辑他的一本作品集的时候，特别在这本集子的后记中写道:“应《人民文学》的召唤，写了一篇《哥德巴赫猜想》。这时我似乎已从长久以来的冬蛰中苏醒过来。”这段话中的“苏醒”用得非常贴切，这也正是《猜想》产生的巨大的社会效应和历史价值的原因，因为它触动了人的敏感神经，把人们积压已久的愤懑说了出来，这也体现了徐迟作为一个报告文学作家的政治敏锐性。

——《人民文学》前常务副主编、

《哥德巴赫猜想》责任编辑　周明

这就是我想寻找的，人与人之间的光（节选）

郝景芳

我为什么一直写作呢?

这么多年，我一直想寻找的，是人群缝隙中的一点点微光。我常常不满意于阅读中读到的对人性的理论，似乎人都是对生理欲望、物质利益、权力和名声追逐的动物，似乎爱也只是生物繁殖的掩饰。于是我常常想寻找那些被理论所遗漏的东西，人群缝隙中的光。

我有时候会想，什么是每天萦绕在人心上的东西呢?固然有一部分是我们的长远目标、理性计划，但往往每天在心里挥之不去的，是另外一些更精细、琐碎、说不清道不明的感受。例如给家人打了一个电话之后心里的纠结，例如偶尔听到朋友说的一句关于自己的话，例如在社交场合欢声笑语中突然感到的隔膜。那些时刻的感受，会比长短目标更在心头萦绕。

为什么会如此?

或许是因为，对于人来说，最重要、最留意的实际上是自己内心的思绪，是自己的思绪向外界传输的过程中遭遇到的共振和反驳，是自己的思绪与他人和世界的连接。能有这种连接，人的内心会感到巨大的欣慰，而如果无法建立连接，或者自己期望的思绪连接被切断，人的内心会有很大的失落和恐慌。

说到底，任何一个人都只是一个孤独的信号发送站。

这种细微的感受，是我这么多年写作一直想寻找的东西。我很少遇到同路人，也很少去写更受欢迎的冒险经历、婚恋冲突、宫廷斗争。我一直在写孤独个体对自身的感受和与世界的连接。这种关注不大容易遇到同路人。

但就在上周，在瑞士雪山脚下，我遇到一个用同样思路看世界、讲故事的人，他和我的关注点非常相似，但他比我做到的程度好得多，讲的故事也更动人，令我钦佩不已。

他是一个摄影师，叫普拉东 · 安东尼乌，我先给大家讲几个他分享的故事。

第一个故事，来自拳王阿里。

普拉东去给阿里照相的时候，阿里已经患帕金森综合征很久了。普拉东照相的时候，阿里也一直在抖。普拉东在最后时分问阿里，这么多年，你是怎么做到这么强大的？

阿里用非常小的声音，在普拉东耳边说："告诉你一个秘密，我并没有人们以为的那么强大。"他顿了顿，又接着费力地说，"是人们通过我，看到了他们自己的力量。"

之后只过了几天，阿里就去世了。这是他死前最后一次摄影。

第二个故事，来自斯蒂芬 · 霍金。

普拉东去给霍金拍照的时候，霍金的精神状态并不好，眼皮一直是睁不开的状态，他的围巾下面全是针眼，每天都需要注射多次针剂，以维持眼睛下面仅有的一小块活跃肌肉活跃。就连这仅有的一小块肌肉，也在慢慢萎缩中。

普拉东快要离去的时候，问霍金：“您能不能再给我一个词，表明一下您想对这个世界说的话？”

他的护士说：“对不起，摄影师先生，霍金先生已经很累了，他恐怕完成不了了。另外，他眼睛下面的肌肉也在萎缩，最近经常出错，可能他也做不到。”

普拉东正在收拾东西想走的时候，突然听见屏幕上光标的声音，他和护士都停下来看，看到霍金靠眼睛下面那一小块肌肉指挥的光标在移动，最后停留在“W”上面。

护士还是说：“不好意思，霍金先生最近打字经常不受控制，有的时候打出来的字是没意义的。”

普拉东正在犹豫，光标又动了。第二次，停留在“O”上面。过了一会儿，光标又动了。最后停留在“W”上面。

哇（WOW）。

霍金对这个世界发出的词是惊叹。

普拉东说，这样一个全身都无法行动的人，内心中对于整个宇宙的感觉是惊叹，像孩子一样发出“哇”。他的心是自由的。

第三个故事，来自一个普通的女人。

她的丈夫是美国军人，死在了中东战场。美国军队将她丈夫的所有物品打包为她送回了家。她一直把那个箱子放在床底下，没有拆开。

普拉东为军队拍了一系列照片，也来到她的家里。拍了她家的照片之后，普拉东问她，你还是不想把那个箱子打开吗？她说，摄影师你等一下，我今天想把我丈夫的箱子拆开。我一个人的时候总是没有勇气拆开，今天你在这里，你陪我一起拆开吧。

等到箱子拆开，女人把丈夫的衣服拿出来，突然就哭了。

普拉东过去安慰她。

女人说："摄影师先生，您一定不知道我是为什么哭。"

她哽咽了一会儿平静了一点，说："他们把他的衣服洗了。可我还想闻闻他的味道。"

（本文由中国科学院光电研究院研究员徐颖朗读）

在后"三体"时代日渐浮躁的中国科幻中，景芳的作品并不大张旗鼓吆喝，但总是吸引你去聆听。摇曳多姿、细腻唯美的感性笔触下，有着对世界的冷峻洞察和理性思索，而更深处是一种坚定的力量感，这并非单纯是科技发明的力量，而是精神追求自身的完满、充沛与坚韧。

——科幻作家　宝树

故 乡

Hometown

故乡，是我们年少时想要逃离的地方，是我们年老时想回可能已经回不去的地方。故乡，是清明的那炷香，是中秋的那轮月，是春运时的那张车票，是不经意间流露出的口音。故乡是屈原的秭归，那里有楚国宗祖，“洞庭波兮木叶下”；故乡是卡夫卡的布拉格，虚幻又现实，欲说还休；故乡是木心的乌镇，“五十年不闻乡音，听来乖异而悦耳，麻痒痒的亲切感”。

当我们终于不知疲倦，山一程，水一程，渐行渐远，才发现，故乡是根本剪不断脐带的血地，断了筋骨，连着血脉。故乡，是起点，是终点，是即便永远回不去，也依然是故乡的那个地方。

在文学的世界里，有太多关于故乡的描述。“举头望明月，低头思故乡”，那是一份想念；“停船暂借问，或恐是同乡”，那是一份亲近。当有一天我们走得很远，走得很久，会发现故乡就像是妈妈缀扣子的针线，穿透了我们的心胸。在我们每一个人的心里，都会有一个或者若干个故乡。地域的故乡，安放我们的身体；精神的故乡，安放我们的灵魂。

走进朗读亭

Reading Pavilion

《朗读者》里朗读的文字可以启迪人的思维，鼓舞人的士气。我也是朗读者之一，我现在用长沙话来朗读毛主席的长征诗——《七律·长征》。

红军不怕远征难，万水千山只等闲。
五岭逶迤腾细浪，乌蒙磅礴走泥丸。
金沙水拍云崖暖，大渡桥横铁索寒。
更喜岷山千里雪，三军过后尽开颜。

朗读者　袁隆平（中国杂交水稻之父）

朗读是天底下极其美妙的声音，朗读是生命对文本的全方位贴近，文学语言经过抑扬顿挫的朗读，产生很大的魅力。

今天一早醒来，我感到屋子里有一种奇特的光亮。光亮来自一个小小的木窗，我在床上就能看到窗口，一眼就惊呆了。一道从未见过的雄伟山脉正在窗外。清晨的阳光，照着高耸入云的山壁，无比寒冷又无比灿烂。我赶紧穿衣来到屋外，一点不错，喜马拉雅。我知道，喜马拉雅背后就是我的父母之邦，我正是为了对比，才投入对其他文明遗址的考察。

朗读者　余秋雨（作家）

（本期节目于 2018 年 8 月 4 日播出）

白岩松

中国最具影响力的电视节目主持人之一，参与了《东方时空》《新闻会客厅》等节目的策划与制作。

长大回家

白岩松

长大回家
又有几天可以不用说普通话
老友相聚　合影像一张泛黄的油画
我们认真地排着谁小谁大
如果童年游戏再玩一下
还是想和你对家　谁都不怕

女生们很快就开始叽叽喳喳
孩子老公还有全世界的八卦
其实长大后我们就离开家乡四散天涯
你我的生活一言难尽先不提也罢
还是小时候那些悄悄话
让美女们忘了平日的挣扎而笑脸如花
你还记得不　那谁谁谁曾经爱上过他

长大回家
不用想早点儿上班去刷考勤卡
草原像妈　笑着看我们把头发变花
老师出过的题目已没谁能答
生活的考场上跌打滚爬
都有各自的办法　满分才傻

男人们已经啤酒白酒一口一下
郎平姚明还有足球马拉多纳
曾经以为拿着理想就和世界平等对话
结果是一团乱麻问谁都嘻嘻哈哈
面对回忆成功又算个啥
听帅哥多说了几句也不过是指鹿为马
看我这伤疤　可不仅是因为打过的架

长大回家
让我们一起唱《往日时光》吧
歌声中我回到桌边把剩酒悄悄喝下
突然眼中全都是泪花
别怕　这正是最好的年华
长大回家
唱《往日时光》的我们就在最好的年华

马头琴在什么时候响起来？都是在傍晚，男主人放了一天牧回来，女主人在蒙古包外正在点牛粪烧火，准备做饭。可能有的男主人就拉起马头琴，你会看着太阳一点一点地落山。就在那一瞬间，你也就理解了内蒙古的音乐为什么是悠长的。我觉得内蒙古音乐的骨子里头是忧伤的，但是这种忧伤不是难过，是任何一个人站在草原上看着太阳落山，都会觉得自己太小了。

——主持人　白岩松

斯那定珠

康巴汉子，年近四十开始筹划在偏远贫穷的故乡巴拉格宗的悬崖上修一条路，带领家乡人民致富。

火塘闪着微暗的火

吉狄马加

我怀念诞生，也怀念死亡。
当一轮月亮升起在吉勒布特高高的白杨树梢。
在群山之上，在黑暗之上，那里皎洁的月光已将蓝色的天幕照亮。
那是记忆复活之前的土地，
我的白天和夜晚如最初的神话和传说。
在破晓的曙光中，毕阿史拉则赞颂过的太阳，

像一个圣者用它的温暖，
唤醒了我的旷野和神灵，同样也唤醒了
我羊毛披毡下梦境正悄然离去的族人。
我怀念，我至死也怀念那样的夜晚，
火塘闪着微暗的火，亲人们昏昏欲睡，
讲述者还在不停地述说……我不知道谁能忘记！
我的怀念，是光明和黑暗的隐喻。
在河流消失的地方，时间的光芒始终照耀着过去，
当威武的马队从梦的边缘走过，那闪动白银般光辉的
马鞍终于消失在词语的深处。此时我看见了他们，
那些我们没有理由遗忘的先辈和智者，其实
他们已经成为了这片土地自由和尊严的代名词。
我崇拜我的祖先，那是因为
他们曾经生活在一个英雄时代，每一部
口述史诗都传颂着他们的英名。
当然，我歌唱过幸福，那是因为我目睹
远走他乡的孩子又回到了母亲身旁。
是的，你也看见过我哭泣，那是因为我的羊群
已经失去了丰盈的草地，我不知道明天它们会去哪里？
我怀念，那是因为我的忧伤，绝不仅仅是忧伤本身，
那是因为作为一个人，
我时常把逝去的一切美好怀念！

人类对故乡的怀念是一种与生俱来的东西。世界上任何一个民族都在经历一个现代化的过程，一方面我们要拿到通向未来的通行证，另外一方面我们又要坚守自己的乡愁。很多诗歌表达的就是一种很独特的愿望——我们已经离出发的地方很远了，我们要回去。这种精神上的回归，就是对养育了我们的文化、历史的一种致敬。

——诗人、中国作协副主席　吉狄马加

余　华

曾是牙医，后专注写作。他探索独特的话语方式，文字的冷静里透着力度，作品颇具国际影响力。

在细雨中呼喊（节选）

余　华

应该说，我对王立强和李秀英有着至今难以淡漠的记忆。我十二岁回到南门，十八岁又离开了南门。我曾经多次打算回到生活了五年的孙荡去看看，我不知道失去了王立强以后，李秀英的生命是否还能延续至今。

虽然我在他们家中干着沉重的体力活，但他们时常能给予我亲切之感。我七岁那年，王立强决定让我独自去茶馆打开水。他说：

“我不告诉你茶馆在哪里，你怎么去呢？”

这个问题让我想得满头大汗，终于找到了答案，我欢快地说：

“我去问别人。”

王立强发出了和我一样欢快的笑声。当我提着两只热水瓶准备出门时，他蹲了下来，努力缩短他的身高，以求和我平等。他一遍一遍告诉我，如果实在提不动了就将热水瓶扔掉。我当时十分惊讶，那两个热水瓶在我心目中是非常昂贵的物品，他却让我扔掉。

“为什么要扔掉？”

他告诉我，如果实在提不动了摔倒在地的话，瓶里的开水就会烫伤我。我明白他的意思了。

我口袋里放了两分钱，提着两个热水瓶骄傲地走了出去。我沿着那条石板铺成的街道走去，用极其响亮的声音向旁人打听，茶馆在什么地方。我不管此后的打听是否多余，依然尖声细气喊叫着。我小小的诡计一下子就得逞了，路旁的成年人都吃惊地看着我。我走入茶馆时，用更加响亮的声音将钱递过去，收钱的老太太吓了一跳，她捂着胸口说：

“吓死我啦。”

她的模样让我咯咯笑出声来，而她则迅速转换成了惊奇。当我提着两瓶水走出去时，她在后面提心吊胆地说：

“你提不动的。”

我怎么会扔掉热水瓶呢？他们对我的怀疑，只会增加我的自得。王立强在我离家时的嘱咐，在路上变成了希望。希望在想象里为我描绘了这样的情形，当我将两瓶开水提回家时，王立强是那样的欣喜若狂，他高声喊叫李秀英，那个床上的女人也走过来了，他们两人由衷地赞叹我。

就是为了得到这个，我咬紧牙关提着那两瓶开水往家走去。我时刻鼓励着自己,不要扔掉,不要扔掉。中间我只是休息了一次。

可我回到家中以后，王立强令我失望地没有流露一丝的吃惊，仿佛他早就知道我能提回家中似的接过了水瓶。看着他蹲下去的背影，我用最后的希望提醒他：

“我只休息了一次。”

他站起来微笑了一下，似乎这没有什么了不起的。我彻底沮丧了，一个人走到一边。心想：我还以为他会赞扬我呢。

……

我在深秋的傍晚踏上家乡的土地，离家五年之后重新回来时，我只能用外乡人的口音向人打听南门在什么地方。我向那条狭长的街道走去时，一个比我小得多的孩子扑在楼上的窗口，一声声叫我：

“小孩，小孩。”

我听到的是完全陌生的方言。幸亏我还记得南门，和我父母兄弟的名字，还有我的祖父。六岁时残留下来的记忆，使我可以一路打听着走去。我就是在那时候遇到了我的祖父孙有元，这个背着包袱、怀抱油布雨伞的老人，在我叔叔家住满一个月以后，正准备回到南门，风烛残年的祖父在那条他应该是最熟悉的路上迷路了。我们是都忘记了对方的模样以后，在路上相遇。

那时候我已经走出县城，来到了乡间，一个三岔路口让我无从选择。我当时被落日的景色迷住了，所以我没有立刻焦急起来，那是让我的童年震惊的景色，我看到翻滚的乌云和通红的晚霞正逐渐融为一体，一轮红日已经贴在了远处的地平线上，开始它光芒四射的下沉。我站在落日的余晖之中，对着太阳喊叫：

“快沉下去，快沉下去。”

一团巨大的乌云正向落日移去，我不愿意看到落日被它吞没。

落日如我所愿地沉没以后，我才看到了祖父孙有元，他就站在我的身后，和我贴得那么近。这个年迈的老人用一种恳求的眼神望着我，我就问他：

“到南门怎么走？”

他摇摇头，嗡嗡地告诉我：

“我忘记了。”

他忘记了？孙有元的回答让我觉得有趣，我对他说：

“不知道就是不知道，为什么要说忘记呢？”

他谦卑地向我笑了笑。那时候天色开始黑下来了，我赶紧选择一条路匆匆走去，走了一阵我发现后面那个老头正跟着我，我也不管他，继续走了一会儿，我看到稻田里有一个扎头巾的女人，就问她：

“前面是南门吗？”

“走错啦。”那个女人挺起腰来说，“应该走那条路。”

那时天色马上就要黑了，我立刻转回去，老人也转过身来往回走，他对我的紧跟引起了我的注意，我立刻撒腿跑开了，跑了一会儿回头一看，他正趔趔趄趄地急步追来。这使我很生气，我等他走近了，就对他说：

“喂，你别跟着我，你往那边走。”

说完我转身就走，我走回到三岔路口时，天已经完全黑了，我听到了打雷的声音，那时一点月光都没有。我摸上了另一条路，急步走了一阵，发现那老人还跟着我，我转回身向他喊叫：

“你别跟着，我家很穷的，养不起你。”

这时候雨点下来了，我赶紧往前奔跑过去。我看到了远处突然升起一片火光，越来越大的雨点与那片火纠缠起来，燃烧的火不仅没有熄灭，反而逐渐增大。就如不可阻挡的呼喊，在雨中脱颖而出，熊熊燃烧。

借着火光，我看到了那座通往南门的木桥，过去残留的记忆让我欣喜地感到，我已经回到了南门。我在雨中奔跑过去，一股热浪向我席卷而来，杂乱的人声也扑了过来。我接近村庄的时候，那片火光已经铺在地上燃烧，雨开始小下来。我是在叫叫嚷嚷的声音里，走进了南门的村庄。

我的两个兄弟裹着床单惊恐不安地站在那里，我不知道他们就是孙光平和孙光明。同样我也不知道那个跪在地上号啕大哭的女人就是我的母亲。他们旁边是一些与火争抢出来的物件，乱糟糟地堆在那里。接下去我看到了一个赤裸着上身的男人，秋夜的凉风吹在他瘦骨嶙峋的胸前，他声音嘶哑地告诉周围的人，有多少东西已经葬身火海。我看到他眼睛里滚出了泪水，他向他们凄凉地笑了起来，说道：

“你们都看到大火了吧。壮观是真壮观，只是代价太大了。”

我那时不知道他就是我的父亲，但他吸引了我，我就走到他身边，响亮地说："我要找孙广才。"

《在细雨中呼喊》是余华最好的作品，是值得我们深入解读的作品。这部作品最突出之处就在于，余华把汉语小说中少有的"弃绝"经验表现得异常充分，从而触及人类生存事相中最深刻的创伤。《在细雨中呼喊》在表达弃绝的同时，也表达了回到真实生活中去的渴望，因为被弃绝，而更加强烈地渴望被接纳，渴望家的温暖和集体的慰藉。

——北京大学中文系教授、评论家　陈晓明

贾樟柯

导演、编剧，多次获得国内外重要电影奖项，他对小人物的命运关怀常折射出对时代的思考。

阿里巴巴吃苹果

贾樟柯

小学三年级的时候，班主任交给我一项任务，让我每天早上去教室生炉子。

这不是一项委以重任的工作，而是一份惩罚。年代久远，我已经无法回忆到底是因为上课时做小动作，还是因为某一次打架。有次语文老师在课堂上说我长得像猴子，我不依不饶一直跟着她骂：你才像猴子呢。从课堂跟到教研室，从教研室跟到她家。那是八十年代初，我们这些小孩子也继承了社会上的造反精神。或许一出生我们就在社会上，父母把我们散养在大街上，我们胆量超强、自尊心敏感。

每年 11 月，山西进入漫长的冬季。晨读是早六点，我每天一早五点半前要到学校，在同学们到来之前生好火。教室前部、后部分别有两个大铁炉。我要去找柴，取煤，揉一团《山西日报》燃起火。考验我的并不是生火技术，对在山西长大的孩子来说，这是从小必须练就的基本技能。让我畏惧的是冬天五点多的黑暗，还有县城的寂静。从我家辘辘把街出来，要穿过漫长的三隍庙街，经过黑漆漆的天主堂，才能到达零星有几盏路灯的县城主街。

到底是孩子，还是有怕的东西。

每天早上，起床穿好衣服站在院子里准备出门的时候，脑子里闪过的都是各种鬼怪故事。我攥紧拳头，迈步进入黑暗。视觉听觉处在高度的紧张之中：我做好了随时邂逅无头女鬼的打算，也有突然要和吊死鬼搏斗的心理预案。我的形意拳师傅告诉我：黑暗中走路如果有人在后面喊你，不应声，更不猛回头。头上朗月是明灯一盏，左右肩上也各有一盏护法神灯。如果慌张回头，小心肩上神灯跌落。

走到县城主街才会稍微放松一下，我开始对县城清晨的秩序着迷：你会看见一男一女在路边等长途汽车，他们搭上开往太原的最早一班车，就会知道他们快要结婚了，这一定是去省城买东西；也能看到监狱里的公安部队，军人们一大早荷枪实弹在县城的街道上拉练；也能看到下夜班的工人，他们从西门的大坡上骑自行车下来，风驰电掣地投入他们的床铺。他们与我擦身而过，没有人留意他们的出现帮助了一个恐惧的孩子。我注视着他们，站在太阳升起之前的马路边，站在我的城池里，他们成为我的世界，我的主人公。

我上的实验小学解放前是狄公庙。狄青是山西汾阳人，所以县城会有这样一座老庙。高年级同学常绘声绘色地给我们讲：有人有一天早上在体育器材室看到了三个穿白衣的鬼在半空中飘动。也有人会给我们讲，有人有一天晚上在教工灶上，看到了穿着古代衣服的一家人。当我推开学校厚厚的大门，也就是厚厚的庙门进入到校园里的时候，又恢复到了紧张的状态。学校一片黑暗，我找钥匙打开教室的门，然后点着蜡烛。当蜡烛的光燃起的时候，迅速用目光搜索教室的每个角落，发现安全无恙才慢慢放心下来。

我去煤堆取煤，回到教室开始生火。当两个炉膛里跳跃起红色的火焰，我要把所有的窗户打开，拿一个作业本把弥散在教室里的烟扇出去。离同学到来还有一段时间，我会拿起粉笔，在教室后面的黑板上漫无目的地画些图案。这块黑板记录了我的心情。我会在第一个同学到来之时把这些图案从黑板上擦去。但，那一片深邃的黑暗，连同冬天刺骨的寒冷；屋檐下的冰凌，连同手上裂开的口子；天边出现的第一抹亮光，连同嘴角突然尝到一口咸味，才发现自己已经流下眼泪的瞬间：没有人可以从我的心头抹去。

上初中的时候，班里出黑板报的工作正式落在了我的头上。从设计版式、报头到编辑内容，都是我一个人包办。找报纸杂志抄写一篇散文，一首诗，再写一些时事新闻，内容很容易填充满整个黑板。但用今天的话讲，叫流量很差。同学们不太在意我写的这些东西。班主任跟我谈，让我出一些能够吸引同学的内容。想来想去，我准备增加智力测验的内容，有谜面就有谜底，这样增加与读者的互动，不愁他们不看黑板报。

八十年代非常流行智力测验，匮乏人才的国度急需寻找一些天才。记得小学的时候有一天上课，突然从外面进来一群成年人。我的心跳了一下，以为又是来打预防针的。我从小怕打针，一看这个阵仗肌肉已经紧张起来。但进来的人是县教育局和体委的，他们来寻找神童。办法是在纸上写一个字放进信封，让我们每个同学用耳朵听，然后猜里边写的是什么字。据说在外省，发现了好多可以用耳测字的灵异少年。测试下来，我们整个班都没有这样的人才。但突如其来的造访让我们四十五分钟的课程缩短了很多，在枯燥的课堂上，这像是一个节日。

出谜语和智力测验题，一直是我在黑板报这一旧媒体时代最常使用的互动手段。到了高中，因为我们的中学是省重点，所以国家给每个学生每个月有一块钱的班费。班主任说，不如每天在黑板上出一个谜语，让同学猜一猜，这样可以拿班费给猜出来的同学买奖品。

有一天又出黑板报，我发现自己毫无准备，忘了找一个现成的谜语。那时有一首歌《阿里巴巴》风靡全国已经很多年了，我突然恶作剧起来，出了一个根本没有谜底的谜语叫“阿里巴巴吃苹果”，写完想了想，又写下：打一成语。同学们围拢在黑板前，皱着眉头互相探讨着“阿里巴巴吃苹果”到底是什么意思。要好的同学把我拉到墙角，让我透露谜底是什么。我笑而不答，也无从可讲。这道谜语成为一个悬案，伴随了同学们的高中生活。

大四那年，我买了第一个手机，是摩托罗拉。随后，手机那样深刻地介入到我们的生活中，始料未及。随着苹果的普及，我的很多同学也成为“苹果教”的信徒，在聚会的时候会谈起苹果谈起乔布斯。高中的时候，英语课里有一篇讲电脑的课文我们是当科幻小说看的，讲人类未来会通过互联网彼此沟通，甚至可以电脑购物。没想到现在，网络购物已经成为非常主流的消费方式。很多人成为阿里巴巴、淘宝的用户。

前几年同学聚会，有人突然想起了我出过的谜语。他说：阿里巴巴吃苹果，你难道觉得马云的阿里巴巴动了吃掉苹果的心？原来你一早就预见到了。他们又开始追问我谜底究竟是什么，我还是笑而不语。大家其实早已知道这只是个恶作剧，但荒诞的是，时代会为这个不值一提的玩笑，提供一个严肃的答案。

我还是会想起小时候的恐惧，虽然现在每一部手机上都已经有了强光手电。初中的时候和父亲提起小学时的经历，父亲问我：你是怕人还是怕鬼？我说：我打过很多架，见过很多坏人，所以我不怕人，怕鬼。父亲笑笑，第二天给我买了一套《聊斋志异》。看完后，我不怕鬼了。

我没见过鬼，坏人这些年倒是日新月异了。这当然超出了一个孩子的见识。面对人，我们都还幼稚。

小的时候我觉得县城非常大，但当你懂得骑自行车的时候，你会发现原来印象中那么大的一个县城，其实花十分钟就能走完。慢慢地，我对外面的世界充满了想象：十公里之外是什么？一百公里之外是什么？到现在为止我拍电影都非常喜欢拍交通工具，因为那是我小时候的一种幻想。

——电影导演　贾樟柯

郑愁予

生于 1933 年，漂泊一生，被称为“游子诗人”。最终他选择叶落归根，落籍金门。

旅 梦

郑愁予

我从雨地来
这里，已晴得很久
道上飞扬着沙土
太阳下的池塘闪着金光

我从雨地来
我底眼还湿润着

像车上的窗玻璃
静卧着长串的水珠
我想：我该看见那片土地了
榆树围成广大的打麦场
车停处，妻从树下奔来
我想，孩子也已长大了
在阶上，正扶着老母向我张望
然后我们默默拥抱着
以带泪的眼频频问询
然后，我们曾交换简单的言语
把异地的尘土，抖落在自己的家门
车向前途颠簸着
我底心在焦急地跃动
我想，久别的村子是近了
翻过前面秃秃的山岗
也许还要爬过一道桥梁
我想，那碾台吱吱的声响
我将听见……

哎，我从雨地来
我底眼是湿润而模糊的
这里是诳人的风沙的晴季
不必让我惊醒吧

我仍走在异乡的土地……

一九五三

他自觉地淘洗、剥离和熔铸古典诗美积淀中有生命力的部分生成的“愁予风”，确已成为现代诗歌感应古典辉煌的代表形式：现代的胚胎，古典的清釉；既写出了现时代中国人的现代感，又将这种现代感写得如此中国化和东方意味。

——诗歌评论家　沈奇

代后记一

加强传统文艺节目创新

慎海雄

（中宣部副部长，中央广播电视总台党组书记、台长）

坚定“四个自信”，弘扬主旋律，传播正能量，坚守国家媒体的社会责任和担当，狠抓精品创作，中央广播电视总台近来推出了一大批“叫得响、传得开、留得住”的优秀节目。《朗读者》就是其中的代表。

自2017年第一季播出后，《朗读者》反响热烈、好评如潮；今年播出的第二季，立意更巧妙新颖，视野更开阔宏大，内容更扎实丰富，形式更生动亲民，做到了“百尺竿头，更进一步”，获得更加广泛的社会关注。基于第一季节目编撰的《朗读者》图书，已经成为广大读者竞相捧读的畅销书，很多青少年读者通过阅读，了解到这些嘉宾的人生故事，开启经典阅读的旅程。《朗读者》的成功启示我们，电视文艺工作者只要坚定文化自信，勇于坚守、善于创新，真正做到用心用情用功，就能够用诚意和创意打动人心，就能够做出人民群众喜闻乐见的好作品，就能够跨越“高原”攀上“高峰”。

我们将进一步坚定文化自信，坚持守正创新，坚守中华文化立场，打造更多高品质、高品位、高品格的作品，让节目更加有筋骨、有道德、有温度，更能够体现出思想之美、文化之美、艺术之美。我们将加大传统文艺节目创新，强化优秀人才培训、选拔力度，提高内容制作能力，让优势更优、强者更强。我们将把握新媒体发展规律，海阔天空去想，脚踏实地去干，用最新的科技和创意吸引年轻受众，营造生机勃勃、充满活力、人人自豪的氛围。

在今年的法兰克福书展上，《朗读者》同名图书的精选版，已经签出了六个国家八个语种的外文版，成为讲好中国故事，向世界展现真实、立体、全面中国的一个范例。在国际传播能力建设中，我们将深化合作传播，注重“借嘴说话”，用好外国主流媒体平台，主动宣介习近平新时代中国特色社会主义思想，主动讲好中国共产党治国理政的故事、中国人民奋斗圆梦的故事、中国坚持和平发展合作共赢的故事，让世界更好地倾听中国、读懂中国，将更多中华文化精品节目推向世界，在交流交融中彰显中华优秀文化的持久魅力，彰显新时代中国人的精气神。

“锐意改革创新，壮大主流舆论，努力打造具有强大引领力、传播力、影响力的国际一流新型主流媒体。”我们将深入贯彻落实习近平总书记的贺信精神，发挥优势，弥补不足，不断改进创新，不断打磨提升，把《朗读者》等优秀文化品牌做得更响亮。我们将集中力量、心无旁骛地打造精品力作，为人民提供丰富的精神食粮，更好地担当引领示范作用，为传播中华优秀文化、培育践行社会主义核心价值观做出更大贡献。

代后记二

惯性奔跑

董卿（口述）

1

这一季《朗读者》开始的时候，我焦虑得不得了，因为第一季反响太好了，盛名之下，你还能怎么去做第二季？第二季的开篇，也遇到了不少的困难，不光是经费的问题，很多别的困难。但我觉得还是咬牙要做。

为什么一定要克服所有的困难去做这件事情呢？

因为有很多人在等，很多人会问，怎么没了？可能是我自作多情，我就觉得在中央广播电视总台这个平台上，或者在今天的中国电视这个行业里边，还是应该有《朗读者》第二季的出现。它应该继续往前走，让喜欢它的人看到。

和其他节目比起来，《朗读者》的意义在于能够“见人”，我觉得所有的艺术创作里面，最触动人心的就是人，没有什么比这个更宝贵了。人的精神、人的品质，还有人的遭遇，这是我能够倾注我所有心血去做的。

我对内容有一种别人不太能理解的狂热，比如说我们的嘉宾采访大约是两个小时，两个小时意味着听打稿可能有两万字左右，甚至三万字。我要把那三万字的稿子反复看几遍，因为划稿子的时候已经和录制隔去很长的时间了，然后你还要再回忆当时的状态，他的语速，你要进入到他讲话的一个语境当中，要想象他好像还在你的对面，然后根据那个语境开始划稿，把两万字划成两千字。我有很强烈的完美主义，接近强迫症的边缘吧，每一个字都是我一个一个划出来的，多一个字少一个字都会觉得不舒服。

做后期就是在机房里一宿一宿地熬，你知道电视是一帧一帧画面做出来的，那个画面永远有修改的余地，一坐十几个小时可能就坐过去了。

你问我有没有发过脾气，我记得有一次把一个导演训哭了。我们有一个嘉宾丘成桐，目前世界上最好的数学家，数学奖的大满贯，像菲尔兹奖、克拉福德奖，这些都是所谓数学界的诺贝尔奖。他曾经是哈佛大学数学系的系主任，到现在依然活跃在世界的数学领域。我觉得这样的嘉宾能够请来很不容易，来了以后，他朗读《归去来辞》，大屏幕上用竖版把读本打出来，跟随他的朗读，一行一行字出现，但那个字幕和朗读的速度永远对不上，一遍、两遍、三遍，那个数学家很耐心，一遍读、两遍读、三遍读。

整个结束之后，我记得我当时特别愤怒。我就说太不专业了，怎么可以这样去浪费大家的时间，我说你知道丘成桐对世界意味着什么，如果你没有敬畏心，我说你不配做这个节目组的导演，他的时间是以分秒来计算的，因为我们耽误了他很多时间，他的一个小时、两个小时、三个小时，那也许就是人类的一大步，对吗？

当时发完脾气过后我也会有点内疚，别人就慢慢变得有点害怕你了。我可能太以专业性为目的，这个可能会让我不经意伤害到不少原本很喜欢我的那些人。

我们最后一场录制是在2018年6月9号，录完最后一个嘉宾，时针已经指向了6月10号的凌晨两点了。大家就稍微庆祝一下，在现场开了一瓶香槟，然后切蛋糕、拍照，很多工种就散了。

最后二十几位核心导演留下来，就在舞台上，我说每个人都说几句话吧，平时都是你们在听我说，现在我也很想听你们说。到了告别的时候，我才知道原来每个人身上都有故事，有人说着说着就哭了。我们这一年多的时间，团队里有人离婚了，有人大病，有家人生病，有自己在写论文、答辩，大家都是焦头烂额的过程。

这些他们平时都不敢跟我讲，我才知道自己实在不是邻家大姐姐的那种领导风格。我也觉得很内疚，原来可能觉得这人没有投入足够的精力，做得不够好。因为我不允许自己这样，所以让他们什么都不敢跟我讲。我就觉得有点愧疚吧，毕竟团队大家也都很努力。但是我依然觉得，走完这个过程，最终的收获是他自己，不管这个过程当中你是表扬他也好，责备他也好，成长是最重要的。

《朗读者》对我自己也是一样的，最大的收获就是你发现你还有成长的可能。哎，你做得可以了，你已经做到顶了，我大概在好多年前就听到这个话，其实每个人依然有成长的可能，这个成长不只是在专业领域，还有很多别的方面。

2

《朗读者》请过一位嘉宾吴孟超，是中国著名的肝脏外科医生，他读的是张晓风的那篇《念你们的名字》，写给医学院的学生的。“你需要学多少东西才能免于自己的无知……你要怎样自省，才能在千万个病人之后免于职业性的冷静和无情。”其实任何职业都要提防“职业性的冷静和无情”。

我在2012年的时候，就遇到了这种所谓的“职业性的冷静”。那段时间蛮痛苦的，就是所有交到你手上的节目，你觉得都是一样的。那些娱乐节目——我不知道这样说好不好——现在有时候看那些节目，依然会觉得那只是在做无谓的消耗。那时候我还远远不知道未来有《朗读者》的出现，但是我已经知道有些节目我不想再做了，不想再那样重复。

我在中央台安身立命十六年，最骄傲的一点是我百分之百地投入，但2012年我发现我做不到了，你会觉得特别痛苦。而且这种东西出现的时候只有你自己知道，别人看不出来。因为你的职业表达是很容易遮盖掉一些东西的，但是慢慢久了别人会知道，而且久了你会退步的。

我决定自己按一下暂停。

我从2013年的下半年开始申请美国的学校，到2014年主持完春晚，这中间有七八个月的时间，所有的细节都在准备当中，在几个学校之间反复地选。当时晚上整宿睡不着，特别地恐惧，没有安全感。因为你已经决定了，但是没有人知道你决定了，你也不知道你的决定会带来什么。

我当时其实已经做好了最坏的打算，就是回来没有我的位置了，因为这个行业的竞争也很激烈，而且我花了将近二十年才走到这一步，只有我知道我为它付出了多少，不是那么轻而易举的。曾经在我心里，只有工作是最重要的，我可以为了它什么都不要。我不考虑结婚，也不考虑生孩子，从来没有把任何事情看得比这件事情还要重要。

当时我父母坚决反对（出国），他们的理由是你四十岁了，留学是二十岁时候做的事情。我说我二十岁的时候，没有这样一个机会，我觉得我缺失。很多人说，你在国内学学不行吗？你停下来，你去报个什么班。我知道那停不下来的，只要你还在北京，在国内，就会有工作给你派下来，你没法说完全彻底地停下来。

后来就去了南加州大学。

我尽量地不去想在国内的事情，给自己多安排点课程。不上课的日子，就漫无目的地在学校里溜达，觉得阳光好得刺眼。

在国外读书的日子，其实就是克服那种恐惧感的过程，让自己真正地平静下来。那时我连微信都没有，只偶尔地看手机新闻报，iPad只有两个界面，一个是英汉辞典，还有一个是菜谱，因为我要自己做饭。我让自己的每一天都非常规律，不管是在学校有人认识你还是没人认识你，都让自己觉得是一件平常的事情。不管在课堂上能提问还是不能提问，听懂了还是没有听懂，都让自己不要焦虑。

这个过程，你不能说像重生，它像在打磨你的心灵。慢慢地，真的就切换到了非工作模式，一天、两天，半年、一年，你就不会想着我要去工作。打个不恰当的比方，就是你离开了一个你很爱的人，时间让你慢慢不那么想他了，不是说不爱了，也不是说遗忘了，只是不那么想了。你每天有更多的时间想别的事情。

打破平静的是哈文的一个电话。2015 年春节前，她给我打电话，说让我主持春晚，我觉得不太可能，当时已经有整整一年没有化妆，没有穿高跟鞋，也根本不考虑穿哪条裙子还是哪条裤子的问题，我不在那个状态了，不知道还能不能以很好的状态回到舞台上。

所以我就拒绝了，后来她又追了两个电话回来。你知道那个时候在那么遥远的地方，组织上对你这么信任，说你一年没有站在这个台上了，依然邀请你回来参加最重要的这个节目，你的心里还是会有很大的安慰和满足，觉得好像大家还很惦记你啊，于是就回来了。

那年主持春晚感觉很神奇，觉得很开心，就像是久别重逢。你发现有些东西是在你的血液里的，就像你学会骑自行车，你可能十年不骑，你还是会骑。你掌握了某种语言，可能你很久不说它，你还是会说，就是这种感觉。

我当时还有一种感觉，如果再有人来找我做节目，我一定做一些我真的想做的节目，而不再只是简单地重复过去了。所以才有了后来的《挑战不可能》《中国诗词大会》，还有《朗读者》。

3

在主持了十三年春晚之后，2018 年没有主持春晚，其实挺意外的。

除了意外，就是有些舍不得，好像还没有做好充分的心理准备离开这个舞台。之前也听到了一些传闻，因为按照我们的经验，到一定的时候就应该会有通知要上春晚，然后也没有得到这个通知，慢慢地想到大概就是这么回事儿了吧。

有很多朋友来安慰我，大家也都是因为喜欢你，就说怎么会这样。你要在调整自己的时候，还不得不拿出很多的精力去安抚别人。

那年春节是和爸妈一起过的，我们就全家一起在家里做年夜饭，看了春晚，然后休息，特别正常的一天。家里的气氛没有觉得有什么不对，因为不做春晚的那种心理上的波动在春节之前就已经慢慢过去了。

很多人说我去美国读书是自动的一个刹车，现在想来好像冥冥中自有安排。那个时候你已经在磨炼了，内心也在翻滚，也在煎熬，但是慢慢地，你能放下恐惧和担忧。这个恐惧是什么？说穿了，无非是你不能再站在中央的一种恐惧。你知道自己也许会走下坡路的恐惧，然后你强迫自己去做一种改变，去学习，去思考，去寻找新的方向，去为未来成为更好的自己做准备。

我现在还记得 2005 年是第一次主持春晚，那届郎昆是总导演，他给我打了一个电话，就说咱们准备准备可以进组了，一定要保密啊，千万不能告诉别人，就是父母也不能说啊。我憋了两天以后，还是没忍住给我妈打了一个电话，说你不能对外面说哦，现在还没有公布。当时觉得非常幸福，似乎实现了自己的一个梦想。那个时候也是先听到了很多传闻，说你有可能上今年的春晚噢，心里开始暗暗地希望它的发生。到了 2018 年，也是听到了传闻，说可能不上今年的春晚了。多有意思啊，一切都仿佛是在轮回，发生着一些相似的场景，但是内容却大不相同。

我真的用尽全力了，春晚没有出现，心里一定会有波动的，但是我还是很庆幸我做了足够多的努力，这些努力让你在得到的时候，觉得很踏实，在失去的时候，也不会有太多的遗憾，因为我已经全力以赴了。

4

我爸爸是农村长大的孩子，老家条件也很苦，爷爷过世很早，奶奶又是农村妇女，家里特别贫穷。我父亲骨子里就认为一定要勤奋，要刻苦才能改变命运，这是他的人生信条，这种人生观深深地影响了我。他让我从小要做家务，要读书，要练习长跑，要锻炼所有的独立生活的能力。

这种严苛的教育可能曾经伤害过我，但是现在也觉得，任何事情都有它的两面性。我现在自己有孩子了，我还是觉得对孩子严格一些更好，但是现在因为工作的缘故，很少能照顾到自己的孩子，更多的要交给我的父母来帮我照顾，隔代的教育就会宠溺很多，很多时候我觉得没有原则，心里就会暗暗地纠结，我想有一天要把小朋友带在我的身边，我要好好地管教他。

这种教育的弊端就是让你觉得不太自信，你必须要做得比别人好很多，你才有自信心。如果你跟别人差不多，你就觉得自己不如别人，经常会产生出一些不安全感。还有一个就是，你不喜欢依赖任何人，你只靠自己。所以为什么我很多时候亲力亲为，是我不喜欢去埋怨别人做得不够好，我只能自己去做。

我在工作当中是充满防备的，充满战斗性的。我以前累到一年做一百三十多场，累到摔到尾椎骨第四节骨裂，然后瘸着拐着撑下来，累到生理期紊乱，整个脸全都是痘痘，再累都没有说。

确实一直很紧张，我也不知道怎么松弛。可能跟我的成长环境有关系，我们这一代人成长于二十世纪七十年代末到八十年代初，那是整个中国社会发生剧变的一个时代。就是你突然之间明白了，你可以有机会改变自己的命运，你可以比自己的父辈们过得更好。而你的确也抓住了一些机会，你会变得越来越紧张，你获得的越多，你的负担也越大。

在美国读书的时候有一些朋友，他们说你可以松弛一些，我说你们美国人是富裕时间太久了，所以都比较懒散。他们的确很放松，一周五天的工作日过后，一定去休假，一定周末关机。我刚去的时候被他们逼疯了，周末所有的房屋中介都关机，我说我要租房子，全部是留言，不会有人回复你，一定到礼拜一才回你。我想我们国内的中介是多么勤奋啊，你发什么他马上给你找房源。

因为不想辜负这些来之不易的机会，所以我会那么努力，不管交给我什么，我都能够百分之百地超出导演的想象去完成。我并没有觉得有比别人更强的地方，但是你只要把这个事情交给我，我一定不会让你失望的。

我们有撰稿人给主持人写好台本，那我一定不会完全只按照这个台本说的，我会把只按照台本说看成是我的一种失职。我的记忆力非常好，一个十页纸的台本，我大概两个小时能够全背下来，但是，你就敢上台了吗？那是多么可笑的一件事情。

二十年前我敢，二十年前我更关注的是，我怎么样把我的头发弄弄好，我要从哪儿借套更好看的衣服，我一定要比站在我边上的人更白、更高、更瘦，那样才好。但是后来，我不知道是从什么时候开始的，有一天我就觉得，这样对吗？可能是到了中央台以后，对，应该是到了中央台以后。因为你发现你准备过的一些东西得到了认可，中央台的确是个大平台，你的一点点优点会被无限放大。

我是 2002 年到北京的，头几年也过着跟大家一样的北漂生活，租房这些都不用再讲。那时候我在西部频道主持《魅力 12》，那个频道是新的，在华东地区不落地，我爸妈在上海根本看不到。那两年觉得挺窝囊，就是你做得很辛苦，可是没有人知道你在干什么。直到有一天，我坐出租车，司机说："你是那个《魅力 12》的主持人吗？那个节目挺好的。"后来做了一年多之后，有台领导在会议上说，西部频道《魅力 12》那个节目做得不错，那个主持人也不错，然后 3 套才会关注到 12 套有这么一个主持人。我才知道，其实你去做了，就会有人看到，得到鼓励之后，我会花更多的时间去做，然后会形成一种工作理念。

现在的危机感可能来自对自己能有多少超越，跟自己之间的那种较量。

你有没有注意到这一季的札记，很多都是我特别喜欢的话。“生命的意义是如此厚重，无论我们怎样全力以赴都不为过。因为我们生而为人，生而为众生。”我是一个活得特别用力的人，用力不够的话我自己会觉得不过瘾，你会觉得日子似乎白过了，多可惜啊。

（《人物》记者张月整理）